Pour Hélène Maringueux,

lorsque la vérité jaillit il ne reste plus qu'à faire face et devenir plus (ou mieux) humain.

Amicalement

Surtout ne mens pas

Du même auteur

Intrusion, Éditions XO, 2010. Pocket, 2012.

Le Sang des dauphins noirs, Éditions XO, 2012. Pocket, 2014.

Elena Sender

Surtout ne mens pas

Roman

XO ÉDITIONS

ISBN : 978-2-84563-651-4

À Tom, Noah et Mia, mes enfants,
qui appartiennent déjà à demain.

1

Samedi 12 juillet, 0 h 30

Erik fit tournoyer Laura sur les dernières mesures de *Rock Around the Clock* et l'attira contre lui. Elle éclata de rire, essoufflée, échevelée.

— Suis-moi, lui chuchota-t-il à l'oreille.

Sa main ferme autour de la sienne, il l'entraîna hors du salon de la bâtisse cossue, sous les sifflets goguenards de quelques convives et les encouragements du DJ. Laura se laissa guider par son mari, radieuse, désinhibée par tout le champagne qu'elle avait bu. Ils traversèrent le corridor tamisé, tendu de tissu taupe, slalomant entre les invités. L'hôtel particulier, gracieusement prêté à Erik par son meilleur ami Grégoire, pour célébrer ses quarante ans, était bondé.

Erik embarqua Laura jusqu'à la vaste cuisine au sol à damier noir et blanc. Il savait parfaitement où il voulait se rendre. L'idée coquine avait germé dans son esprit depuis un bon moment déjà.

Un extra mettait en place la pièce montée sur une desserte, un autre préparait les cafés. Ils levèrent la tête, surpris. Erik les chassa poliment de la pièce, puis invita sa femme à franchir une petite porte à côté de la cheminée. La chambre froide. Où l'on stockait les provisions pour le week-end de festivités. D'un coup de talon, il referma la porte derrière eux sans allumer la lumière.

— Viens, ma princesse, fit-il à voix basse.

— Il gèle ! protesta Laura.

— Peu importe, les elfes de feu ont un message pour toi...

Laura se sentit soulevée dans l'obscurité. Ses fesses rencontrèrent une table, provoquant un fracas de plats métalliques. Elle poussa un petit cri aigu. Son cœur bondit dans sa poitrine. Le temps se contracta pour n'être plus contenu que dans ce réfrigérateur géant.

Erik remonta les pans de sa robe rouge tout en lui embrassant les épaules, la gorge, le menton, la bouche. Elle défit la barrette qui retenait ses cheveux roux. Ses seins se dressèrent, le duvet de ses bras se hérissa.

— Tu es fou, on va nous entendre.

— Je m'en fiche, roucoula-t-il en la couvrant de baisers. J'ai quarante ans aujourd'hui et je t'aime.

Laura fut submergée par l'émotion. Elle était aimée aussi fort qu'elle aimait. Et tous deux ne formaient plus qu'un corps incandescent à deux âmes.

— Moi aussi.

— Quoi qu'il advienne, fais-moi toujours confiance. Tu promets ?

— Oui.

— Dis-le.

— Je promets.

Laura défit fébrilement les boutons de la chemise d'Erik, elle désirait sentir sa peau nue contre la sienne. Leurs corps se trouvèrent, se happèrent, la friction produisit un îlot de chaleur salvateur. Les mains puissantes d'Erik pétrirent les fesses glacées de sa femme, lui ôtèrent rapidement sa culotte, en continuant à la dévorer de baisers. Puis il ouvrit son pantalon, libérant le désir impérieux qu'il avait d'elle. Laura gémit de plaisir et l'attira à lui, pour qu'il s'enfonce en elle.

*
* *

1 heure

Grégoire, grand blond aux cheveux ondulés, le nez aquilin habitué à la poudre, mitraillait la soirée avec son smartphone dans le salon transformé en club parisien. Lorsqu'il vit Erik dans le couloir, rajustant sa chemise, il le cadra.

— *Cheese !* C'était un bon coup, Viking ?

Erik lui envoya une bourrade dans les côtes. Grégoire lui rendit la pareille puis prit son ami par les épaules. Il tendit le bras pour tirer un selfie d'eux, lui et son plus vieux pote.

— Putain, ce qu'on est beaux ! s'amusa-t-il. Regarde-moi ça, ma caille, on n'a pas vieilli !

Erik posa pour la postérité, faisant un « V » avec deux doigts.

— Et on ne vieillira jamais !

L'instant d'après, Grégoire postait le cliché sur Facebook et Twitter. Son pouce glissa sur l'écran et pianota une légende.

« Amis de trente ans et toujours les mêmes. Le Viking est le roi chez moi, ce soir ! »

En quelques secondes, les convives de la soirée et les amis connectés réagirent. Une rafale de commentaires et de « Like » déferla sous la photo d'Erik et de Grégoire, immortalisés.

*
* *

1 h 30

Les deux cents invités entonnèrent à tue-tête une chanson islandaise en l'honneur du héros de la soirée. Les deux extras poussèrent dans le salon la desserte portant la pièce montée surmontée d'une gigantesque bougie « 40 » scintillante. Le taux d'alcoolémie avait encore grimpé, l'air sentait la marijuana et Grégoire, grand prince, faisait circuler de la cocaïne.

Laura chercha Erik des yeux, un sourire heureux aux lèvres. Elle aimait qu'ils fassent l'amour ainsi, intensément, sans préliminaires. Elle avait véritablement découvert le sexe avec lui. Les douze années passées avec son professeur de piano, virtuose et dépressif, lui avaient apporté beaucoup de tendresse certes, mais guère plus. La réaction chimique entre Erik et elle n'avait rien de comparable. Tous deux se galvanisaient, s'érotisaient l'un l'autre, et savaient se mener à des jouissances si puissantes qu'ils se comblaient depuis plus de trois ans. Leur secret : une totale confiance. En ces instants de passion charnelle, l'esprit de Laura perdait enfin le contrôle, le corps prenait le dessus. Jamais elle n'était parvenue à un si complet abandon, même lorsqu'elle tirait les notes les plus déchirantes de son violon, en concert devant des milliers de personnes.

Laura sourit intérieurement, la vie lui avait fait un cadeau exceptionnel en plaçant cet homme sur sa route. L'avenir s'annonçait radieux.

Erik avait disparu de son champ de vision depuis un bon quart d'heure. Elle tourna sur elle-même pour élargir son cercle d'investigation, ne le vit toujours pas. Tout en chantant, les amis regardèrent également autour d'eux. La bande des cousins islandais se mit à hurler « Erik ! », avec leur accent guttural. Et tous les invités reprirent en chœur, martelant son prénom dans un rythme joyeux. Mais il ne fendit pas la foule.

Laura fronça légèrement les sourcils, la bougie 40 se consumait. Elle hésita à l'éteindre. Elle sortit de la pièce, parcourut le couloir, jeta un œil dans la cuisine. Personne. Elle frappa à la porte des toilettes du bas, une voix féminine s'écria « Occupé ! ». Laura rebroussa chemin, dépassa le salon où les invités tapaient des mains et des pieds de plus en plus fort pour faire venir leur ami. Ça riait, ça chambrait, le DJ poussait le son pour maintenir l'ambiance. Laura visa l'entrée, ouvrit la lourde porte et vint se poster sur le perron donnant sur le jardin bien entretenu. Un coup d'œil circulaire lui apprit qu'il n'y avait personne là non plus. Néanmoins, elle descendit la volée de marches en hélant son mari, avança de quelques pas, le gravier crissant sous ses escarpins, scruta la haute haie de troènes, le banc sous le chêne, dans la semi-obscurité. Rien. Elle revint vers la maison, Grégoire arriva à sa hauteur.

— Il n'est pas là ?

— Non.

— Tu as essayé de l'appeler ?

Laura secoua la tête. Elle sortit son smartphone de la poche de sa robe rouge. C'est à ce moment-là qu'elle vit le texto qu'Erik lui avait adressé.

« Pardonne-moi, petit elfe, plus possible de vivre dans le mensonge.
Adieu, les fées m'attendent.
Eg elska thig. »

Laura montra le message à Grégoire.

— Il date de quand ? demanda-t-il.

— Il y a dix minutes.

— Si c'est une blague, elle est naze.

Laura et Grégoire rentrèrent dans la maison et tombèrent sur Francis, le confrère et ami médecin d'Erik, un grand chauve taillé dans un menhir.

— Que se passe-t-il ?

— Erik s'est volatilisé, dit Laura. Et il m'envoie ça.

Elle lui mit le texto sous le nez. Francis se renfrogna.

— Ça veut dire quoi la fin ?

— Je t'aime en islandais.

Tous trois marquèrent une pause, indécis.

— Je vais voir en haut, lança finalement Laura. Vous m'accompagnez ?

Ils longèrent le couloir jusqu'au majestueux escalier à révolution et en gravirent les marches. Au premier, un couloir partait sur la droite, un autre sur la gauche. Ils se séparèrent. Laura piqua à droite, ouvrit toutes les portes, l'une après l'autre.

— Erik ?

Personne, nulle part. Elle parcourut le couloir de gauche en l'appelant, de plus en plus nerveuse. Elle frappa à la porte de la salle de bains, à celle du cabinet de toilette, du bureau, sans réponse. Elle revint sur ses pas et tomba sur Francis et Grégoire qui descendaient des chambres du deuxième étage, bredouilles.

Laura les fixa.

— Et si ce n'était pas une blague ?

Ils dévalèrent les escaliers. En bas, sans savoir vraiment pourquoi, tout le monde avait compris qu'il fallait retrouver Erik et le cherchait. Mais l'ambiance était encore franchement à la rigolade.

— On a fait toutes les pièces du bas, le jardin, les pièces du haut, la cuisine, reprit Laura. Que reste-t-il ?

— La cave et les combles, répondit Grégoire. Mais la cave est condamnée.

Sans attendre, Laura fit volte-face et se précipita dans la cuisine d'où partait un étroit escalier en colimaçon qui desservait les deux chambres de bonne et le grenier. Francis et Grégoire sur ses talons, elle attaqua les premières marches en appelant son époux. Elle laissa derrière elle le premier palier et continua son ascension. Arrivée en haut, elle poussa le battant en bois.

L'obscurité quasi totale l'empêchait de voir l'intérieur de la soupente. L'air chargé de poussière lui emplit les narines. Elle alluma son portable et balaya la pièce de la faible lueur. Le faisceau se refléta dans les yeux exorbités d'Erik. Pendu à la poutre centrale. Autour du cou, un fil de fer barbelé.

2

Douze mois plus tôt
Centre de recherche sur le neurone (CRN)

Élégant dans son costume gris, Erik grimpa lestement sur l'estrade de l'auditorium, pris place derrière un pupitre transparent, puis lança sa présentation PowerPoint. Devant lui, une vingtaine de cols blancs s'apprêtaient à prendre des notes. Il faisait face à la fine fleur des financiers des dix plus gros laboratoires pharmaceutiques du monde. En cas de stress, une légère pointe d'accent islandais pouvait ressurgir. Il respira par le ventre en forçant l'expiration comme le lui avait enseigné Laura, qui s'y connaissait en matière de trac. Ça l'apaisa. Il appuya sur la télécommande. Après un mot d'esprit, d'usage dans ce genre de conférence, il lança le schéma d'une coupe de cerveau de souris.

« Contrairement à ce que l'on a prétendu pendant des décennies, le cerveau ne cesse pas de produire des neurones à la naissance, énonça-t-il. En fait, il produit de jeunes neurones toute sa vie. C'est ce qu'on appelle la neurogenèse. »

Erik prit appui sur le pupitre, sa voix portait loin, son corps vers l'avant s'engageait dans la bataille. Bon orateur, il captait l'attention, magnétisait l'atmosphère.

« Dans notre laboratoire, nous nous intéressons aux mécanismes qui gouvernent cette neurogenèse chez l'adulte. » Le chercheur afficha sa prochaine *slide* sur l'écran derrière lui, une molécule rouge en 3D se mit à pivoter sur elle-même, sur fond bleu. « Je vous présente l'attractine baptisée AT37. L'attractine est une glycoprotéine de la matrice extracellulaire des neurones que l'on trouve de manière abondante chez l'embryon, et en quantité moindre chez l'adulte. Chez la souris, elle se trouve dans le bulbe olfactif, précisément là où s'opère la production de nouveaux neurones. »

Il marqua une pause, calculée.

« Plusieurs manipulations ont montré que la fonction première de l'AT37 est d'attirer les nouveaux neurones dans les zones où ils vont être nécessaires. Autrement dit, nous avons donc découvert une sorte d'aimant qui attire les neurones là où on le souhaite. Ce qui permettrait d'envisager de réparer n'importe quelle lésion cérébrale. »

Un murmure admiratif parcourut la salle.

Erik afficha le compte rendu d'un article paru dans une célèbre revue médicale et s'avança sur la scène, mains en avant.

« Cette année, mon équipe et moi-même avons identifié la séquence du gène de l'AT37 que le CRN a breveté. À partir de cette séquence, nous pourrons espérer produire des molécules thérapeutiques en quantité industrielle. Pour réparer des lésions cérébrales et des maladies neurodégénératives comme Alzheimer. »

Erik balaya la salle du regard. « Cette découverte est révolutionnaire. Vous l'aurez compris ! »

Lorsque Erik rentra chez eux à la tombée de la nuit, Laura l'attendait, dans une robe d'intérieur noire qui faisait ressortir le feu de ses cheveux bouclant sur ses épaules. Le violon posé à côté d'elle sur le canapé indiquait qu'elle avait joué pour tromper son impatience. Sur la table basse, une bouteille de champagne et deux flûtes. Le champagne de leur mariage, tiré d'une caisse à la cave et mis au frais pour cette occasion. Ils avaient emménagé dans cette maison seulement trois mois après leur mariage éclair et Laura avait dû déplacer les derniers cartons de déménagement non encore ouverts, empilés au sous-sol, pour retrouver les précieuses bouteilles.

Elle regarda Erik se diriger vers elle. Elle n'était pas inquiète, plutôt fébrile et excitée.

Erik tendit les mains vers elle et l'invita à se lever.

— J'y suis arrivé.

Il la prit dans ses bras et la serra fort. Laura huma son parfum.

— Je le savais. Tu vas marquer l'histoire de la médecine…

Erik caressa ses cheveux, son dos, la courbe de ses fesses.

— Le laboratoire pharmaceutique suisse Genex a proposé un chiffre à plusieurs zéros. Un contrat comme on n'en signe qu'une fois dans sa carrière, si on a de la chance.

Ils se détachèrent l'un de l'autre. Laura le regarda, éperdue d'admiration.

— La chance n'a rien à voir là-dedans. Tu as conçu, porté, mené à bien ce projet. Je suis si fière de toi. Quand vont-ils lancer les premiers essais sur l'homme ?

— Il y a encore beaucoup à faire. Les travaux sur la souris, sur le gros animal puis seulement après sur l'humain. Mais ça y est, c'est parti. Toute ma vie j'ai attendu ce moment. Toute ma vie.

Erik n'était pas euphorique mais concentré, habité, tendu. Ils s'assirent sur le canapé. Elle lui effleura le dos de la main.

— Tu vas sauver tant d'existences.

Et elle songea à son père, fragilisé. Erik hocha la tête.

— Et peut-être même allons-nous pouvoir devenir encore meilleurs.

— C'est-à-dire ?

— Plus que ce que nous sommes. Plus qu'humains.

Laura inclina légèrement la tête, les lèvres entrouvertes.

— Que veux-tu dire par là ?

Erik se pencha sur elle et la renversa sur le canapé.

— Super intelligents, super humains, super amants.

3

Samedi 12 juillet, 4 h 30
Hôpital Arago

Ça sentait fort l'ammoniaque et le café dans le couloir du service de neurologie. Le silence était perturbé par quelques bips intermittents et une toux grasse en provenance d'une chambre, quelque part. La salle des soignants bruissait des voix de l'équipe de nuit fatiguée.

Dans la salle d'attente, une lampe halogène diffusait une lumière blafarde dans un grésillement d'insecte, éclairant une pile de vieux magazines sur la table basse et quelques chaises en plastique vert. Tassé sur l'une d'entre elles, Grégoire jouait frénétiquement à Candy Crush, les yeux rouges rivés à son smartphone, coupé du reste du monde. En face de lui, Laura fixait le lino à losanges jaunes, immobile, le visage contracté, serrant sur sa robe rouge un gilet noir. Elle claquait légèrement des dents sans parvenir à se calmer. « Tu es en état de choc », avait dit Francis après que l'ambulance eut embarqué son mari.

Grégoire et lui avaient décroché Erik pendant qu'elle appelait les secours. Ils l'avaient déposé à terre, sans toucher au barbelé de peur d'aggraver les saignements du cou, et constatant l'arrêt respiratoire Francis avait mené les opérations. Il avait insufflé deux bouffées d'air dans les poumons de son ami puis entrepris un massage cardiaque. Le cœur était reparti et les pompiers avaient pris le relais. Laura se souvenait de gens, de mouvements, d'uniformes, mais pas des visages. Un policier en civil lui avait peut-être parlé, elle n'en était plus très sûre. Elle se remémorait le sac plastique dans lequel ils avaient emporté les bouts de barbelé découpés à la pince et le portable d'Erik tombé à terre. Ainsi que d'avoir demandé à Grégoire une explication en montant dans sa voiture pour suivre le convoi jusqu'à l'hôpital.

— Tu étais au courant de quelque chose ?

— Non ! Il allait très bien ce soir !

— De quel mensonge parle-t-il dans son message ?

— Je n'en sais absolument rien, Laura.

— Tu crois que c'est en lien avec son père ?

— Aucune idée. Il est vivant, y a que ça qui compte.

Elle avait vécu ce trajet dans un état second. La scène était irréelle. Ce n'était pas Erik, ce n'était pas elle, ce n'était pas leur fête qui tournait au film d'épouvante. Cela concernait un autre couple qui n'avait rien à voir avec eux, puisque eux étaient heureux.

Laura fixait le lino et comptait les motifs. Dès qu'elle avait fini une ligne, elle sautait à la suivante et recommençait. S'il y en avait un nombre impair, c'était mauvais signe. Elle comptait ainsi les losanges orange et rose du rideau de sa chambre quand elle était petite, dans le joli quatre-pièces de ses parents, rue du Château.

Le rideau à losanges.

Le rideau, le lino. Erik. Sa mère. L'histoire n'allait pas se répéter. Se sachant condamnée, Elizabeth Katz avait décidé de s'ôter la vie.

Erik n'était pas suicidaire. Oui, cet anniversaire était difficile pour lui, un an après le décès de son père. Oui, il avait beaucoup hésité à organiser cette fête, mais rien qui puisse laisser présager un passage à l'acte. Elle releva la tête et réitéra sa question à Grégoire.

— De quel mensonge parlait-il dans son message ?

Le meilleur ami d'Erik leva les yeux de son jeu.

— Je n'en sais rien, je te l'ai dit. Il a pété un plomb. Ce n'est pas la première fois.

— Comment ça ?

— Quand on était jeunes, il délirait mal parfois.

Il se replongea dans son écran et Laura dans son mutisme. Elle ne détestait pas Grégoire, mais ne comprenait pas les fondements d'une telle amitié. À l'opposé d'Erik, ce quadra était un célibataire fêtard, qui dépensait tout son fric dans les parties les plus folles, étalant sa vie sur les réseaux sociaux, partouzeur et désabusé, imprévisible et excessif, accro à bon nombre de substances. Elle avait du mal à saisir ce qu'Erik lui trouvait de tellement extraordinaire. Mais comme toute relation avec un copain d'enfance, c'était probablement plus nostalgique que rationnel. Son mari voyait en Grégoire un passé partagé auquel elle n'accéderait jamais. Sur une photo, dans leur salon à côté du piano, Grégoire et Erik posaient, bras dessus bras dessous, devant les grilles du lycée, le dernier jour de l'année. Les deux blonds aux cheveux dressés sur la tête, dents blanches, yeux bleus, presque jumeaux. Pourtant si différents. Grégoire l'extraverti, l'agitateur, Erik l'étranger, le cérébral, sombre et torturé, le meneur. L'Islandais. Que tout le monde dès le collège surnommait « le Viking ».

Laura admettait qu'elle pouvait être parfois un peu jalouse de l'ami et de la part du mystère qu'il détenait. Elle lui reconnaissait néanmoins une véritable loyauté. Il avait été présent lorsque Erik avait perdu son père d'une rupture d'anévrisme, l'année précédente. Et il l'avait aidée à préparer cette soirée d'anniversaire plus que quiconque. Les quarante ans d'Erik devaient être inoubliables. Laura frissonna d'horreur et repoussa la vision de son mari pendu, les pointes de fer déchirant la chair de son cou.

La porte s'ouvrit. Laura se redressa, s'attendant à voir Francis, qui avait fait transférer Erik dans son service. Mais c'était un homme de taille moyenne, cheveux bruns grisonnants aux tempes, traits énergiques, en chemise, jean et blouson de cuir léger.

— Je suis le capitaine Ruis, chargé de l'enquête. Madame Hilgarson ? Vous n'étiez pas en mesure de nous répondre tout à l'heure. J'aimerais à présent vous poser quelques questions. Voulez-vous bien me suivre, s'il vous plaît ?

Laura se leva.

Une fois dans le couloir, le capitaine lui indiqua deux chaises en métal, le long du mur. Un infirmier les dépassa en poussant un chariot. Le policier sortit un carnet à spirale et un vieux crayon.

— Vous faites une enquête ? demanda Laura en s'asseyant.

— C'est la routine dans ce genre de cas.

— Ah...

— Pourriez-vous décliner vos nom, prénom, date et lieu de naissance, profession, numéro de téléphone, s'il vous plaît ?

Laura croisa ses mains sur ses genoux.

— Laura Katz, épouse Hilgarson. Je suis née le 4 octobre 1977, à Paris. Je suis violoniste.

Elle donna son numéro de portable.

— Votre employeur ?

— L'Orchestre national de France.

Le capitaine Ruis la dévisagea quelques secondes sans rien dire, puis enchaîna :

— Depuis quand êtes-vous en couple avec la victime ?

— Trois ans.

— Vous avez des enfants ?

— Pas encore.

— Votre mari a-t-il des problèmes de santé ? des difficultés particulières ?

— Une malformation cardiaque. Il prend un traitement. C'est tout.

— Il est islandais ?

— Oui, il est arrivé en France à douze ans.

— Quelle est sa profession ?

— Il est chercheur au Centre de recherche sur le neurone, le CRN.

— Il travaille sur quoi ?

— Alzheimer.

— Il avait des difficultés financières ?

— Non. Il a vendu un brevet.

— Un brevet ?

— Une molécule pour réparer le cerveau.

— Donc il n'avait pas de problèmes d'argent...

— Non. Il a touché de bons droits d'auteur avec son livre.

— Quel livre ?

— *Human 3.0.* Un roman d'anticipation.

L'ouvrage faisait partie des meilleures ventes de romans depuis six mois. Erik l'avait écrit en quarante jours, juste après la vente de l'AT37, porté par une inspiration soudaine et fulgurante, sa vision. Il en était si fier.

— Il était stressé en ce moment ?

— Comme tout le monde.

Ruis prenait quelques notes d'une petite écriture fine.

— Avait-il des soucis ?

— Il n'avait aucune raison de se suicider.

— Répondez à ma question, s'il vous plaît.

— Tout le monde a des soucis.

— Il était déprimé ?

— Il a été déprimé par la mort de son père l'an dernier, mais c'était en train de s'arranger. Et il y avait cette fête qu'il attendait depuis des mois. Il était très joyeux ce soir.

— Qui a organisé la soirée ?

— Grégoire Forget, son meilleur ami, qui était dans la salle d'attente avec moi. Et moi-même.

— Vous aviez loué l'endroit ?

— Non, Grégoire Forget nous a prêté sa maison de famille.

— L'hôtel particulier rue Saint-Jacques ?

— C'est cela.

— Votre mari connaissait les lieux ?

— Très bien. Ils sont amis d'enfance.

— Pourrais-je avoir la liste des invités ?

— Je n'en connais qu'une petite partie. Le reste, c'est Grégoire qui les a conviés, il a lancé une invitation sur le Facebook d'Erik. Je me suis chargée du reste.

Le capitaine prenait toujours des notes.

— C'est un milieu assez parisien, madame, on y consomme pas mal de produits de toutes sortes. Votre mari aurait-il pris des substances ce soir ?

— Il avait pas mal bu, oui.

— Et de la drogue ?

— ... Je ne sais pas.

— Combien de verres environ ?

— Aucune idée. Du champagne, de la vodka. Il était un peu éméché, c'est sûr.

— Et entre vous ?

— Ça allait très bien.

Laura jouait avec son alliance, elle repensa aux mains d'Erik soulevant sa jupe dans la chambre froide. Elle n'avait aucune envie de rapporter ces détails intimes au policier.

Ruis s'éclaircit la gorge.

— Dans le texto qu'il vous a adressé, il évoque un mensonge. Avez-vous une idée de ce dont il s'agit ?

— Non.

Le policier se gratta l'arête du nez.

— C'est un peu délicat, mais pensez-vous qu'il aurait pu avoir une maîtresse ?

— Non !

Le capitaine traça un petit carré dans son cahier et le coloria en noir.

— Je suis désolé, c'est sans doute brutal, mais je dois poser des questions.

— Pourquoi ?

— Nous devons établir ce qu'il s'est passé, les raisons qui l'ont conduit à ce geste, la capacité qu'il avait à le faire, pour conclure à un suicide.

— Vous procédez toujours de la sorte ?

— Cela dépend des cas. Certains sont plus évidents que d'autres.

— Bien. Allez-y.

— Votre mari avait-il acheté du fil barbelé récemment ?

— Oui.

— Pour quoi faire ?

— Ses sculptures.

— Il sculpte ?

— C'est un de ses nombreux hobbies. Il sculpte des figurines légendaires du peuple islandais.

— Et le barbelé ?

— Il s'en est servi pour sa dernière série, « les Trolls menaçants ».

Ruis marqua un nouveau temps d'arrêt, la regarda. Laura croisa les bras et se troubla.

— Quoi ?

— Il fait beaucoup de choses votre mari.

— C'est un hyperactif, oui.

— Bien. Je vous remercie.

Il se leva, signifiant la fin de l'entretien, et sortit une carte de visite.

— Il faut que vous veniez signer votre déposition. Pouvez-vous passer au commissariat du XIVe, avenue du Maine, dans la matinée ?

Elle fit disparaître la carte du policier dans la poche de son gilet.

— Quand aurez-vous des nouvelles ? s'enquit-il.

— On attend. Je ne sais pas.

Le capitaine la fixa encore une fois sans rien dire. Il rangea son carnet dans la poche de son blouson. Et sans crier gare, il sourit, presque timidement.

— Je vous ai vue jouer au Casino de Paris avec Jacques Higelin. Vous étiez... magique.

Surprise, Laura ne sut quoi répondre.

Derrière le capitaine, la silhouette de Francis Chelles en blouse blanche se détacha dans la pénombre du couloir. Son crâne chauve luisait sous les néons blafards. Laura dépassa le capitaine Ruis, qui ne la quitta pas des yeux, et franchit les quelques pas la séparant du médecin.

— Comment va-t-il ?

*
* *

Francis referma la porte de la salle d'attente, puis s'adressa à Grégoire et à Laura.

— Comme il a eu un arrêt cardiaque, Erik a été placé dans un coma artificiel et en état réfrigéré pour éviter les séquelles au cerveau. C'est le protocole. Nous allons le maintenir ainsi pendant les quarante-huit prochaines heures, puis on essaiera de le réveiller. Son cerveau ayant manqué d'oxygène pendant une durée indéterminée, on ne peut dire pour le moment s'il a été lésé ou non.

— Tu lui as fait un scanner ? questionna Grégoire.

— Oui, il n'a pas de lésions apparentes, ce qui est très encourageant. Mais il reste à voir s'il a des lésions fonctionnelles. On ne peut rien dire avant plusieurs jours. L'urgence pour le moment, c'est, comme je l'ai expliqué, de protéger son cerveau.

— Et ses blessures au cou ? demanda Laura.

— Aucune artère vitale n'a été touchée.

— Pourtant, ça lui a troué la gorge !

— Le larynx a été touché, mais on a refermé la plaie.

— Je peux le voir ?

*
* *

L'énorme pansement faisait comme une minerve autour de son cou. Erik semblait dormir, mais ses traits anguleux, loin d'être détendus, étaient contractés. La peau tirée sur l'ossature de son beau visage avait pris une teinte grise. Deux gros tuyaux et un plus fin s'enfonçaient dans sa gorge, maintenus dans la bouche par une croix de sparadrap. Laura s'approcha, ne voyant plus que lui, son corps enveloppé dans des poches blanches. Elle tendit la main et caressa son bras.

— Il est glacé !

— Je te l'ai dit, nous l'avons mis dans une sorte d'état d'hibernation, commenta Francis. Grâce à un matelas réfrigéré et à la perfusion qui envoie un liquide dans ses veines pour abaisser la température du sang. Cela permet de sauver les neurones qui, sans ce dispositif, se nécroseraient.

— Il n'est plus en danger ?

— Pour l'instant, il faut être patient.

Laura approcha de nouveau sa main et, cette fois-ci, accepta le contact de la peau froide. Erik vivait. Preuve en était le tracé de l'électrocardiogramme à droite de sa tête. Un chagrin intense lui mordit la gorge.

Il y a quelques jours à peine, ils envisageaient de faire un bébé, en se regardant les yeux dans les yeux, après avoir fait l'amour dans leur lit immense, toutes fenêtres ouvertes.

Ce n'était pas l'attitude d'un homme suicidaire. Il était préoccupé par son travail et ses soucis familiaux, certes. Parfois irascible et secret, il pouvait disparaître des heures entières dans l'atelier pour créer ses statuettes du Hugulfok, le peuple caché d'Islande qui avait hanté son enfance. Mais ce n'était pas la majorité du temps. Il avait aussi souvent ses moments de paix clairvoyante où il parlait passionnément de ses recherches, prenait plaisir à partager un repas fin ou un vin patiemment choisi, et surtout à l'écouter, elle. Calé dans son fauteuil en cuir défraîchi, le menton dans une paume, il buvait chaque note qu'elle faisait naître de son violon, debout devant lui. Et si ses yeux s'embuaient, il ne cherchait jamais à le cacher.

« Tu m'émerveilles », murmurait-il alors.

L'attention de Laura se porta sur le pansement autour du cou d'Erik. Le barbelé avait déchiré et congestionné la base de la nuque. Alors que Grégoire se tenait en retrait, elle se pencha sur son mari et embrassa son front. *Pourquoi as-tu voulu te faire souffrir de la sorte, mon amour ?* Les derniers mots qu'il lui avait glissés dans la chambre froide tournèrent encore dans sa mémoire. *Quoi qu'il advienne, fais-moi toujours confiance. Tu promets ?* Elle avait promis.

4

Samedi 12 juillet, 7 h 30

Lorsque Laura émergea, elle était recroquevillée dans le fauteuil en toile marron au chevet du lit d'Erik, son gilet noir comme couverture. Elle ne sentait plus son bras gauche, qu'elle avait replié sous sa joue pour faire office d'oreiller. Elle étira son corps endolori. Elle était passée dans un autre monde, suspendue aux oscillations de l'électrocardiogramme de son mari comme si sa propre vie en dépendait. Et en un sens, c'était la réalité. Cette machine qui l'aidait à respirer, ce goutte-à-goutte qu'une main venait réguler allaient décider de leur sort à tous les deux. *Pourquoi as-tu fait ça ?*

Sa somnolence avait été entrecoupée par les visites du personnel soignant. Chaque fois qu'une blouse rose, bleue ou blanche était entrée dans la pièce, elle s'était retenue de demander « Il va s'en sortir ? », parce qu'ils n'en savaient rien. Elle sentait que Francis avait fait le nécessaire pour qu'Erik soit particulièrement bien soigné dans son service, et dans l'ensemble tous étaient très gentils avec elle, c'était déjà cela. Maintenant, il fallait attendre. Laura se leva, remonta le drap sur la poitrine d'Erik et le lissa de la paume.

Sur la table à roulettes déplacée près de la salle de douche, Laura constata qu'une main généreuse avait déposé à son attention un petit pain, une portion de fromage, une orange. Elle se confectionna un sandwich de fortune, dans lequel elle mordit avec reconnaissance. Elle revint s'asseoir dans le fauteuil en mâchonnant. Puis massa ses pieds qui ne supportaient plus ses escarpins de dix centimètres.

Sur son téléphone portable, soixante-six textos attendaient d'être lus, ainsi que dix messages vocaux. Le monde s'affolait. Certains messages provenaient de numéros inconnus, deux de journalistes des pages sciences du *Monde* et de l'AFP. *Déjà*. Elle n'écouta que celui de son père, toujours levé à l'aube : « Comment se passent tes répétitions ? J'attends ton coup de fil. »

Son père qu'elle admirait mais craignait depuis le jour où, à l'âge de six ans, il lui y avait mis un violon entre les mains. « Un jour, tu seras aussi brillante que moi, jeune fille, mais pour cela il va falloir que tu travailles extrêmement dur. » Autrefois autoritaire, son père devait être materné désormais, en raison de son cerveau fragile. Laura prit une inspiration et appuya sur la touche « rappeler ».

— Bonjour, papa, c'est moi.

— Ah, ma chérie ! Tout va bien ? Et ton concert ?

La voix d'Aaron Katz sonnait réconfortante à son oreille, grave et rugueuse. La gorge de Laura se serra. Aujourd'hui, elle n'était plus sa petite fille, elle devait le protéger. Francis et Erik l'avaient mise en garde. Le scanner cérébral ayant révélé une concentration élevée de plaques amyloïdes, signe de prédisposition à la maladie d'Alzheimer, le stress devenait le pire ennemi à partir de maintenant, pouvant le faire basculer soudainement dans la maladie et la démence. Laura chercha ses mots.

— Papa, Erik a eu un léger accident. Il a été hospitalisé à Arago.

— Que s'est-il passé ?

— Rien de vraiment grave. Il est maintenant endormi pour son traitement, mais il va se réveiller.

— Je suis désolé. Je peux faire quelque chose ?

Laura visualisa son père ne se déplaçant plus qu'avec hésitation et dont les articulations des mains, douloureuses, ne lui permettaient plus de tenir son violon plus de dix minutes.

— Non, non, repose-toi. Merci beaucoup, mais ne t'inquiète pas.

— Sa famille est avec toi ?

— Pas encore, mais ils viendront.

— Tu fais le concert du 14 Juillet, tout de même ?

— Oui, bien sûr !

— Ah, tant mieux, après tout ce que tu as travaillé.

— Je serai au rendez-vous.

— Tu n'oublieras pas ? Souple dans le coude, léger dans le poignet.

— Oui, papa.

— Je te regarderai à la télé.

— Je penserai à toi.

— Non, ne pense à rien d'autre qu'à ta mélodie. Je te l'ai toujours dit. *Shéhérazade* est le solo le plus technique et le plus difficile qui soit. Tu dois te concentrer sur ta mélodie.

— Je le ferai. Tu vas bien ?

— Oui. Aujourd'hui, je me sens bien.

— Parfait. Erik va avoir des soins, il faut que je te laisse. Bonne journée. Je te rappelle vite.

Laura raccrocha le cœur serré. Elle aurait donné cher pour pouvoir confier son désarroi à son père, mais ce temps était révolu. Elle regarda son époux, réduit au silence. Elle était seule.

5

Dix mois plus tôt

Il marchait vite en cette fraîche fin d'après-midi pour un mois de mai, les épaules rentrées, serrant le col de sa veste de ses doigts noueux. Au carrefour de l'Odéon, Erik s'engouffra dans le café des Acteurs, aux murs recouverts de cadres photo noir et blanc des plus grandes stars du cinéma. Il aimait venir prendre des verres ici, avec Laura notamment, assis autour d'élégantes tables rondes en bois verni, à l'atmosphère emplie d'arômes d'expresso corsé ou de vin fin, selon l'heure. Ce lieu était propice à la réflexion, aux rêveries, aux discussions qui prenaient de la hauteur. Lui, immigré d'un pays célèbre pour ses volcans, ses trolls, ne connaissait pas grand-chose à la culture française avant d'entrer au collège. Il avait fait du chemin. Résolument porté sur les sciences, l'esprit analytique et pragmatique, il n'avait pas laissé en friche ses connaissances artistiques pour autant. Et, lorsque Laura et lui étaient tombés amoureux l'un de l'autre, il pouvait largement citer les auteurs classiques et soutenir une conversation sur la musique de chambre ou l'opéra.

Mais aujourd'hui ce rendez-vous n'avait rien d'un café philosophique et l'inquiétait sourdement. Le directeur de la communication de Genex, le laboratoire acquéreur de son brevet, avait sollicité une rencontre, seul, sans autre représentant du CRN. Anormal.

Erik confia son manteau à un serveur et s'assit devant Michel Longeret, quinquagénaire grisonnant tiré à quatre épingles. Tous les deux avaient tissé d'excellents rapports professionnels ces quinze dernières années et se serrèrent la main franchement.

— Je voulais vous annoncer que je quittais la boîte, commença Michel Longeret après les salutations d'usage.

Erik ne masqua pas son étonnement et éprouva un discret soulagement. Ce n'était donc que cela.

— C'est dommage. Pour quel labo allez-vous travailler désormais ?

L'homme balaya l'idée d'un revers de main.

— C'est fini pour moi. Je change de vie. La crise de la cinquantaine, je suppose.

— Et qu'allez-vous faire ?

— Avec ma fiancée, on part en Bourgogne. J'ai acheté un domaine viticole il y a quelques années, et ça y est, je vais m'y consacrer à temps plein. Enfin !

— Félicitations. C'est courageux.

Michel Longeret secoua la tête.

— C'est vital. J'ai eu une petite alerte cardiaque, il vaut mieux que je m'arrête maintenant.

Erik remarqua alors qu'il avait pris un Perrier au lieu du vin rouge habituel. L'homme tourna son verre entre ses paumes.

— Je vous apprécie beaucoup, Erik. Un scientifique désintéressé qui consacre sa vie au bien commun. Vous resterez une des figures qui m'auront le plus marqué dans ce métier, que je quitte sans regret. Je tenais à vous le dire.

Le chercheur cilla, flatté, plus touché qu'il ne l'aurait imaginé.

— Merci.

— Je le pense sincèrement. Et votre livre ?

— Je suis en train de le finir. J'espère qu'il marchera.

Ils échangèrent un sourire.

— Bien. Ce que j'ai à vous dire à présent est moins agréable, hélas, poursuivit Longeret. Mais je vous le dois par une sorte de... loyauté, disons.

Le ton de sa voix et son phrasé déclenchèrent une alarme dans le cerveau d'Erik.

— Je ne vais pas y aller par quatre chemins. Genex a revendu le brevet de l'AT37.

— Je vous demande pardon ?

— Genex a revendu le brevet que le CRN lui a cédé.

— À qui ?

— Un très gros client.

Erik plissa les yeux.

— Qui ?

Michel Longeret sortit de sa poche de veston une feuille A4 pliée en quatre, qu'il remit au chercheur. Erik déplia le papier avec lenteur. C'était la première page d'un contrat à l'en-tête massive et imposante. Erik demeura impassible. Les lettres noires se détachaient sur le fond blanc. Genetic-Tech, la firme de recherche génétique islandaise qui travaillait sur une thérapie génique anti-Alzheimer prometteuse. Une thérapie concurrente de celle d'Erik. Sa mâchoire se contracta.

— Vous voulez dire que Genex a servi de prête-nom ?

— En quelque sorte.

— Quel intérêt pour elle ?

Longeret parla à mi-voix.

— Des rumeurs font état d'une entrée de Genex dans le capital de Genetic-Tech.

Erik prit le temps de répondre.

— En fait, ils veulent torpiller l'AT37 qui leur fait de l'ombre. C'est bien ça ?

Michel Longeret hocha la tête.

— Je n'ai aucune preuve, mais c'est une possibilité. Je suis désolé. Je voulais que vous le sachiez avant de l'apprendre par l'extérieur.

*

* *

Samedi 12 juillet, 10 heures

La place était étroite dans la rue du Texel, Laura s'y reprit à trois fois pour insérer sa Clio rouge entre une grosse BM et une Smart, sous la pression du klaxon d'un taxi derrière elle. Elle coupa le moteur, sur les nerfs, cent cinquante mètres la séparaient du commissariat. Elle s'obligea à fermer les yeux deux secondes pour se calmer. Elle avait fait un détour par le boulevard Saint-Jacques afin de récupérer sa voiture, le sac d'Erik et le sien chez Grégoire, qui lui avait proposé de prendre une douche.

Le fait de se laver et de troquer sa robe et ses chaussures de bal pour un jean, un chemisier et des baskets lui avait fait du bien.

Laura sortit de la voiture et s'engagea dans la rue Raymond-Losserand. Les 25 °C de l'air annonçaient une chaude journée.

Un couple la dépassa, chargé de sacs du marché. Vingt-quatre heures auparavant, elle était comme eux, faisant ses derniers achats pour la fête. Et dire qu'elle râlait, épouvantée à l'idée que la soirée ne soit pas parfaite. Quelle ironie.

Des voitures de police stationnaient devant le commissariat.

Après avoir présenté son sac à un agent en poste, Laura s'adressa au comptoir d'accueil.

— Je désirerais parler au capitaine Ruis, s'il vous plaît.

On lui indiqua un banc. Une jeune policière, brunette énergique à la queue-de-cheval bouclée, vint la chercher peu après.

— Je suis le lieutenant Richer, adjointe du capitaine Ruis, dit-elle aimablement. Je vais procéder à votre audition. Suivez-moi.

Le lieutenant la pria d'entrer dans le bureau qu'elle occupait avec le capitaine et prit place derrière un ordinateur. Elle ouvrit le dossier « Hilgarson » et reposa les mêmes questions que la veille, d'une voix franche et claire. L'organisation de la fête, le nombre d'invités, leur identité, les intervenants extérieurs, DJ, traiteur. Sa propre identité, sa profession. Et puis tout ce qu'elle pouvait dire à propos d'Erik. Laura tâcha de répondre encore une fois consciencieusement.

— Était-il déprimé ? questionna l'enquêtrice.

Laura secoua la tête.

— Non, je l'ai déjà dit à votre collègue cette nuit. Il était stressé comme tout le monde, mais il était en pleine réussite personnelle.

Le lieutenant Richer transcrivit ses propos. Elle leva les yeux de son clavier.

— Aviez-vous des problèmes... de couple, je veux dire ?

— Non ! tout allait bien.

Et comme si elle se sentait obligée de se justifier, Laura ajouta d'une petite voix :

— On allait faire un bébé. C'était notre projet secret.

Les yeux de Laura croisèrent ceux de la policière. Elle y lut de la compassion et autre chose, de l'agacement peut-être. Laura sentit l'émotion lui serrer la gorge. Elle toussa.

— Où en est l'enquête ? demanda-t-elle la voix enrouée.

— Elle suit son cours.

— Vous savez, mon mari n'avait aucune raison de se suicider.

La policière se troubla encore, détourna les yeux, jeta un coup d'œil à son écran puis à son clavier, et les touches cliquetèrent de nouveau.

Laura sentit les larmes qu'elle refoulait depuis plusieurs heures lui monter aux yeux et murmura :

— On était heureux, je ne comprends pas.

Les doigts de la jeune policière stoppèrent leur course.

— Voulez-vous un café ? demanda-t-elle.

Ses grands yeux noirs en amande scrutaient Laura avec bienveillance.

— Non, non, merci, j'en ai déjà trop pris. C'est un homme exceptionnel, je vous assure.

Laura pinça les lèvres pour retenir le sanglot qu'elle avait dans la gorge.

Le regard de la policière s'assombrit.

— Parfois on pense connaître les gens...

— Comment ça ?

Le lieutenant lança l'impression de la déposition, la tendit à Laura pour qu'elle la lise et la signe puis se leva.

— Je vous raccompagne.

Laura sortit du commissariat à pas rapides, une sensation de creux dans l'estomac.

Elle tourna à gauche dans la rue Losserand, une sirène de pompier la fit sursauter. Elle accéléra le pas, emprunta la rue du Texel et monta dans sa voiture. Le sac multipoche d'Erik, en toile bleue, était toujours sur la banquette arrière. Elle le ramena sur ses genoux. Elle se mordit la pulpe du pouce gauche jusqu'à se faire mal. Le regard de la policière, celui de Ruis cette nuit : ils savaient quelque chose qu'elle ignorait. Laura ouvrit la fermeture Éclair. Elle souleva un pantalon, un caleçon. L'iPad d'Erik se trouvait entre deux T-shirts. Elle le prit, les mains moites. En tremblant, elle fit glisser son doigt sur l'appareil. C'était la première fois qu'elle touchait au téléphone de son mari. Elle eut l'impression de violer un sanctuaire. Chacun avait le sien depuis Noël. Leur cadeau commun. Sur l'écran d'Erik, comme sur le sien, figurait l'icône de sa boîte aux lettres car il avait synchronisé leurs différents outils. Laura l'ouvrit.

Le dernier message que son mari lui avait envoyé surgit sous ses yeux.

1 h 58

Pardonne-moi, petit elfe, plus possible de vivre dans le mensonge. Adieu, les fées m'attendent.

Eg elska thig.

Elle avala sa salive douloureusement puis remonta l'historique. Il avait eu un échange de textos juste avant. Pas avec elle.

Elle cliqua sur les messages.

Et le sol s'ouvrit sous ses pieds.

6

Dix mois plus tôt

Il allait se faire avoir. Erik était fou de rage. Quelques coups de fil ciblés à des relations bien informées de Reykjavik avaient confirmé les dires de Michel Longeret. Genex n'avait servi que d'intermédiaire. Le brevet de l'AT37 avait été racheté par Genetic-Tech. Erik ressentait de la haine, une envie d'aller défoncer le bureau et la gueule de sorcière d'Olovna Stevenson, la fondatrice et P-DG de Genetic-Tech, la firme islandaise. Effacer à coups de poing ce rictus condescendant qu'elle arborait toujours lorsqu'ils se croisaient durant les congrès sur la maladie d'Alzheimer. Et la frapper jusqu'à ce qu'elle le supplie d'arrêter. Ne pas l'écouter. La tuer.

Erik claqua la porte de son atelier derrière lui. Le démon avait pris le contrôle de son esprit, et secouait ses entrailles pour sortir. Erik émit une sorte de râle de fureur et de douleur. Il avait mal au ventre. Quinze ans consacrés à découvrir le secret de jouvence du cerveau, à révéler les pouponnières de nouveaux neurones insoupçonnées, à renverser un paradigme pour offrir une piste des plus prometteuses... Et cette bonne femme aigrie allait éliminer sa découverte pour ne pas se faire doubler ? Il se rendit dans la petite cuisine qui lui servait de remise pour ranger ses matériaux et ses outils. Ouvrit le robinet d'un lavabo écaillé, maculé de peinture, et se passa la tête sous l'eau froide. Il se redressa, le visage dégoulinant d'eau glacée. Les forces décuplées, il saisit un paquet de résine bleue de cinquante kilos qu'il porta jusque dans la petite pièce donnant sur le jardinet, et il en déversa le contenu dans la cuve d'une machine carrée qui occupait le fond de la pièce. Puis il attrapa sa palette graphique et, à grands coups de stylet, commença un portrait. De la page vierge émergea un visage terrifiant. *Laisse-moi sortir.*

La « chose », mi-monstre, mi-humain, avait l'apparence d'une vieille femme aux traits épais et mous pourvue d'un long nez grêlé. Erik en avait exagéré la largeur, et le bout devint crochu. Il fit sortir de sa bouche fine, grimaçante, deux canines pointues. Les gros yeux globuleux devinrent diaboliques. Sur son front, il implanta deux cornes de bouc. Erik travailla le buste jusqu'à ce qu'en jaillissent le mal et la méchanceté. Puis il régla la machine et envoya l'impression. L'imprimante 3D chauffa la résine et le plastique fut découpé en fines tranches par des rouleaux. Plaque par plaque, la matière bleue se déposa sur un socle et le buste apparut. Au fur et à mesure, Erik sentit une onde de plaisir presque sensuel l'envahir. Le visage démoniaque d'Olovna, tel qu'il voulait le représenter, prit naissance devant ses yeux. Lui et le troll se toisèrent.

— Tu as essayé de me couillonner, saleté. Eh bien, ce coup-ci, c'est à mon tour de te baiser.

7

Samedi 12 juillet, 11 heures

Les minutes qui suivirent la découverte des textos d'Erik furent aussi atroces qu'une noyade. Laura se mit à suffoquer, bouche ouverte. Elle cherchait l'air. Son cœur fut pris de tachycardie, ses oreilles bourdonnaient, elle sentit son corps lui échapper, sa poitrine siffler. Elle fouilla dans son sac. Ne trouvant pas ce qu'elle y cherchait, elle l'attrapa et le vida entièrement sur le siège passager. Elle saisit le spray de Ventoline qui était tombé avec le portefeuille, des clés de maison, un livre de poche de Murakami, des carnets de musique, un paquet de crayons à papier. Elle aspira une bouffée du médicament en inspirant fort. Mais ça ne suffit pas. Elle haletait, le souffle coupé. Elle prit une seconde bouffée. Ses alvéoles pulmonaires s'élargirent. Et l'air circula de nouveau, lui apportant l'oxygène dont elle manquait. Elle attendit plusieurs cycles respiratoires avant de relâcher la pression dans ses épaules, mais la panique lui mordait toujours les entrailles et la nausée soulevait son estomac. Comme si tout son corps voulait rejeter ce qu'elle venait de lire. Elle reprit la tablette numérique de son mari et, dans un état second, relut les messages.

1 h 53
De Erik
À Katherine P.
Je veux la quitter pour toi.

1 h 54
De Katherine P.
À Erik
Ne m'écris plus, ne m'appelle plus. Tout est fini.

1 h 55
De Erik
À Katherine P.
Aime-moi, ou JE ME TUE.

1 h 56
De Katherine P.
À Erik
PAS DE CHANTAGE – OUBLIE-MOI !

*
* *

Comme chaque fois qu'il franchissait le seuil de son appartement, le capitaine Raphaël Ruis sortit son Glock de son étui et en vida le chargeur. Il cacha l'arme audessus de l'armoire de l'entrée et les munitions dans le tiroir de la commode de la chambre parentale. Pas de bruit, Fabienne avait dû emmener les enfants au marché. Il faisait lourd. Raphaël se rendit dans le salon confortable et fonctionnel pour ouvrir la baie vitrée, dont la vue donnait sur l'avenue du Maine et les murs du cimetière.

Il passa dans la cuisine et inséra une capsule de café dans la machine à expresso. Le magazine *Causette* traînait sur la table, « plus féminine du neurone que du capiton ». Sur la couverture, une rousse plantureuse faisait le ménage l'air excédé. Le policier songea que Laura Hilgarson était rousse aussi, mais dans un genre plus classe, moins tapageur. Il fouilla dans le placard au-dessus de l'évier jusqu'à jeter son dévolu sur un paquet de gâteaux au chocolat. Il aurait bien aimé croiser de nouveau les yeux de la musicienne, mais avait quitté son service avant qu'elle ne vienne faire sa déposition. En grignotant un biscuit, il pianota sur son smartphone et parcourut une page Wikipédia.

Laura Katz fait partie des dix violonistes européens qui marquent l'univers musical actuel de leur talent. Cette reconnaissance unanime commence lorsqu'elle est nommée premier violon solo de l'Orchestre national de France, à vingt-deux ans à peine. En 2007, elle est nominée en tant que « révélation soliste instrumental de l'année » aux Victoires de la musique classique. Son album Gypsy World, *sorti en 2010, est resté longtemps en tête des ventes classiques. Et le 14 juillet, tout le monde attend sa* Shéhérazade *sur l'esplanade au pied de la tour Eiffel.*

Il leva le nez de l'écran, rêveur.

Lorsqu'elle était apparue en avril dernier sur la scène du Casino de Paris, pieds nus, en jupe longue rouge et caraco de soie blanche, il avait reçu une sorte de choc émotionnel. Le violon calé sous sa joue gauche, ses cheveux roux et soyeux ramassés en chignon lâche, des mèches folles tombant sur les yeux, on aurait dit une Tzigane ensorcelante sortie d'un conte. Raphaël préférait clairement les riffs de guitare électrique au violon mais, là, un coup au cœur, quelque chose de lié à son amour d'enfance l'avait remué au tréfonds de lui-même. Durant tout le morceau, il était resté bouche ouverte, oubliant de respirer, se prenant une claque de liberté et de sensualité faisant jaillir de sa mémoire une émotion forte qu'il pensait avoir remisée dans le vieux tiroir de ses jeunes années.

Il avait du mal à formuler l'idée sans se sentir idiot, mais le visage de la musicienne, la douceur et la puissance qui émanaient d'elle le saisirent et le comblèrent en une fraction de seconde. Elle était tout. Il était redevenu aussi naïf et sans défense qu'un môme. Fabienne, ayant remarqué son trouble, l'avait taquiné un peu sèchement. Raphaël avait nié tout émoi, mais dans son for intérieur il aurait donné cher pour être, à cet instant, à la place de Jacques Higelin, face à cette magicienne, juste pour pouvoir échanger un regard avec elle. Il cliqua sur l'onglet « biographie ».

« *Laura Katz a commencé l'étude du violon avec son père Aaron Katz, également violon solo de l'Orchestre national de France. D'une belle précocité, elle intègre la classe de Sylvain Roulet au Conservatoire national supérieur de musique et de danse de Paris à seize ans. Elle y obtient des premiers prix de violon et de musique de chambre...*

» *Si elle adore revisiter les "classiques" du répertoire et explorer l'esprit tzigane et les rythmes des Balkans, elle excelle dans les pièces plus traditionnelles.* »

Raphaël acheva mentalement l'histoire : *Laura Katz, belle comme le jour, a épousé il y a trois ans le talentueux chercheur Erik Hilgarson, brillant, cultivé, mais infidèle et menteur, qui a étrangement tenté de mettre fin à ses jours le soir de son anniversaire.*

Connard... C'était ce qu'il s'était dit en découvrant les textos dans le téléphone de la victime cette nuit. Il y avait jeté un coup d'œil discret avant de faire une demande de réquisition officielle auprès de l'opérateur. Ce n'était pas très légal, mais tout le monde faisait comme lui. Une affaire qui semblait simple, somme toute. Trop. Quelque chose le chiffonnait dans cette prétendue tentative de suicide sans qu'il puisse encore bien préciser sa pensée.

La clé joua dans la serrure et soudain deux feux follets vinrent courir dans ses jambes. « Papaaaaaa ! »

Fabienne entra dans l'appartement derrière les jumeaux, chargée d'un sac de courses en papier.

— T'es déjà là ?

— Je t'avais dit que je rentrerais tôt.

Elle vint l'embrasser.

— Super… J'ai mal dormi cette nuit. Il faudrait vraiment que je te parle.

*

* *

1 h 55
De Erik
À Katherine P.
Aime-moi, ou JE ME TUE.

Laura ne croyait pas ce qu'elle lisait et relisait. Elle jeta l'iPad sur le siège passager comme s'il lui brûlait les mains. Ses doigts paniqués enfoncèrent la clé de contact et tournèrent le volant. Elle enclencha la première, tamponna le pare-chocs de la BMW garée devant elle. Passa la marche arrière, heurta la Smart qui lui collait au train. Sa poitrine se soulevait et s'abaissait par à-coups, lui arrachant des gémissements plaintifs comme un animal pris dans un piège mortel. Elle s'y reprit à dix fois pour extirper sa Clio de l'ornière. Les yeux fous, elle fixait le rétroviseur comme si un monstre allait surgir derrière elle. Elle parvint enfin à se remettre dans la circulation, remonta la petite rue Lebouis, fit un tour de pâté de maisons, déjouant les sens interdits, puis reprit la direction de Denfert-Rochereau.

Peu après, elle se garait sur le parking de l'hôpital Arago sans savoir par quel miracle elle y était parvenue. Elle broyait le volant à s'en faire saigner les paumes. Le motif de la tentative de suicide de son mari était limpide. *Il en aime une autre, il a voulu se tuer pour elle.* Laura se répétait en boucle cette phrase insensée pour essayer d'en extraire une signification. En vain. L'hystérie l'envahissait sans qu'elle puisse rien y faire. Elle se mit à trembler, frappa le volant plusieurs fois, gémissant, les dents serrées, coupa le contact et respira le plus profondément possible. Puis elle saisit son téléphone.

La voix pâteuse de Grégoire répondit au bout de la quatrième sonnerie.

— Laura ? Tu as des nouvelles d'Erik ?

— Qui est Katherine P. ? cria-t-elle dans le combiné.

Un silence accueillit sa question. Puis Grégoire retrouva la parole.

— J'en sais rien.

— Ne mens pas !

— Ne crie pas. Que se passe-t-il ?

— Je te demande qui est Katherine P. !

— Une vague copine. Laura, calme-toi, c'est pas le moment.

— Erik avait une histoire avec elle ?

— Je ne sais pas, je te dis...

Laura écrasa le téléphone contre son oreille.

— Arrête tes conneries, Grégoire. Je viens de trouver des textos d'Erik. Dis-moi la vérité !

Encore un silence au bout du fil. Grégoire calculait probablement la meilleure attitude à adopter au vu de cette nouvelle donnée.

— Je préférerais qu'on se voie pour en parler.

— Non, on en parle maintenant ! Tu m'as affirmé cette nuit, les yeux dans les yeux, ne rien savoir sur le « mensonge ». Tu m'as sacrément prise pour une conne !

— Bon. Erik m'a en effet parlé d'elle quelquefois.

— Qui est-ce ?

— Une sorte d'artiste...

— Comment ça, une « sorte d'artiste » ?

— Une danseuse. Qui se fait appeler Pandora.

Laura marqua un temps d'arrêt.

— Il l'a rencontrée où ?

— J'en sais rien. Il me l'a présentée lors d'une soirée.

— Y a combien de temps ?

— Je sais pas... quelques mois.

La voix de Laura baissa de plusieurs tons.

— Il l'aimait, il voulait me quitter pour elle ?

— Non, il ne m'a jamais rien dit de tel.

— Arrête de te fiche de ma gueule, tu veux bien. Il s'est PENDU avec un BARBELÉ pour elle ! Réponds-moi.

— Mais qu'est-ce que tu racontes ?

— Les textos. C'est ça qu'ils disent, les textos.

— Mais bordel, Laura, je ne sais pas, moi, j'y suis pour rien ! Tu délires !

Laura rejeta la tête en arrière, puis rugit dans le combiné :

— JE délire ? Mieux vaut que tu ne croises plus jamais mon chemin, espèce d'enfoiré de menteur.

Elle lui raccrocha au nez et sortit de la voiture comme si l'air de l'habitacle était devenu irrespirable. La tête lui tournait. Elle s'appuya quelques instants sur le capot pour calmer le vertige.

Quand elle se sentit assez d'aplomb pour tenir sur ses jambes, Laura se dirigea vers le bâtiment de l'hôpital, le mors aux dents, sans savoir ce qu'elle allait faire la minute suivante. Elle monta au deuxième étage par les escaliers, franchit le couloir et entra en trombe dans la chambre 34. Deux personnes s'y trouvaient déjà. Elle recula.

*

* *

— Que se passe-t-il ? demanda Raphaël en servant un thé à Fabienne.

Il s'assit derrière la table de la cuisine, les bras croisés, prêt à parer aux reproches de son épouse qui, depuis l'arrivée des jumeaux, allaient crescendo. Les deux garçonnets de vingt mois jouaient bruyamment, mais sans se battre, dans leur chambre. Un moment de répit.

— J'en peux plus. Tu rentres à pas d'heure, on n'a plus de vie. On ne se voit plus. Avec ce poste à la brigade financière, tu aurais des horaires réguliers, au moins.

Fabienne avait tressé ses cheveux bruns en une longue natte. Raphaël remarqua qu'elle avait revêtu la robe fleurie boutonnée par-devant qu'il aimait bien. Malgré l'arrivée des jumeaux, elle ne s'était jamais laissée aller.

— Tu ne vas pas remettre ça sur le tapis. Je suis là, il n'est même pas 11 heures. Et ce n'est pas si simple. J'ai été nommé à Paris, je suis monté en grade. C'est pour ça qu'on a quitté la Bretagne.

Fabienne haussa les épaules. Ça, elle le savait mieux que personne. Raphaël et elle s'étaient connus à seize ans, dans leur ville bretonne natale. Tout avait été planifié depuis leur rencontre au lycée. Leurs fiançailles à dix-huit ans, leur mariage à vingt. Seuls les jumeaux n'avaient pas été prévus au programme. Après l'école des officiers, Raphaël avait été nommé lieutenant en région parisienne, comme bon nombre de ses collègues.

Apprécié par sa hiérarchie pour sa capacité à démêler les affaires complexes, il avait pris en deux ans la tête de son équipe. C'était un calme, flegmatique, mais rapide et explosif quand il le fallait. Ce n'était pas le plus fort en arts martiaux ou en tir, mais certainement un des plus fins observateurs, qui savait rédiger des conclusions d'une précision millimétrique, remarquées par sa direction. Le commissaire lui avait fait entendre qu'il passerait commandant d'ici peu. Mais Raphaël avait une autre ambition : entrer à la Crim. Il attendait pour poser sa candidature d'avoir une opportunité et que la magie de la cooptation opère.

Fabienne savait tout cela, l'amour du terrain de son mari, son ambition. Mais depuis l'arrivée des petits, à un âge tardif, son niveau d'abnégation avait baissé. Elle était épuisée, tenant à bout de bras et son contrat à plein temps dans la librairie et son foyer, courant partout, pieuvre multitâche.

— Faut vraiment que tu y réfléchisses. Pour nous.

— J'ai déjà fait un effort, sur les horaires.

— Oui, c'est vrai, c'est bien mieux. Mais je rentre du magasin à 18 heures tous les jours, je me tape tout, la cuisine, le ménage, les gosses. Regarde ma tête !

— Tu es très belle.

— Ne détourne pas la conversation ! Nos parents sont loin, je ne peux pas compter sur toi. Je suis épuisée.

— On a la femme de ménage !

— C'est plus que ça ! C'est de toi que j'ai besoin.

Raphaël ferma les yeux.

— Je suis désolé. Mon boulot a ses contraintes.

— Elles peuvent changer. Il faut juste que tu acceptes de revoir tes priorités.

— Je sais.

— Tu vas y réfléchir, tu promets ?

— Oui, je promets.

Fabienne sourit.

— Tu as pris ta journée du 14 Juillet ? On ira faire un tour ?

— Comme promis.

Raphaël se leva pour vider le lave-vaisselle, pressé de changer de sujet de conversation.

— Tu as lu un bouquin qui s'appelle *Human 3.0* ?

— Oui ! Une grosse vente. C'est pas mon truc, l'anticipation, mais c'était vraiment intéressant.

— Ça parle de quoi ?

— Le héros est un homme qui a été manipulé pour repousser les limites de son humanité. C'est très efficace. Je dois l'avoir gardé quelque part.

— Tu connais l'auteur ? Un Islandais. Hilgarson.

— J'ai lu une interview. Il estime que dans le futur l'humain aura un super cerveau grâce à des manipulations de toutes sortes.

Raphaël parla plus bas.

— Ça reste entre nous : il a été retrouvé pendu cette nuit.

— Quelle horreur !

— Il est dans le coma.
— Pourquoi a-t-il fait ça ?
— Une histoire de maîtresse, peut-être. J'ai interrogé sa femme, elle ne se doute de rien.
Fabienne secoua la tête.
— C'est triste pour elle.
Raphaël prit Fabienne dans ses bras.
— Comme quoi, ma belle, on peut avoir un super cerveau et être super con à la fois !

*
* *

Laura ne pouvait plus faire demi-tour. Une femme charpentée, au carré grisonnant, assise sur le lit, tenait la main d'Erik. Dans le fauteuil attenant avait pris place un grand blond en chemise blanche.
— Bonjour, Paule. Bonjour, Tomas.
La mère et le frère d'Erik ne firent pas un geste pour se lever et la saluer.
— On se demandait où tu étais passée, siffla la femme.
L'homme coula un regard froid à sa belle-sœur, puis se replongea dans la contemplation de son frère.
— J'ai dû aller au commissariat, rétorqua Laura. Je vais vous laisser. Je reviendrai.
— Le malheur frappe encore cette famille, énonça Paule comme si elle n'avait pas entendu. La mort d'Ilgar et maintenant mon fils dans le coma. Pourquoi a-t-il fait ça ?
— Allez savoir, trancha Laura d'une voix glaciale. On croit connaître les gens...
Elle avait envie de leur lancer au visage qu'Erik était un menteur et un salopard. Et que si sa famille avait été un peu plus présente, ils n'en seraient peut-être pas là.

La veille, pendant la soirée, elle avait aperçu Erik qui grillait une cigarette à l'écart, dans le jardin, sous le chêne. Lorsqu'il se retirait ainsi du monde, elle savait qu'il valait mieux le laisser tranquille. Néanmoins, c'était un jour particulier. Elle avait descendu les marches du perron pour aller à sa rencontre.

— Tout va bien ?

Erik avait soufflé un long filet de fumée par le nez.

— Super.

Il l'avait attirée contre lui.

— Tu m'as organisé une fête magnifique.

Il l'avait embrassée. Elle avait fermé les paupières et savouré l'instant.

— Je voulais que tout soit parfait.

— Ça l'est.

Erik l'avait serrée encore plus fort. Laura s'était sentie obligée de se justifier.

— C'est Grégoire qui a eu l'idée de lancer une invitation sur ton Facebook. Je ne connais pas la moitié des convives. J'espère que cela ne t'a pas dérangé.

— Il est dingue. J'ai revu des gens que je n'avais pas croisés depuis la sixième. Ils viennent de tous les milieux. C'est un peu bizarre mais sympa.

Laura avait perçu dans sa voix une nuance pas entièrement sincère.

— Quelque chose te contrarie ?

— Non, rien.

— Dis-le-moi.

Erik avait soupiré.

— Il aurait pu venir, quand même...

— Qui ?

Elle avait posé la question pour la forme, elle connaissait la réponse.

— Tomas.

Laura s'était mordu les lèvres.

— J'ai essayé. Je lui ai laissé des messages, mais je n'ai pas eu de réponse. Tes cousins sont là, et tous tes copains.

— Je suis son petit frère, merde ! Et ce sont mes quarante ans, c'est important. Quel égoïsme !

— Ça va s'arranger avec le temps, j'en suis sûre, avait-elle murmuré.

— Ou pas...

Il avait jeté sa cigarette dans les gravillons d'un mouvement rageur.

— Viens, on y retourne.

Il l'avait prise par la main et s'était dirigé vers la maison. Puis il l'avait abandonnée pour se replonger dans le brouhaha de la fête en exécutant quelques pas de danse. Laura l'avait entendu rire bruyamment, soulagée que le coup de cafard soit passé.

Elle était demeurée sur le seuil, le regardant s'éloigner en se disant qu'elle aurait été capable de dessiner les yeux fermés la forme de ses épaules, sa nuque, l'implantation de ses cheveux. Depuis qu'elle l'avait rencontré, sa vie avait été métamorphosée. Certes, il était parfois étrange, sombre, inquiétant peut-être même, mais c'était ce qu'elle aimait chez lui, son univers et son engagement. À trente-six ans, au côté de cet homme, Laura se sentait enfin éclore. Ce soir, elle était triste qu'une ombre soit venue obscurcir le regard de son homme. Elle avait secrètement espéré que le grand nombre d'invités lui ferait oublier l'absence de son grand frère. Elle avait eu tort. Elle s'était sentie triste. Si seulement elle s'était doutée de ce qu'il avait vraiment en tête.

Paule caressa la joue de son fils. Laura se sentit faiblir. Ses forces, rassemblées pour faire face à l'épreuve, étaient en train de l'abandonner.

— Ça devait finir par arriver, murmura Tomas.

— Tais-toi, veux-tu, répondit sèchement sa mère.

— Tu sais très bien de quoi je veux parler.

— Tais-toi, te dis-je.

— Toujours se taire avec toi.

Laura dressa l'oreille.

— Qu'est-ce qui devait arriver ?

Paule fusilla son fils aîné du regard, puis sa belle-fille.

— Cessons d'être hypocrites. Tu n'étais pas une femme pour lui. Tu t'es accrochée et n'as su que les monter l'un contre l'autre. Erik en était très affecté. Ça le rendait fou que notre famille soit déchirée. Regarde où ça l'a mené.

— Ça n'a rien à voir et tu le sais très bien, gronda Tomas. Elle n'y est pour rien. Laisse-la tranquille.

— Tu la défendras toujours, hein ? répondit la mère, qui pinça les narines comme si quelque chose empestait sous son nez.

Laura fit marche arrière, ouvrit la porte de la chambre et s'enfuit, au bord de la nausée.

8

Huit mois plus tôt

La réunion de crise avait rassemblé la directrice du Centre de recherche sur le neurone, son adjoint, le directeur de la communication et Erik Hilgarson. Ce dernier avait été convoqué à l'aube, sans même être repassé par son bureau. La directrice alla droit au but. Bouche fardée et visage fermé sous son brushing blond, elle annonça la catastrophe.

— Il y a eu un cambriolage avec effraction cette nuit. Le laboratoire de génétique a été visité.

Erik accusa le coup.

— La séquence d'ADN de l'AT37 a été dérobée, poursuivit la directrice.

Les plis de la bouche d'Erik s'abaissèrent.

— Impossible... c'est totalement sécurisé.

— Les systèmes ont été déjoués. Le voleur était bien renseigné. Il a dérobé les échantillons. Je n'ai pas encore prévenu Genex, qui attendait bientôt notre livraison.

Hilgarson passa la langue sur ses lèvres sèches. La directrice connaissait le caractère soupe au lait de ce chercheur et voulait éviter tout esclandre. Son ton s'adoucit.

— Nous avons porté plainte. Je vous assure que je retrouverai celui ou celle qui a perpétré pareil forfait.

Erik s'était levé.
— Je veux voir.
— Allons-y, la police arrive d'une minute à l'autre. Il ne faut toucher à rien, m'a-t-on dit. Erik ?
— Oui.
— J'ai demandé à la police d'être discrète. Je vous fais la même recommandation. Que tout ceci ne sorte pas de ce bureau, jusqu'à ce qu'on ait retrouvé la molécule et les coupables. Pas question que Genex soit au courant pour le moment.

*
* *

Six mois plus tôt

La clé tourna dans la serrure de la porte du petit laboratoire clandestin. Erik alluma la lumière, deux cages abritaient une vingtaine de souris normales et une troisième un groupe de rongeurs manipulés génétiquement pour développer les symptômes de la maladie d'Alzheimer. Il enfila la blouse blanche accrochée à une patère. En liquidant les quelques dizaines de milliers d'euros de son assurance vie, le chercheur avait investi dans une hotte stérile, un congélateur à très basse température et tout le petit matériel technologique et biologique nécessaire pour mener à bien son travail.

Ni Genex ni Genetic-Tech n'auraient le gène de l'AT37, ni personne d'autre que lui d'ailleurs. Sa molécule n'était bien qu'ici, entre ses mains. Il regarda Olovna, le troll bleu à figure de sorcière et cornes de bouc qu'il avait confectionné et placé à côté de son microscope, il lui tira la langue comme un gosse.

— Tu as voulu me castrer, vieille truie, tu vas voir ce que tu vas voir.

Il rit nerveusement, se sentant libéré des contraintes éthiques que lui imposait le vénérable CRN pour lequel il travaillait depuis quinze ans. Enfin il allait pouvoir expérimenter les potentialités de sa découverte phénoménale. Les tests étaient bons. Il avait injecté trois semaines auparavant un virus désactivé et modifié, porteur de sa séquence d'ADN d'AT37. Il l'avait injecté précisément dans l'hippocampe des souris malades, mais aussi dans le cortex visuel de souris normales comme preuve de concept. Et maintenant, il contemplait son œuvre. Son radio-réveil branché sur Radio Classique entonna les mazurkas de Chopin qui avaient toujours eu le pouvoir de l'aider à se concentrer pleinement.

Trois coups frappés à la porte de l'atelier lui apprirent que son invité était arrivé, pile à l'heure. Erik lui ouvrit. Francis Chelles, en costume gris, tenait un parapluie dégoulinant au-dessus de sa tête. Il entra dans l'atelier, ferma son pépin en le secouant.

— Quel temps de chien ! Je dois me dépêcher, ma consultation reprend dans une heure.

Erik fit entrer son confrère dans son atelier d'artiste.

— Viens, tu ne le regretteras pas.

Il ouvrit la porte du fond et céda le passage à Francis, qui siffla entre ses dents.

— Mais qu'est-ce que c'est que ça ?

— Ma surprise !

En un coup d'œil circonspect, Francis scanna la petite cuisine transformée en laboratoire. Il demeura muet, attendant la suite. Erik plongea la main dans une des cages et attrapa une souris qui avait une marque verte à la patte. Il la porta jusqu'à un appareil installé sur la table, un cylindre fait de bandes verticales noires et blanches, fixé sur une plateforme tournante et surmonté d'une caméra. Il posa la souris au centre de la plateforme et déclencha le mécanisme. Le cylindre se mit à tourner comme un manège.

— C'est le test du tambour, expliqua-t-il. La souris suit du regard les bandes verticales du cylindre qui défilent devant elle, pendant que le système de *tracking* de la caméra décompte les rotations de sa tête. Ceci permet de mesurer la qualité de sa perception visuelle. Cette souris-là est normale.

Un chiffre s'afficha sur l'écran d'ordinateur.

— Elle fait dix mouvements de tête à la minute.

Francis demeura de marbre, ne comprenant pas du tout où est-ce que le chercheur voulait en venir. Erik coupa la caméra.

— Bien. Et maintenant, observe.

Il arrêta le système, replaça la souris dans sa cage et en saisit une autre, avec une marque bleue, cette fois-ci. Puis, il réitéra l'expérience. Francis croisa les bras. Le cylindre se remit à tourner autour de la souris qui, elle-même, tournait la tête en cadence.

Au bout d'un certain temps, Erik interrompit à nouveau le test et orienta le moniteur vers son confrère.

— Dix-neuf mouvements de tête à la minute ! Elle a une vision quasiment deux fois meilleure que la normale ! Et j'ai testé ça sur une dizaine d'autres !

Les yeux de Francis se fendirent.

— Comment as-tu fait cela ?

— Je te présente mes super-souris, avec une vision augmentée !

— Qu'est-ce que tu leur as fait ?

— J'ai infecté leur cortex visuel avec des virus porteurs de mon gène... tout simplement.

Le sourire d'Erik était radieux. Francis baissa ses lourdes paupières et passa une main nerveuse sur son crâne chauve.

— Ne me dis pas...

— L'AT37 est trop grosse pour traverser la barrière hémato-encéphalique, j'ai donc inséré le gène dans un virus pour atteindre le cerveau. Et ça marche !

Erik avait un débit de plus en plus rapide. Francis croisa les bras sur sa poitrine.

— Erik...

— Au bout de trois ou quatre jours, le cortex visuel synthétise l'AT37 et, environ trois semaines après, les nouveaux neurones sont attirés dans la zone de la vision.

— Erik...

— La chose la plus importante est de stimuler les yeux pendant la création des néo-neurones pour qu'ils migrent et s'intègrent dans le réseau.

— Erik !

— Quoi ?

— Tu as volé l'AT37 au CRN ?

— Je n'ai fait que reprendre ce qui m'appartenait.

— Tu t'es pris pour Peter Seeburg[1] ou quoi ?

— Et alors ? Il avait raison. C'était sa découverte, sa séquence d'ADN.

— Il s'en est suivi vingt ans de procès. C'est un délit !

Erik se redressa, l'œil mauvais.

— Tu veux que je dise ce qui se serait passé si je n'avais pas réagi ? L'accord avec Genex aurait été officiellement conclu, le gène de l'AT37 aurait disparu de la circulation purement et simplement.

— Pour faire des essais cliniques.

— Non ! C'était bidon. Totalement bidon. Genex a conclu un accord avec une autre boîte pour racheter et couler mon brevet. Il a servi d'intermédiaire, c'est tout.

— Quelle boîte ?

— Genetic-Tech. Olovna Stevenson a officieusement racheté le brevet pour mieux pouvoir l'enterrer et lancer sa thérapie génique anti-Alzheimer sans concurrent.

Francis s'attarda sur la figurine de troll aux cornes de bouc et dévisagea son ami.

---

1. Peter Seeburg, chercheur allemand, directeur de la recherche médicale de l'Institut Max-Planck, avait identifié en 1978 la séquence du gène de l'hormone de croissance pour l'université de Californie à San Francisco. Dans la nuit du 31 décembre 1978, Seeburg vole la séquence pour Genentech, une start-up qu'il a fondée et qui entend utiliser le gène pour produire l'hormone de croissance en quantité industrielle.

— Tu es en train de te mettre dans la merde. Si c'est vrai, ce qui n'est pas prouvé, dénonce Genetic-Tech au service juridique, mais ne mets pas en péril toute ta carrière.

— Pour perdre vingt ans en procédures judiciaires ? Jamais. Écoute, l'AT37 est une bombe, en passe de sauver les cerveaux malades et d'améliorer les cerveaux sains. Rendre nos cerveaux immortels, si ça se trouve ! Stevenson agit comme une criminelle en voulant enterrer une molécule avec un tel potentiel, alors il faut agir à la hauteur de son forfait, voilà tout.

— Mais si tu te fais pincer ?

— C'est pourquoi on doit garder le plus grand secret.

— On ? Tu l'as dit à ta femme ? Elle peut parler, tu es fou !

— Non, je ne veux pas inquiéter Laura avec ça. Mais je lui en parlerai après le concert du 14 Juillet, et elle m'approuvera. Elle comprend combien ce travail est crucial pour les patients. Son père est malade, tu es bien placé pour le savoir. Quand je lui dirai, elle comprendra et me soutiendra dans mon combat.

Francis soupira, encore sous le choc de ce qu'il venait d'apprendre.

— Qu'attends-tu de moi ?

— Tu es le seul en qui j'ai pleinement confiance professionnellement. Alors j'aimerais que l'on travaille ensemble, comme on l'a toujours fait.

Erik se déplaça vers une cage avec trois rongeurs isolés porteurs d'une marque rouge cette fois.

— Ici, ce sont les souris Alzheimer que j'ai traitées. J'ai injecté dans leur hippocampe le virus chargé du gène de l'AT37. Eh bien, depuis trois jours, j'observe le ralentissement de leur neurodégénérescence et la récupération de leurs fonctions...

Il avait bien détaché ses mots. Francis resta coi.

— Tu te rends compte ? poursuivit Erik, solennel. On a trouvé. Ça y est. On a la base d'un vaccin anti-Alzheimer...

Francis ne bougeait plus, sérieusement ébranlé.

— Que disent les analyses du cerveau ?

— Les plaques amyloïdes ne disparaissent pas vraiment, en revanche l'hippocampe retrouve son volume initial, d'avant la maladie. Mais ce n'est que le début, on peut mieux faire.

Erik était calme à présent.

— Faisons quelques essais sur des patients malades. En simple injection intranasale pour atteindre l'hippocampe. On teste la sécurité du protocole, c'est tout. Si les résultats sont encourageants, on se lance.

Francis s'assit sur l'unique chaise de la pièce.

— Mes malades ?

— Oui. Tant qu'ils peuvent encore donner leur consentement. Ça va marcher.

— Erik, tu es le chercheur le plus brillant de notre génération, toi seul as su voir ce que personne ne voyait, que nous produisons des nouveaux neurones jusqu'à la fin de notre vie, et tu as su déterminer le mécanisme exact qui permettait d'orienter leur course. Tu es un génie et, je te le dis sans flatterie, tu pourrais recevoir un prix Nobel pour tes travaux. Mais là, ça va trop loin.

— Trop loin ? Oui, nous irons très loin, répliqua Erik avec un sourire désarmant. C'est aller trop loin que de vouloir les guérir ? Ou du moins repousser l'échéance de la démence. Si ça marche, on lève des fonds, on crée notre start-up et on lance le vaccin qui va faire reculer Alzheimer.

— On ne nous laissera jamais faire ici.

— Eh bien, nous irons aux États-Unis. Je t'offre la renommée, le sentiment du devoir accompli, et potentiellement une énorme fortune. J'aimerais bien aussi t'offrir l'amour de ta vie, mais ça n'est pas compris dans le lot.

Francis bredouilla, abasourdi :

— Je ne sais pas, c'est tellement...

— C'est tellement énorme, oui. Prends quelques jours pour réfléchir. Et dis-toi bien qu'avec ça on entrera dans l'histoire des sciences et on révolutionnera la médecine.

9

Samedi 12 juillet, 14 heures

If it be your will ? Leonard Cohen et les Web Sisters faisaient monter vers les cieux la chanson telle une louange. Au volant de sa voiture, à l'arrêt devant chez elle, Laura puisait de l'apaisement dans les paroles réconfortantes, s'en remettant à une puissance supérieure. Ça faisait longtemps qu'elle n'avait pas prié. Là, elle ressentait le besoin de se lover dans une entité plus grande qui entendait quelque chose à la violence de ce qui lui arrivait. « Il y a un sens caché, une signification à tout cela, disait son père quand ils avaient enterré leur mère qui avait enjambé la barrière du pont. Il faut du temps pour la comprendre, mais un jour nous y parviendrons. » Peut-être. Mais pour le moment elle ne saisissait toujours pas le pourquoi de tant de souffrance. La douleur lui nouait le corps, pinçait les nerfs au creux de son estomac. Laura avait repris imprudemment le volant après avoir descendu plusieurs verres de vin avec Delphine, sa meilleure amie, dans un bar de Saint-Germain.

— Il t'aimait, j'en suis sûre, avait répété Delphine, ne lui lâchant pas la main. Il a fait une crise de la quarantaine. Comme Paul.

— J'ai tellement cru qu'on s'était trouvés l'un et l'autre...

Son amie, jolie brune énergique, l'avait serrée dans ses bras.

— Je sais, ma chérie, je sais.

— Et je me suis plantée. Je n'ai rien vu. Mais quand, comment, pourquoi ?

— Il avait ses démons.

— J'aurais dû t'écouter. Au début, tu m'as bien dit qu'il était trop égocentrique.

Son amie avait soupiré.

— J'aurais préféré me tromper. Mais malheureusement, beaucoup sont comme lui. Ils veulent tout. La femme parfaite, talentueuse, belle, et la maîtresse pour le petit coup de jeune que ça leur procure. Ils ont tellement peur de vieillir, de passer à côté de quelque chose. Ce sont des gosses qui ne veulent pas grandir.

Laura avait repris un verre.

— Ç'avait l'air plus grave qu'une aventure. Tu la verrais, en plus ! Elle... elle est si... bizarre.

— Comment tu le sais ?

Laura avait sorti l'iPad d'Erik et s'était connectée à son compte Facebook devant les yeux étonnés de son amie. Elle avait fait défiler les pages de post en tout genre qui montraient combien Erik était populaire depuis la sortie de son livre : 500 « amis » et pas moins de 10 300 fans de sa page « Human 3.0 ».

Elle inscrivit dans le champ de recherche « Katherine P. ». Surgit alors la photo d'un œil noir barré d'une mèche de cheveux bleue. *Katherine Pandore, pseudo : Pandora.* L'album photo contenait une cinquantaine de clichés. La fille était grande, athlétique, yeux de chat, visage carré encadré par une chevelure lisse bleu nuit. Elle était le plus souvent vêtue de tenues de danseuse de revue très déshabillées, qui laissaient clairement voir qu'elle avait été sculptée par les mains d'un chirurgien plasticien hors pair. Delphine s'écria :

— Waouh ! Tu vois Erik avec une créature pareille ?

Laura secoua la tête vigoureusement.

— Non !

Elle cliqua sur les pages d'actualité.

— Regarde. Elle écrit sur le mur de Grégoire ! Alors que cet enfoiré me soutient qu'il la connaît à peine. Lui, je ne veux plus jamais le voir.

Delphine lui avait proposé de rester avec elle, mais Laura avait refusé. Elle voulait être seule. Elle avait repris le chemin de la maison, oscillant d'un état émotionnel extrême à l'autre. Ralentie, abasourdie, les mouvements lents, appesantis par le chagrin, puis soudain le cœur qui accélère et le feu aux joues dans un accès de rage.

Assise dans sa voiture, elle essayait juste de trouver une minute de répit pour s'extraire du véhicule. Mais elle était incapable d'en descendre, son cœur tellement serré lui broyait la poitrine. Elle ressentait une souffrance interne comme si ses organes rapetissaient, se recroquevillaient. Tout était fini avant d'avoir vraiment commencé. Son rêve d'un amour entier, fracassé contre la plastique d'une poupée gonflable, une chimère. La vision insupportable de leurs corps l'un sur l'autre, *l'un dans l'autre*, la laissait pantelante.

La vie s'échappait de ses pores. Elle ne pouvait rien analyser, ni penser, encore moins émettre des hypothèses sur l'avenir. L'hôpital, le réveil, la belle-famille, la maison, tout ça était trop irréel et douloureux. Elle sentit les sanglots monter de nouveau dans sa gorge, un flot dévastateur. Elle savait que si la digue lâchait, elle serait submergée et pas certaine de pouvoir tenir le coup. Elle lutta contre les larmes, les retint. Elle avait cru que la vie allait se réconcilier avec elle après la blessure qu'elle lui avait infligée à la mort de sa mère. À tort. Elle payait probablement la souffrance qu'elle avait elle-même générée trois années auparavant, sans trop s'en inquiéter. Antony & the Johnsons prit le relais de Leonard Cohen.

You are my sister, and I love you.
May all of your dreams / come true

Elle coupa la musique.

Elle allait prendre un anxiolytique et se reposer quelques heures avant de retourner à l'hôpital. Elle se forcerait à faire des choses banales, insurmontables. Se doucher, prendre le relais de sa chère belle-famille pour la nuit, cacher ses sentiments, affronter les regards, voir Erik et lui parler. Même dans le coma, peut-être entendrait-il quelque chose. Après, demain, il faudrait jouer, répéter. Puis lundi, au concert, assurer.

Un spasme lui tordit les entrailles, elle n'arriverait jamais à jouer. Elle avait été naïve de croire qu'Erik et elle étaient différents. Un chat traversa la rue, dardant ses yeux miroirs sur elle. Laura se secoua, elle n'allait pas passer la journée là. Elle descendit de voiture.

Derrière la lourde porte cochère vert bouteille à heurtoir du 53 de la rue Raymond-Losserand se trouvait une allée pavée desservant cinq maisons d'architecte. La leur se nichait tout au fond « dans un écrin de verdure », comme l'avait vanté l'annonce immobilière qui les avait attirés. Elle poussa le portail et remonta le chemin aux pavés inégaux, passant devant chez les Robert, volets fermés, partis en vacances. Puis devant chez les Siméon, qui visiblement n'étaient pas encore de retour.

Dès leur première visite, Erik et elles avaient été conquis d'emblée par la tranquillité, les arbres, les oiseaux, puis par la maison de plain-pied, le jardinet et son tilleul qui ombrageait une petite terrasse et, enfin, par la dépendance à l'abri des regards, près du mur de pierre. Erik l'avait immédiatement annexée pour y installer son atelier. Lorsqu'elle poussa la barrière blanche, Laura vit tout de suite que quelque chose clochait. Deux trolls gisaient, cul par-dessus tête, devant le cabanon.

*
* *

Reykjavik, trois mois plus tôt

La main d'Olovna Stevenson ne trembla pas lorsqu'elle reposa le combiné du téléphone sur son socle, mais ses dents grinçaient. Un de ses contacts venait de lui confirmer une nouvelle des plus fâcheuses qui fit prendre à ses lèvres fines un pli hargneux. Le Centre de recherche sur le neurone s'était fait voler la séquence d'ADN de l'AT37 et avait gardé le secret plusieurs mois tandis que l'enquête piétinait. Ce qui expliquait pourquoi Genex, la firme suisse qui devait entrer dans le capital de Genetic-Tech, reportait sans cesse la transaction et que ses dirigeants biaisaient au téléphone. Olovna appela son assistant.

— Passez-moi Genex. Et insistez !

Elle repoussa son fauteuil brusquement et se leva. Son tailleur noir grande taille à fines épaulettes lui conférait une allure de lutteuse, des épaules carrées. Ses cheveux d'un blond-gris coupés court accentuaient la longueur et l'inclinaison de son nez ainsi que la lourdeur de ses pommettes. Elle se servit un verre de vin blanc puis vint se poster devant la fenêtre qui donnait sur la mer. Elle observa l'aile ouest du bâtiment gris design érigé sur deux étages, dont les blocs étaient reliés par des passerelles métalliques. Elle, Olovna Stevenson, professeur de neurologie, de neuropathologie et de neurosciences, diplômée de l'université de Harvard, qui avait occupé de hauts postes à l'université de Chicago puis à l'hôpital de Boston, qui avait fondé la compagnie Genetic-Tech *ex nihilo* en 1996 sur la géniale intuition que la clé des traitements se trouvait dans le génome. Elle qui était reconnue mondialement comme étant une figure dominante de la génétique humaine, qui avait fait de sa firme une plate-forme de recherche génétique unique au monde. Elle n'obtenait aucune réponse, on lui cachait que le gène qu'elle avait acheté s'était volatilisé dans la nature depuis des mois ? Elle fixa un point dans le vide. Et son visage exprima la cruauté. Son assistant la rappela.

— Ils ne répondent pas chez Genex. Désolé.

— Trouve-moi les coordonnées personnelles d'Erik Hilgarson, à Paris.

10

Samedi 12 juillet 14 h 30

Une faible lueur filtrait à travers la petite fenêtre à battant du cabanon. Laura n'y mettait jamais les pieds, sauf lorsque son mari l'y invitait pour lui faire découvrir un nouveau personnage légendaire, une sorcière, un elfe ou un troll, qu'il venait de façonner et que, globalement, Laura trouvait hideux. Elle ouvrit la porte sans difficulté, la grosse serrure que son mari avait installée au début de l'année était sortie de son logement. La lumière provenait d'une lampe de bureau. Autour du halo, elle vit des outils, des matériaux de toutes sortes qui jonchaient le sol, le canapé clic-clac, l'établi. Le parquet était recouvert d'une fine couche de poudre rose échappée d'un gros sac de résine lacéré. Le petit monde du peuple caché avait été renversé et jeté à terre. Un troll au collier de barbelé avait perdu sa tête, la silhouette longiligne d'un elfe était pourfendue, les deux moitiés gisant dans le plastique rose. Laura distingua des traces de pas.

La jeune femme avança sur la pointe des pieds jusqu'à la porte de la cuisine. Elle actionna l'interrupteur et demeura interdite. Son regard balaya le laboratoire clandestin saccagé, des cages vides renversées, une armoire métallique éventrée et un congélateur ouvert. Seul un buste monstrueux, une vieille femme bleue à cornes de bouc, se tenait encore debout. Une souris lui fila entre les pieds. Elle laissa échapper un cri.

Elle ressortit de l'atelier, hébétée, et se dirigea vers la maison. Erik avait mené des expérimentations ici, sans rien lui dire. Encore un mensonge. Vraisemblablement, d'autres étaient au courant et pas contents du tout. Elle allait prévenir la police.

Elle glissa la clé dans la serrure. Aucune trace d'effraction, le salon était parfaitement en ordre. Elle déambula rapidement de pièce en pièce, passant en revue la chambre, la salle de bains, le bureau. Rien n'avait été dérangé. Tout allait bien.

Elle mit son portable en charge. *Où ai-je rangé la carte du policier ?* Elle entreprit de fouiller son sac quand un cliquetis derrière elle la fit suspendre son geste net. Elle voulut se retourner, ne le put pas, un étau froid l'attrapa par la nuque. Laura porta les mains à son cou, ouvrit la bouche, aucun son n'en sortit. La pince métallique lui écrasa les cervicales et lentement l'attira vers l'arrière. Elle se sentit soulevée de quelques centimètres, ses mains s'accrochèrent à l'anneau, ses jambes obéirent. Elle asphyxiait, elle criait sans bruit, des taches noires devant les pupilles. Une porte s'ouvrit dans son dos. La cave. Laura se tortilla. Effort pitoyable. L'étau serra plus fort, ses cervicales craquèrent. Elle perdit connaissance.

*
* *

Lorsqu'elle revint à elle, Laura voulut bouger. Impossible. Ses bras étaient suspendus au-dessus de sa tête, attachés à une chaîne qu'elle identifia immédiatement comme étant celle qui soutenait le sac de boxe d'Erik et dont elle sentait le poids contre ses omoplates. La cave était plongée dans une obscurité quasi complète, la bouche d'aération n'apportant qu'un rai de lumière qui frappait le sol de béton. Elle s'agita, remua, cherchant à se dégager, ses jambes pendaient sous elle comme celles d'un pantin. Seul le bout de ses baskets touchait le sol. Elle sentit quelqu'un s'approcher près de son flanc gauche.

— Où est l'AT37 ? souffla une voix d'homme.

Laura se mit à trembler de tout son être.

— Qui êtes-vous ?

— Où est le gène ?

La voix était rauque et désagréable.

— De quoi parlez-vous ?

— Le gène de ton mari !

— Je n'en sais rien.

— Il a un coffre ?

— Non.

— Il va falloir faire un effort ou je vais te faire très mal.

La terreur se diffusa comme un acide dans tous les nerfs de Laura. Elle perçut un déplacement d'air, et s'agita pitoyablement au bout de sa chaîne.

— Vous êtes islandais ? Je l'entends à votre accent.

Elle vit une ombre se déplacer. Une chaleur humaine la frôla. Puis brusquement l'étau métallique se referma de nouveau sur son cou. Un élancement fusa entre ses tempes. Elle cria faiblement.

— Tu couines encore et je t'achève. Dis-moi ce que tu sais de l'AT37.

— Je ne sais rien...

La main d'acier serra un peu plus fort. Laura suffoqua, des flashs de couleur bombardèrent ses pupilles. La main relâcha la pression, la tête de la jeune femme dodelina et retomba, pantelante, sur sa poitrine.

— L'AT37, il l'a mise où ?

— ... il a séquencé le gène, bredouilla-t-elle... la molécule attire les neurones.

— Où le cache-t-il ? Ici ?

— ... sais pas. Son atelier...

Un souffle près de son oreille.

— Y a rien dans son atelier.

La main de métal lui saisit de nouveau la gorge, mais cette fois comprima les artères de la base du cou. Les yeux éjectés de leurs orbites, Laura se raidit, étouffa, ses narines cherchèrent l'oxygène. L'air fut cinglé d'un éclair blanc, puis plus rien. Sa tête retomba, un filet de bave s'écoula à la commissure de ses lèvres et son corps se laissa pendre, attaché par les mains, comme un pantin.

— Où est la molécule ? répéta l'homme.

— ... rien.

— Au CRN ?

— ... pas...

La main métallique empoigna ses cheveux et lui redressa la tête. Au travers de ses paupières mi-closes, Laura entrevit le rai lumineux du soupirail exécuter des arabesques.

— Il va falloir que tu te renseignes, que tu fouilles partout, et que tu trouves ce gène, et vite. Tu as compris ?

Elle ne put rien répondre, la communication entre son cerveau et ses muscles était interrompue. Dans son champ de vision, un écran blanc se matérialisa, celui d'un smartphone. Elle distingua la photo d'une chambre d'hôpital. Un lit. Erik.

— Si tu causes à la police, tu pourras dire adieu à ton mari. Pour de bon.

L'agresseur manipula le téléphone. La lueur de l'écran éclaira subrepticement son visage. Surgit de l'obscurité un nez écrasé surmonté de deux petits yeux ronds de porc.

Laura sentit les doigts d'acier de nouveau courir sur son corps. La main caressa son ventre, ses seins. Elle se cabra. Les doigts de métal remontèrent le long de ses bras attachés, centimètre par centimètre, jusqu'au poignet, la main. Laura s'agita, cherchant à se soustraire. La pince se referma sur son auriculaire. La douleur fulgurante se propagea dans l'avant-bras et le coude jusqu'à irradier le long de sa colonne vertébrale. Lentement, son petit doigt fut retourné vers l'arrière, formant un angle improbable. Elle gémit sourdement.

— Tu m'as compris, j'espère. Si tu ne retrouves pas le gène de l'AT37, je te broierai le cerveau comme une noix aussi facilement que ça.

D'un coup sec, l'homme lui cassa l'auriculaire, qui craqua comme un os de poulet.

11

Samedi 12 juillet, 18 heures

Raphaël Ruis savourait quelques minutes de répit. Il avait préparé le dîner bien à l'avance, mis la table et même lancé une machine, tandis que Fabienne faisait prendre leur bain aux jumeaux. Il s'octroya le droit de s'asseoir dans le canapé, avec sa tablette numérique. Il lança une recherche sur Internet et rapidement ses yeux sautèrent d'une image à l'autre. Il y en avait de nombreuses, assez réussies d'ailleurs. Sur l'une d'elles, Laura Katz-Hilgarson était carrément jolie, bien que trop sévère à son goût. Sur une autre, où elle était penchée sur son violon, jaillissait de sa posture une grande puissance. C'était ce qui la définissait le mieux, la douceur, la rigueur et la puissance. Il agrandit la photo et l'observa pensivement. Quelque chose le turlupinait dans l'histoire de tentative de suicide de son mari.

Il tendit la main vers son blouson jeté sur l'accoudoir du canapé et sortit son carnet de notes, qu'il feuilleta jusqu'à trouver ce qu'il cherchait. La retranscription des textos envoyés par Erik Hilgarson dans la nuit.

Le capitaine avait déjà essayé de joindre Katherine P. au numéro indiqué, en vain, et il lui avait laissé un message pour la convoquer au commissariat. Elle devait dès que possible venir confirmer être l'auteur des textos pour classer l'affaire. Mais elle ne s'était pas encore manifestée.

Raphaël entra son nom de scène dans Google Images et observa le résultat, sa page Facebook étant en accès libre. Cette créature était capable de faire des choses que l'apesanteur et les ligaments semblaient interdire. Il visionna une vidéo sur YouTube et ses lèvres prirent un pli dubitatif. Erik Hilgarson aurait donc voulu se suicider par amour pour... ça ? Un scientifique de haut vol, au plan de carrière bien établi et à l'ambition dévorante qui avait choisi pour compagne une musicienne aussi exigeante que lui. Qu'il fantasme sur une autre femme, pourquoi pas, mais de là à vouloir se tuer pour cette créature plus Daft Punk que Debussy... *Ça ne colle pas.* Raphaël posa son ordinateur sur la table basse et ouvrit la première page de *Human, 3.0.*

*
* *

Trois mois plus tôt

Olovna Stevenson alluma sa cigarette électronique et se mit à téter le tuyau noir à petites succions nerveuses, envoyant des nuages de vapeur mentholée autour d'elle. C'était l'heure. Elle lança un appel par Skype, qui joua son jingle caractéristique. Après quelques sonneries, Erik Hilgarson apparut plein cadre sur l'écran, en chemise blanche boutonnée, les traits tendus, la mâchoire serrée. Il s'adressa à elle en anglais, réservant son islandais rouillé à un cadre moins strict.

— Bonjour, Erik.

La directrice de Genetic-Tech souffla un jet de vapeur sur la webcam. Un tic nerveux contracta la paupière d'Erik.

— Bonjour, Olovna. Que me vaut l'honneur ?

La directrice de Genetic-Tech se cala dans son fauteuil et tira sur son tube métallique.

— J'ai entendu dire que les séquences d'ADN de ta protéine avaient été dérobées.

Le chercheur plissa les yeux.

— C'est faux.

— Vraiment ?

— En quoi ça te concerne ?

— Qui a fait ça à ton avis ?

Erik plaça ses deux mains en coupole sur la table et tapota les phalanges de ses majeurs. Ses yeux durs fixaient la webcam.

— Je n'ai rien à te dire à ce sujet.

Erik voulait rester neutre, mais il discerna dans sa propre voix exactement ce qu'il souhaitait éviter : de la provocation.

Il faisait face à celle qu'on baptisait « Big Mother » à Reykjavik. Pour cause, depuis trente ans, elle tentait de constituer une base de données génétiques de toute la population islandaise, contenant également les dossiers médicaux et généalogiques de chacun. Projet que le magistrat Ilgar Hilgarson, le propre père d'Erik, avait combattu politiquement pendant une décennie, pour des questions éthiques évidentes. L'initiative avait suscité une intense controverse jusqu'à ce qu'un jugement de la Cour suprême d'Islande y mette enfin un terme.

Mais malgré l'interdiction, Genetic-Tech avait continué à séquencer les génomes d'Islandais, volontaires cette fois. Et la compagnie avait renfloué ses caisses grâce à de l'argent frais d'investisseurs qui avait permis à la société de lancer des services de décodage génétique pour la recherche de diagnostics, de prédispositions à des maladies et la recherche en paternité.

Le grand œuvre d'Olovna Stevenson restait à bâtir. Sur plus d'un millier de personnes dont elle avait décodé les gènes, elle avait montré qu'une petite partie possédait une certaine mutation génétique qui les protégeait d'Alzheimer. Les porteurs de la mutation ayant cinq fois plus de chances d'atteindre quatre-vingt-cinq ans sans être malades et dans un meilleur état cognitif que les non-porteurs. Aussitôt le résultat publié, la compagnie avait organisé une levée de fonds pour lancer la recherche du médicament qui imiterait l'action de cette mutation. La firme islandaise avait achevé le premier tour de table.

— Et que compte faire le CRN ? relança Olovna Stevenson.

— Qu'est-ce que cela peut bien te faire ?

— Ça m'intéresse.

— Vraiment ? lâcha Erik, narquois. Et pourquoi donc ? Je croyais que mon approche était « réductionniste », d'après tes commentaires sur ma dernière publication.

— Je le pense toujours, oui.

Erik s'échauffait, il serra les poings. Cette sorcière rendait mauvais tout ce qu'elle touchait.

— Tu dis cela parce que mes travaux sont plus avancés que les tiens, assena Erik. Remarque, je comprends que je t'aie fait peur. Avoue que tu ne croyais pas que j'y arriverais.

— Peur ? fit la directrice en regardant se mouvoir Erik. Ton approche n'est pas une véritable avancée, ce n'est qu'un pis-aller, tu ne guéris pas le malade.

— Combien de souris as-tu guéries avec ton hypothèse de travail, rappelle-moi ? lança Erik. Tu n'as rien. Que de la théorie, pas le début d'une preuve d'efficacité.

Olovna regarda Erik monter en température tout seul. Elle ne bougea pas d'un millimètre, laissant les choses se faire. Erik s'approcha de la caméra.

— C'est pour ça que tu as essayé de me doubler, parce que j'ai des résultats, moi.

— Te doubler ? répéta Olovna.

Ses narines se pincèrent, faisant paraître son nez encore plus long et crochu.

Erik éructa.

— Mais cesse de jouer. Je sais tout de ta manœuvre auprès de Genex. Comment tu as voulu racheter ma séquence d'AT37 pour t'en débarrasser. L'idée que j'aie pu trouver la solution avant toi t'est tout simplement insupportable. Mais, désolé de te l'apprendre, l'AT37 n'est pas morte.

Olovna se pencha en avant pour s'approcher à son tour de la webcam.

— Serait-ce toi qui aurais volé le CRN, par hasard ?

Ils se toisèrent un instant sans mot dire par écran interposé. Erik voulait se taire, mais la chercheuse revêtit soudain les atours monstrueux du troll qu'il avait sculpté et son estomac gronda.

— Tu pensais que tu allais pouvoir me baiser ? souffla-t-il à mi-voix.

— Quelle vulgarité...

— On va se dire les choses alors. Quand mon traitement anti-Alzheimer sortira, tu n'auras plus *qu'à plier tes gaules,* comme on dit ici, et disparaître de la circulation.

Olovna sourit méchamment.

— Alors, c'est donc bien toi, tu avoues.

— Et comment ! s'exclama Erik, les yeux étincelants. Rien n'est terminé. Je vais prouver au monde entier que j'ai gagné. Je vais vaincre Alzheimer et rendre l'homme surpuissant.

Olovna posa sa cigarette.

— Tu es trop dérangé, Erik, pour aller jusqu'au bout. C'est ça que tu ne comprends pas.

— Je suis en train de remporter la partie ! Tu refuses de l'admettre.

— Penses-tu... Depuis le temps que je t'observe. Je savais que tu finirais pas exploser en vol.

Olovna posa un doigt sur son front.

— À cause de ton mental dérangé.

Erik gémit de rage. L'autre ricana.

— Regarde-toi. Tu n'avais pas prévu de me révéler la vérité. Tu comptais juste me défier. Mais tu ne te maîtrises pas, et c'est ton point faible. Tu es ton pire ennemi, Erik.

Erik resta coi et Olovna mit fin à la communication.

12

Samedi 12 juillet, 18 h 10

Allongée sur le côté gauche, Laura ouvrit les yeux, le béton rugueux lui râpait la joue. Elle mit quelques secondes à émerger et se redressa péniblement sur un coude. Des coups de bélier frappaient l'arrière de son crâne. Une douleur lui paralysait tout le bras droit et sa poitrine sifflait désespérément, ses bronchioles brûlantes cherchant un filet d'air. Une nausée lui tordit les intestins, mais elle ne vomit pas. Elle attendit que les spasmes se calment. En s'aidant de sa main valide, elle se rétablit sur les genoux. Elle attendit ainsi quelques instants que le sol cesse de tourner sur lui-même, puis elle se traîna jusqu'à l'escalier de pierre. La poussière irritait son nez et sa gorge, ses poumons manquaient d'oxygène. Elle devait atteindre le rez-de-chaussée et sa Ventoline dans les minutes suivantes.

Elle commença à grimper les marches. Il lui fallut plusieurs minutes pour franchir la distance qui la séparait de la porte, qu'elle poussa de la tête et de l'épaule.

Une fois sur le parquet de la maison, elle se releva, très lentement, en s'aidant du mur. Et courbée en deux, les jambes en coton, la tête dans un casque de plomb, elle marcha à petits pas vers la salle de bains. Elle ouvrit la porte de l'armoire à pharmacie, plongea les mains dans les boîtes et les flacons, qui tombèrent à terre, jusqu'à ce qu'elle trouve le spray contre l'asthme. Elle inspira une bouffée libératrice en prenant une profonde inspiration, puis une deuxième. Elle avala ensuite un antidouleur.

Laura demeura la tête penchée pour faire cesser le vertige. La panique refluait. Elle était vivante.

Une fois raffermie sur ses jambes, le bras droit collé au flanc, elle se dirigea vers l'évier de la cuisine.

Un coup d'œil à l'horloge du four lui apprit qu'il était 18 heures passées. Elle fit couler de l'eau froide, colla sa bouche au jet et lapa de longues gorgées fraîches qui inondèrent son cou. Puis, avant de se relever, elle laissa l'eau ruisseler sur son visage. Elle s'essuya avec un torchon, contourna le bar et s'effondra dans le canapé. Elle ferma les yeux, ceux de son agresseur surgirent, terrifiants. Elle se mit à trembler.

Son auriculaire pendouillait, chaud et gonflé. *Sauve ta main. Lève-toi, sauve ta main, lève-toi.* Une voix intérieure, qu'elle n'avait jamais entendue, vitupérait soudain. Laura se redressa, la voix inconnue ne cessait plus de crier à présent, lui ordonnant des choses auxquelles elle ne pouvait se soustraire. *Sauve ta main ! Et trouve l'AT37.* Comme un automate, la main droite repliée sur son ventre, Laura prit son téléphone, son sac, composa le numéro des taxis. Une voiture serait là dans cinq minutes, lui apprit un message automatique. Entendre une voix humaine lui aurait fait du bien.

Elle ferma la maison et parcourut l'allée privée, sa main blessée serrée contre elle. La voix refusait de se taire. *Comment vas-tu jouer comme ça ? Trouve l'AT37. Sinon Erik mourra et toi aussi.* Elle remonta l'allée et s'écroula dans le taxi.

Un coup d'œil au rétroviseur lui fit peur, les yeux terrifiés, avec deux marques violacées autour du cou. Le conducteur lui demanda si ça allait.

— Oui, merci. Aux urgences d'Arago, s'il vous plaît.

Elle fouilla son sac pour y trouver un petit peigne et se recoiffa maladroitement de la main gauche, la droite pulsant contre son cœur. Elle hésita un instant. Puis replongea dans son sac pour extraire la carte du capitaine de police Raphaël Ruis. Son numéro de portable professionnel figurait en bas, sous le drapeau bleu-blanc-rouge. Elle composa les chiffres avec ses doigts valides, hésita, puis renonça. Elle ne pouvait pas faire ça. Ils espionnaient tout. Ils n'hésiteraient pas à tuer Erik si elle prévenait la police. Elle laissa retomber le téléphone dans son sac. *Trouve l'AT37.*

*
* *

Le petit service des urgences d'Arago était débordé. Des brancards encombraient le hall, presque tous les sièges de la salle d'attente étaient occupés. Les premiers pétards de la fête nationale avaient déjà fait des dégâts, et une grosse échauffourée à la gare Montparnasse avait rameuté son lot de types blessés. Laura expliqua à l'infirmière d'accueil qu'elle s'était cassé le petit doigt en déplaçant un meuble. Elle remplit un formulaire, puis trouva une place dans la salle d'attente. Deux types cuvaient dans un coin. Un jeune garçon accompagné de sa mère entra en boitant, l'oreille en sang. Laura ferma les yeux un instant. Malgré l'odeur de désinfectant et le bruit, elle se sentait en sécurité ici. Elle expira l'air de ses poumons et la digue céda, les larmes lui montèrent aux yeux et les questions déferlèrent. *Qui est-ce ? Pourquoi veut-il l'AT37 ? Est-il vraiment islandais ? Pourquoi Erik avait-il un labo clandestin ? Que vais-je faire ? Où est ce gène ? Au CRN ? Ailleurs ? À quoi ça ressemble ? C'est l'œuvre de la vie d'Erik. Il m'a menti. Lui dois-je encore quelque chose ? Va-t-il se réveiller ? Puis-je en parler à Delphine ? Grégoire sait-il quelque chose ? Et Francis ? Vais-je pouvoir rejouer ? Je ne sais faire que ça. Ma main, ma main, ma main... mon Dieu, sauvez ma main !* Laura se mit à pleurer en silence, épongeant ses larmes dans un mouchoir en papier. Personne ne prêta attention à elle. Elle pleura longtemps. Puis les larmes se tarirent. Elle sentit une certaine énergie remonter. Elle se leva, au risque de perdre sa place, parcourut le couloir pour prendre un café noir au distributeur et revint avec son gobelet. Elle se força à interrompre le flux de ses pensées qui menaçait de l'engloutir. Elle ne devait pas céder à la panique, il fallait plutôt qu'elle réfléchisse à tout prix.

Quelles étaient les données du problème, que savait-elle exactement ? *Erik a séquencé le gène de l'AT37. C'est-à-dire le code génétique qui permet de fabriquer la molécule.*

« L'AT37 est comme un aimant qui attire les bébés neurones », lui avait-il expliqué lors de leur premier dîner.

Erik était, ce soir-là, vêtu d'une chemise blanche ouverte et d'une veste bien coupée sur un pantalon noir. Le sourire irrésistible.

— La molécule aidera à réparer les lésions et donc les fonctions cognitives de manière phénoménale en fixant de nouveaux neurones dans certaines zones du cortex préfrontal, avait-il poursuivi, ses yeux bleus plongés dans ceux de Laura.

Elle n'y comprenait pas grand-chose alors, ses connaissances en biologie s'étant arrêtées au cours de Mme Blanchard au lycée. Mais il avait l'air si passionné lorsqu'il racontait ses avancées en science qu'elle buvait ses paroles.

— Qu'est-ce que le cortex préfrontal ? avait-elle demandé, candide.

Erik avait tendu une main robuste et musclée au-dessus de la table pour lui frôler le front du bout des doigts.

— C'est la partie du cerveau la plus évoluée, qui se trouve juste là, derrière ce front si intelligent. C'est grâce à elle que nous pouvons réfléchir et planifier.

— Quand je joue par exemple ?

— Non, quand vous jouez du violon, un morceau que vous maîtrisez, c'est tellement inscrit dans vos gestes, tellement assimilé, que c'est plutôt la mémoire procédurale qui entre en jeu, et aussi et surtout le cerveau émotionnel.

Laura avait lu dans les yeux d'Erik de l'admiration, elle s'était sentie plus belle et désirable qu'à aucun autre moment de sa vie. Un désir sexuel violent l'avait submergée, sensation inconnue, nouvelle, électrisante.

— Et vous avez guéri des souris avec cette molécule ? avait-elle demandé pour cacher son trouble.

— En réalité, non, pas encore. Mais nous y travaillons. Pour le moment, nous cherchons le code génétique de cette molécule. Car une fois que nous l'aurons décrypté, nous pourrons inclure cette molécule dans n'importe quelle cellule du cerveau pour qu'elle la produise. Ainsi le cerveau pourrait se réparer tout seul. C'est crucial. Car si l'on parvient à réparer le cerveau lésé, par la maladie d'Alzheimer notamment, et à retarder ainsi de cinq ans les symptômes, nous réduirons de moitié le nombre de malades.

Laura était fascinée.

— Avec cette même méthode, on pourrait rêver un jour de fabriquer des animaux surdoués, capables de résoudre des problèmes difficiles et d'apprendre des tâches complexes plus vite que la moyenne.

Une main sous son menton, Laura avait répondu, taquine.

— Dites-moi, c'est quoi un problème difficile pour un rongeur ?

Erik avait eu ce demi-sourire énigmatique si particulier qui faisait naître au coin de sa bouche de petites rides comme deux fines parenthèses.

— Nous avons beaucoup de problèmes à résoudre, des labyrinthes surtout, mais aussi le test de la piscine, où la souris doit réfléchir si elle ne veut pas se noyer.

Laura avait froncé les sourcils

— Je ne suis pas sûre d'avoir envie d'entendre ça.

— Alors, je ne vous raconte pas. Un jour, si vous voulez, je vous montrerai mon laboratoire, vous verrez.

S'il avait voulu impressionner la musicienne, c'était gagné. Elle avait eu la sensation d'être entrée dans un monde inconnu, porteur d'un sens pour l'humanité, et que cet homme maîtrisait ce monde. Qu'il en était l'un des rouages, ou plutôt l'une des clés. Il détenait la solution à la maladie d'Alzheimer, un des problèmes les plus épineux de ce siècle, qui secouait l'humain, un de ses plus grands défis.

Alors que Laura se sentait la plupart du temps extérieure au monde, mise sous une cloche où résonnaient depuis l'enfance les vibratos de son violon, elle rencontrait enfin pour la première fois un être plus réel et inscrit dans la vie que n'importe qui d'autre. Elle s'était dit, à ce moment précis, que rien ne serait plus jamais comme avant, qu'elle était en train de tomber irrémédiablement amoureuse du savant.

Laura rouvrit les yeux, émue par ce souvenir, un des plus beaux et si douloureux à la lumière de ce qui lui était arrivé aujourd'hui.

Erik avait fait très exactement ce qu'il avait prévu. Il avait décodé le gène de l'AT37 et avait mis au point la méthode pour l'intégrer dans les cellules grâce à un virus. Il pressentait que l'AT37 avait un avenir grandiose pour les vingt ans à venir. « Tu verras, ce sera le Viagra du cerveau », disait-il à Laura lorsqu'il était d'humeur joyeuse. Mais elle ne serait utilisable que dans cinq, voire dix ans chez l'homme, le temps de passer toutes les étapes réglementaires, d'obtenir l'autorisation de mise sur le marché. Vraisemblablement, l'Islandais de la cave ne voulait pas attendre. Mais où devait-elle chercher ?

Une infirmière appela un nom, un jeune homme se leva en se tenant le ventre. Laura se pinça l'arête du nez, puis pressa ses yeux. Une phrase qu'Erik disait souvent à ses étudiants et qu'il aimait à répéter lui revint en mémoire : « Quand tu ne sais pas, ne baisse pas les bras, ne te plains pas, retourne à ta paillasse et cherche. » Elle sortit sa tablette numérique de son sac et se connecta sur Internet.

*
* *

Quand Fabienne Ruis sortit de la chambre, un des jumeaux pleurait. Elle constata que Raphaël s'était assoupi sur le canapé à peine le repas achevé, *Human 3.0* ouvert sur la poitrine.

Elle revint dans la pièce, le petit Gaël calé sur la hanche, tétouillant son pouce. Sur la table basse, les deux portables de son mari, le privé et le professionnel, affichaient des messages. Fabienne prit le mobile pro et l'éteignit. C'était à elle de protéger leur couple. Telle était la théorie de sa mère – qui n'avait pas toujours tort du reste – qui était mariée et plutôt heureuse avec son père depuis trente-sept ans. Elle devait protéger sa famille des influences extérieures. Ils avaient enfin refait l'amour deux jours auparavant et elle y avait même trouvé du plaisir. La dernière fois remontait à début juin. Alors c'était bon signe, ils allaient traverser cette mauvaise passe, se serrer les coudes et consolider leurs liens. Ils s'étaient choisis, ils devaient rester unis. Comme disait son père : « Quand un couple est cassé, on le répare. » Elle s'en fut dans la salle de bains pour changer la couche de son fils. Lorsqu'elle en ressortit, ses yeux s'arrondirent.

— Raph, non !

Son mari s'était réveillé, avait récupéré son portable professionnel et consultait ses messages.

— Ça va, je regarde juste. Hé, tu dors pas, mon coco ?

— Il hurlait, tu n'as même pas entendu !

Raphaël ouvrit les bras et y accueillit son fils, qui vint se blottir dans son cou. Fabienne intercepta le portable au passage.

— Pas question. Tu le récupéreras demain matin.

— Hé ho, ça va, tu n'es pas ma mère ! gronda Raphaël. C'est mon job.

— On en a parlé cent fois. Quand tu travailles, tu travailles. Quand tu es à la maison, tu es vraiment là, pas devant tes écrans, quels qu'ils soient.

Raphaël soupira.

— T'es chiante...

Fabienne sentit les larmes lui monter aux yeux. Pourquoi devait-elle tout le temps se battre pour des choses tellement évidentes.

— Je voudrais seulement qu'on passe un semblant de soirée ensemble, tranquilles, sans être pollués par les affres du monde extérieur. Tu peux le comprendre, non ?

— Ah, ça y est, nous y voilà !

Fabienne soupira, rétropédala et opta pour un ton cajoleur.

— Tu veux pas venir te coucher avec moi ?

Raphaël soupira de nouveau et tendit la main pour caresser la sienne.

— Je ne regarderai pas mes messages avant demain matin, promis ; je me lave les dents et j'arrive. Ce bouquin est pas mal fichu. Mais le personnage principal, je ne suis pas sûr de l'apprécier. Cette espèce de cyborg justicier.

Fabienne s'assit sur le canapé, heureuse d'avoir une discussion qui ne tourne pas autour des enfants.

— Un peu caricatural, oui.

— Avec cette quête de la perfection. Il m'est antipathique.

Fabienne opina.

— Il me fait un peu penser au Solal de *Belle du Seigneur*. Une perfection morbide.

— En moins talentueux !... Je ne sais pas. Une impression de déjà-vu aussi. Comme si j'avais déjà lu ça quelque part.

*
* *

Laura entreprit de lire une publication scientifique qui traitait de l'AT37. L'heure tournait. Déjà deux heures trente d'attente... Elle s'accrocha, pleine de bonne volonté, mais renonça vite à s'attaquer au texte entier et se rabattit sur le résumé. Elle cligna des yeux, beaucoup de termes scientifiques lui étaient étrangers, et sa main douloureuse perturbait sa concentration.

Au bout d'un quart d'heure à essayer de faire naître du sens de ce jargon, elle soupira, ça n'allait pas arranger son mal de tête. Elle s'y prenait mal, n'avait pas le niveau requis. Et que cherchait-elle au fond ? *Ce que veut le monstre de la cave.* Elle ouvrit un article Wikipédia assez succinct et pas tellement plus éclairant, puis surfa jusqu'à tomber sur une conférence en podcast de la Cité des sciences qu'Erik avait donnée l'année précédente. Peut-être qu'à l'oral elle comprendrait davantage. Elle brancha le kit mains libres sur sa tablette et lança la présentation.

Elle ne s'attendait pas à ressentir un tel désarroi en voyant son mari apparaître à l'écran en pleine santé, bien vivant. Après une courte introduction, il fit défiler des diapositives, sûr de lui, charismatique, avec cet humour mordant qui captivait son auditoire.

Les oreilles de Laura s'emplirent de sa voix forte, bien timbrée, avec l'accent guttural qui ressortait particulièrement sur les consonnes. Au bout de quelques minutes, elle s'aperçut qu'elle n'écoutait plus les mots, elle ne faisait que le regarder parler et bouger, les mains en avant, ponctuant ses phrases. Elle écrasa une larme et retourna au début de la présentation au titre évocateur : « Augmenter l'intelligence humaine, mythe ou réalité ? »

— Je vais être honnête avec vous. S'il existait une pilule qui me permettait de rester concentré plus longtemps, de mémoriser davantage, et d'être globalement intellectuellement beaucoup plus performant qu'aujourd'hui, sans effets secondaires, eh bien, je n'hésiterais pas une seconde ! lança-t-il au public, un sourire conquérant aux lèvres.

Rires complices dans la salle.

— Mais pour le moment une telle drogue n'existe pas. Et je me contente de me bourrer de caféine pour écrire à temps les rapports de mes expériences !

De nouveau un rire parcourut l'assistance, conquise. Laura augmenta le volume. Fascinée par cet homme brillant, précis, qui se déplaçait sur scène comme un félin noble et vif. Il mentait pour la forme. Jamais il ne peinait à écrire, ni à travailler. Il possédait une capacité d'attention hors du commun et pouvait se concentrer n'importe quand, n'importe où, rédigeant à une vitesse stupéfiante.

— Aujourd'hui, qu'avons-nous à notre disposition pour booster nos performances, pauvres mortels ?

Sa présentation passa en revue tous les dérivés de la caféine, à l'effet avéré sur l'éveil, de la vitamine C, du guarana, puis du Modafinil ou de la Ritaline, ces médicaments détournés pour améliorer notre concentration...

Laura cliqua sur avance rapide jusqu'à voir apparaître une molécule bleue sur fond rouge à l'écran, siglée *AT37*. Elle reprit le fil de la conférence. Mais rapidement elle conclut qu'elle savait déjà tout ce qu'il racontait. L'AT37 pourrait devenir une véritable *smart drug* pour augmenter nos capacités, nos sens, en accroissant le nombre de nos neurones et de nos connexions si on la conduisait au bon endroit dans le cerveau. Laura stoppa la vidéo. Elle n'apprendrait rien de plus de la sorte et, elle devait l'admettre, elle ne savait toujours pas quoi ni où chercher.

*
* *

Human 3.0 à la main, Raphaël s'enferma dans les toilettes et poussa le loquet. Là, au moins, personne ne viendrait le déranger. Enfin un moment de tranquillité après une fin de soirée à essayer de coucher les jumeaux, qui s'étaient réveillés tour à tour dans un état d'excitation ingérable. À force d'allers-retours de la chambre des petits au salon, du salon à la salle de bains, de la salle de bains à la cuisine pour des biberons de lait chaud, de la cuisine à la chambre, exaspérés, Fabienne et lui avaient fini par s'engueuler, se rejetant mutuellement la faute de leur échec éducatif. L'enfer. Raphaël pressentait que ce n'était que le début. C'était trop pesant par moments. Il s'installa sur les toilettes avec son bouquin. Il n'arrivait toujours pas à formuler l'impression prégnante d'avoir déjà lu ce livre.

Il sortit son téléphone professionnel de la poche arrière de son pantalon, baissa le son au maximum. Six messages en absence. Le deuxième lui fit froncer les sourcils. Il le réécouta. C'était Marie, sa collègue.

— Rappelle-moi, c'est au sujet de ta violoniste.

Le message datait d'il y a une demi-heure. Son cœur prit un rythme de trotteur lancé sur un champ de courses. Fabienne allait le tuer, mais tant pis. Il composa le numéro du lieutenant.

— Que se passe-t-il ? murmura-t-il.

— Ah, très bien. Pardon de te déranger quand tu es off, mais j'ai pensé que tu aimerais être au courant.

Un voisin vient de nous signaler un cambriolage chez les Hilgarson.

— Ce soir ?

— Il est rentré tard avec sa femme et a vu que l'atelier avait été saccagé, les nains de jardin jetés dehors.

— Les nains de...

— Hilgarson sculpte des trucs bizarres. La femme d'Hilgarson n'a pas répondu à leur appel. Ils se sont inquiétés.

— Tu y vas ?

— Je suis en route, avec Michael.

— Tiens-moi au courant.

Raphaël raccrocha, toute envie de dormir envolée. Il trépignait de ne pouvoir être sur place, à deux rues de là. Mais il avait confiance en Marie. Un bon flic. Il joua avec son téléphone puis, n'y tenant plus, composa le numéro de Laura Hilgarson qu'il avait soigneusement noté.

Fabienne frappa à la porte de la salle de bains.

— Tu viens ?

— Oui, va te coucher, j'arrive.

Le répondeur de Laura se déclencha immédiatement. Il parla le plus bas possible.

— Bonsoir, c'est le capitaine Ruis. On nous signale un cambriolage chez vous, mes collègues se rendent sur place. Je voulais m'assurer que vous étiez en sécurité. Rappelez-moi dès que possible. Ou le lieutenant Richer si je ne réponds pas.

Il laissa le numéro de Marie et raccrocha.

*

* *

Quand Laura sortit du bâtiment des urgences, il était 22 h 50. L'attelle thermoformée lui maintenait parfaitement l'auriculaire, tout en laissant de la souplesse au poignet. C'était le mieux qu'on puisse faire et l'interne avait été confiant, elle pourrait certainement tenir l'archet sans trop de douleur. Laura relâcha la pression, un peu soulagée. Aussitôt son téléphone retrouva des barres de réseau et se mit à vibrer. Le message du capitaine Ruis la prit de court. La police était chez elle ! Elle réfléchit rapidement. Le plus important était de les rassurer tout en évitant de les croiser, de répondre à des questions précises sur le laboratoire, sur sa main ou son état d'esprit. Elle se sentait plus que vulnérable, prête à tout révéler au moindre interrogatoire ou au moindre geste de sollicitude. Elle composa le numéro du capitaine, s'éclaircit la voix. Messagerie. *Ouf.*

« Bonsoir, c'est Laura Hilgarson à l'appareil. J'ai dû me rendre à l'hôpital. Je vais rester au chevet de mon mari cette nuit. J'ai vu l'atelier saccagé. Les voleurs ne se sont pas attaqués à la maison. Rien n'a été volé. Tout va bien. Merci et bonne soirée. »

Elle raccrocha sans être sûre d'avoir été très convaincante. Son téléphone vibra de nouveau. Un texto de son beau-frère cette fois.

« J'ai besoin de te voir, dès que possible. »

Laura détailla le mot de Tomas avec circonspection. Du pouce, elle tapa sa réponse.

« Je reste avec Erik cette nuit. Café tôt demain ? »

*

* *

Fabienne s'était endormie sans demander son reste. Raphaël demeura un bon moment à regarder le plafond, mains croisées sur le ventre. Il ne pensait qu'à son téléphone professionnel, posé sur la table basse du salon, en mode avion. *Insoutenable. Bon.* N'y tenant plus, il rabattit le drap et se releva sans bruit, en caleçon. Son précieux joujou dormait. Il se jeta dessus et le réveilla, fébrile. Il avait un appel en absence. *Laura.* Et un message d'elle. Il s'éloigna de la porte de la chambre et s'approcha de la fenêtre comme si Fabienne pouvait entendre la voix sur la boîte vocale.

Raphaël composa ensuite le numéro de Marie.

— Laura Hilgarson est à l'hôpital avec son mari, chuchota-t-il quand sa collègue décrocha. Elle dit que rien n'a été volé. T'es sur place ?

— Oui, on y est.

— Alors ?

— Faudrait que tu voies ça.

Raphaël passa dans la salle de bains et commençait déjà à revêtir son jean, coinçant le téléphone entre son menton et son épaule.

— Redonne-moi l'adresse, j'arrive.

En deux-deux, Raphaël chaussa une paire de baskets et sortit sans bruit. Il serait revenu avant même que sa femme ne se rende compte de son absence.

Le parallélépipède de la tour Montparnasse éclairée veillait sur le quartier vivant. Les voix, les musiques et les rires des terrasses de la rue de la Gaîté emplissaient l'air d'un bruissement tout estival. Raphaël tourna le dos aux cafés, dépassa la grande parapharmacie, la rue de l'Ouest, où un groupe de jeunes trafiquait, puis parcourut à petite foulée les quelques mètres qui le séparaient de la rue Losserand. Il remonta la rue commerçante, laissa derrière lui le restaurant thaï, une boutique de thé, une boucherie et plusieurs marchands de fruits et légumes aux rideaux baissés. Il les connaissait tous, avait du plaisir à y faire ses courses. Il avait appris à aimer ce quartier chaleureux, ouvert, accueillant. Moins bigarré, plus blanc et aisé que la rive droite où il avait travaillé, mais propret, apaisant, bon enfant. Parvenu au numéro 53, il envoya un SMS à Marie, qui vint lui ouvrir la porte cochère. Elle était en pantalon bleu et veste en jean sur un débardeur qui moulait sa poitrine insolente. Elle le devança, sa queue-de-cheval bouclée rebondissant dans son dos.

Ils remontèrent l'allée pavée jusqu'à ce que Marie désigne la maison du fond. Ils franchirent la barrière blanche, traversèrent le jardinet éclairé par la lune et leurs lampes de poche. Raphaël passa devant une sorte de nain de jardin renversé emberlificoté dans du fil barbelé.

— C'est quoi, cette horreur ? dit-il en désignant le gnome au collier de fer.

— Son hobby.

— De plus en plus sympa, ce type.

Marie le précéda dans l'atelier d'Erik sens dessus dessous.

— Visiblement, quelqu'un cherchait quelque chose.

Raphaël observa avec attention ce qui l'entourait. Un capharnaüm recouvert d'une poudre rose. Marie devança sa question.

— C'est de la résine. Un truc pour faire des sculptures en 3D.

Michael était en train de prendre quelques photos, il leva la tête et salua son collègue. Marie désigna la porte du fond.

— Viens voir ce que cachait monsieur sous ses airs d'artiste...

Raphaël s'approcha de la petite cuisine éclairée par une ampoule au plafond. Il siffla entre ses dents.

— Bigre !

Marie lui jeta un coup d'œil narquois. Il n'y avait que Ruis pour employer de telles expressions désuètes. Un matériel rutilant, parfaitement agencé, encadrait une paillasse carrelée. Le reste, les cages, les bréchets, les boîtes, les cuves et les tuyaux, tout ce qui avait composé le laboratoire avait été mis à terre.

Marie brandit un sac en plastique contenant des sachets de poudre blanche, des flacons de cachets.

— Eh bé ! fit le policier.

— Un arsenal du parfait dealer, triompha Marie. Cocaïne, amphètes, ecstas... j'ai trouvé ça collé sous un des tiroirs. Et moi qui pensais qu'on allait clore le dossier…

Raphaël secoua la tête.

— On va plutôt tout reprendre à zéro, oui. Ce suicide, ce type, ses activités, depuis le début, tout pue dans cette histoire.

13

Dimanche 13 juillet, 6 heures

Pour la deuxième fois consécutive, Laura se réveilla tassée dans le fauteuil marron de la chambre d'Erik. Elle mit plusieurs minutes à recouvrer ses esprits et demeura immobile à observer le profil de son mari comme s'il allait enfin lui apporter des réponses. *Que nous arrive-t-il ?* Les événements de la veille lui apparurent irréels, sauf la douleur lancinante dans sa main droite. Elle trouva deux cachets de paracétamol dans son sac et les avala avec un trait d'eau. La porte s'ouvrit soudain. Francis entra.

— Tu as dormi ici ?

Laura acquiesça piteusement. Le médecin lui claqua une bise sur chaque joue.

— Que t'est-il arrivé à la main ?

— J'ai voulu déplacer un meuble, bredouilla-t-elle.

— Tu aurais dû me faire appeler !

— Ils m'ont bien soignée aux urgences. Comment va Erik ?

Francis s'assit sur le bord du lit, mains croisées sur sa blouse.

— On a commencé à baisser la sédation, il ne réagit pas beaucoup. J'ai demandé une nouvelle IRM pour voir si des lésions étaient apparues entre-temps.

— Il va se réveiller ?

— Ça peut mettre du temps, Laura. Il faut être patient.

Elle ravala sa salive, la boule dans la gorge grossissait de seconde en seconde et c'était douloureux. Elle n'avait jamais eu avec Francis que des rapports d'entente chaleureuse, de brefs échanges à propos d'Erik ou d'Aaron, son père, qu'il suivait depuis quelques mois, mais pas plus intimes que cela. C'était la première fois qu'ils se retrouvaient en tête à tête et qu'elle pouvait lui parler vraiment personnellement.

— Francis, hier, j'ai découvert beaucoup de choses sur Erik et j'ai besoin de ton aide.

Laura se lança :

— Savais-tu qu'il avait installé un laboratoire chez nous ?

Après un temps de réflexion, le médecin hocha la tête.

— Je ne vais pas te mentir, oui, j'étais au courant. Il m'a montré cela il y a quelque temps.

— Pourquoi ? Que faisait-il ?

Le professeur caressa son crâne chauve. Puis en quelques minutes il expliqua à Laura la vente du gène de l'AT37 à la firme islandaise, la colère d'Erik, sa décision de faire cavalier seul et de mettre au point le vaccin anti-Alzheimer.

— Il a volé l'AT37 au CRN ? s'exclama-t-elle.

— Il a décidé cela plutôt que de perdre quinze ans de travail, oui. Je le comprends, dans le fond. Il a eu affaire à des voyous et a répondu de la même façon. Je l'admire pour son courage et sa détermination. Il voulait que sa découverte profite au plus grand nombre.

Quelques morceaux du puzzle se mirent en place dans l'esprit de Laura. Elle comprenait mieux pourquoi les agresseurs avaient fouillé le laboratoire clandestin.

— Et comment ont-ils réagi au Centre ?

— Ils sont pas au courant de l'implication d'Erik. Le contrat a été annulé avec Genex, bien entendu.

— Il ne m'a rien dit...

— Il comptait te mettre au courant après ton concert. Il ne voulait pas te perturber...

Laura se tourna vers Francis.

— Tu ne crois pas qu'il m'a perturbée au-delà du possible, là ?

— Ce n'était pas prémédité. Il y a peut-être eu un mélange de tout ça, un trop-plein de problèmes, et il a craqué... Erik est un impulsif.

Elle ferma les yeux un instant.

— Aurais-tu la moindre idée de l'endroit où il aurait pu stocker l'AT37 ?

— Aucune. Pourquoi ?

Laura regarda Erik, à présent si éloigné de tous ses ennuis, puis revint à Francis.

— Son atelier a été cambriolé cette nuit. Il semble que quelqu'un cherche quelque chose...

Francis se troubla.

— Qu'est-ce qui a été volé ?

— Je n'en sais fichtre rien !

Le médecin la dévisagea, son regard s'attarda sur son cou violacé, son poignet.

— Est-ce que ce quelqu'un t'a fait du mal ?

La jeune femme lui intima de se taire d'un geste.

— Non, c'est en déplaçant un meuble.

Elle se leva et fit les cent pas devant le lit de son mari.

— Ce n'est pas tout... Erik avait une maîtresse. Tu étais au courant de cela aussi ?

Le médecin ne broncha pas, mais elle vit ses narines se pincer. Il émit un claquement de langue.

— Que racontes-tu ?

— En fait, je crois que c'est pour elle qu'il s'est... qu'il a essayé de...

— C'est hautement improbable.

— Mais vrai.

— Je n'y crois guère. Erik t'aime plus que tout au monde. Il est si fier de toi, en toutes circonstances.

Il sait la chance que tu représentes dans sa vie. Ne prête pas attention aux ragots que tu peux entendre.

— Si seulement ce n'étaient que des ragots.

— Il faut lui faire confiance.

— Il m'a demandé la même chose avant de se... Je te jure que je vais essayer.

Un bip retentit. Francis consulta son téléphone portable et se leva à son tour.

— On m'appelle. Je repasserai le voir dès que possible.

— Merci pour tout.

— Appelle-moi si tu as quelque chose à me dire.

— Quelque chose ?

La main sur la poignée de la porte, Francis la fixa un long moment puis sortit.

14

Un mois plus tôt

Le restaurant islandais faisait aussi épicerie fine et l'on pouvait y acheter de la morue séchée, du hareng mariné et des pommes de terre à l'huile. Tomas poussa la porte vitrée. Il affectionnait cet endroit, souvent fréquenté par les membres de la communauté. Même s'il avait quitté le pays à quinze ans – et donc passé plus de temps en France que là-bas –, il sentait s'animer son âme viking dès qu'il contemplait les photographies de paysages minéraux exceptionnels qui ornaient les murs. Ce pays était sa différence. Et ses travaux de recherche sur le Moyen Âge des pays du Nord n'avaient fait que renforcer son sentiment d'appartenance.

Il avait belle allure, son menton carré et fier au-dessus du col de sa chemise d'un blanc immaculé. Il serra la main du patron derrière le bar, et aussi celles de deux vieux qui jouaient aux cartes à la table la plus proche de l'entrée. En fond sonore, un CD diffusait des ballades islandaises à la sonorité envoûtante.

Il adorait ce pays extrême où les nuages furieux couvrent soudain le soleil le plus étincelant, puis disparaissent tout aussi rapidement, chassés par un vent violent. La mer métallique où sondent des baleines à l'extrême nord, les brouillards qui s'accrochent aux falaises émeraude dans les fjords de la côte ouest, les glaciers bleus qui s'arrachent à la lande plus au sud, et ces terres de l'intérieur, rouges, ocre, noires et vertes, pommelés de moutons et cisaillées de cours d'eau vive...

Tomas portait en lui ces images, comme autant de rêves d'un paradis perdu qu'il invoquait le soir, seul dans son lit. Pour autant, ni lui ni son frère n'avaient tenté le retour au pays. De fréquents séjours leur suffisaient pour cultiver cette moitié sauvage d'eux-mêmes. Trop habitués au confort d'un pays tempéré, ils n'avaient pas cru possible de s'adapter à la terrible rudesse de ces contrées abruptes, sans un arbre, aux nuits hivernales sans fin, aux routes meurtrières et à l'économie encore chancelante.

Il remarqua que son frère était arrivé le premier. Installé devant une bière blonde dans le fond du restaurant, sous un tableau représentant une assemblée viking.

Ils ne s'étaient pas revus depuis Noël. Erik sentit sa présence et leurs regards se croisèrent. Ils eurent un instant d'hésitation et se serrèrent la main. Ils s'assirent l'un en face de l'autre. Tomas commanda la même chose avant d'échanger quelques banalités avec son frère. Puis il finit par demander :

— Tu m'as parlé de quelque chose d'urgent. De quoi s'agit-il ?

Erik but une gorgée de bière.

— Je suis dans une situation compliquée.

— Pour changer...

— Et j'ai besoin de te parler.

Tomas resta de marbre.

— Il risque d'y avoir beaucoup de remous dans les semaines qui viennent, poursuivit Erik.

— Pourquoi ? Qu'as-tu encore fait ?

Erik lui fit les gros yeux.

— Moins fort, bon Dieu.

— Vas-y, parle.
— Si jamais il m'arrive quoi que ce soit, fais en sorte, s'il te plaît, que Laura reste en dehors de tout ça.
— Je ne comprends pas.
— Mais si, tu comprends. Qu'elle ne sache pas... tu sais quoi.
Tomas croisa les bras.
— Elle est bonne, celle-là.
— C'est la dernière chose que je te demande.
— Pour ne pas écorner ton image, hein ? Ta précieuse image... Tu pourrais déjà me remercier de vous avoir laissés tranquilles ces trois dernières années. J'aurais pu tout lui révéler. Je n'en ai rien fait.
Erik se raidit.
— Je suis en danger.
— Va voir la police.
— Je ne peux pas.
Tomas regarda calmement son frère cadet.
— Qu'as-tu fait ? répéta-t-il.
— Je ne peux absolument rien te dire. Mais garantis-moi que Laura n'aura pas à apprendre des choses pénibles. S'il te plaît.
Devant l'impassibilité de son frère aîné, Erik renchérit :
— Tu dois me comprendre. J'essaie de sauver le traitement du futur, un vaccin contre Alzheimer ! Mais des forces contraires veulent m'en empêcher. J'ai juste besoin d'entendre que tu feras en sorte que ma femme ne soit pas touchée au cas où il m'arriverait malheur.
— Préserver ton image à tout prix, disais-je, commenta Tomas laconiquement, ton image d'homme parfait et maintenant de sauveur... Qui crois-tu bluffer encore longtemps ?
— Je te demande pardon ?
Tomas se pencha vers lui.
— Un proverbe africain dit : « Lorsqu'on veut grimper au cocotier, il faut avoir les fesses propres. »
— Tu cites les Africains maintenant ?

Le visage de Tomas n'eut pas l'ombre d'un sourire, ni une trace d'humour. Erik se recula sur sa chaise.

— Tu insinues quoi ?

— Qu'il n'y a jamais que toi qui comptes. Que je t'ai toujours aidé jusqu'à ce que tu me poignardes dans le dos. Et maintenant tu viens me demander mon aide... Tu es sacrément gonflé et tellement égocentrique.

— C'est encore à cause de cette vieille histoire avec Laura ? Il serait temps de passer à autre chose, non ? Tu es resté bloqué trois ans en arrière.

Mais son frère aîné se pencha encore un peu plus pour être sûr de bien se faire entendre.

— Cette « vieille » histoire, comme tu dis, m'a anéanti. Mais il ne s'agit pas de cela. Il s'agit de ce que tu es en train de faire en ce moment.

— De quoi tu parles ?

— Tu viens me demander de me taire auprès de ta femme. Alors que pendant ce temps-là tu la trompes. Tu atteins un niveau de perversion olympique.

Erik écarquilla les yeux.

— Pardon ?

— Je t'ai vu. Dans cette boîte de nuit.

— Tu fais erreur.

— Vraiment ?

Tomas se leva sans crier gare et attrapa son jeune frère par le col de sa chemise.

— Que tu aies détruit ma vie est une chose, mais pas elle, pas elle, tu m'entends. Sinon, crois-moi, je détruirai la tienne sans le moindre remords. Il suffira d'un mot.

Erik lui attrapa le poignet et se dégagea lentement, le regard glacial.

— Ne fais pas ça. Ce n'est pas ce que tu crois. Un jour, tu comprendras.

15

Dimanche 13 juillet, 7 h 30

Laura choisit une table donnant sur la place Denfert-Rochereau, au café du Lion. Elle en avait toujours aimé le décor. Le mobilier bistro d'époque, les tables rondes, les chromes, le comptoir brillant, les garçons de café en noir et tablier blanc, les rares clients matinaux venus prendre un café, les croissants bien gonflés et dorés dont l'odeur flattait les narines. Un dimanche matin à Paris. La promesse d'une belle journée. La vie, la belle vie.

Un serveur avenant, jeune homme de haute taille, souriant, bandana rouge autour du cou, vint à sa rencontre, lui tendant un grand menu plastifié.

— Un petit déjeuner ?

Il avait un accent prononcé du Sud-Ouest et le sourire engageant. Laura lui rendit son sourire.

Quelques instants plus tard, il déposa devant elle un grand café crème, un croissant, des tartines et un jus d'orange pressée.

— Faut manger, mademoiselle, vous avez l'air épuisé. Surtout avec votre main.

— Merci.

— Le jus d'orange est frais.

Et il virevolta vers une autre table. Laura soupira de soulagement. Les serveurs aussi accueillants n'étaient pas légion et le petit déjeuner était fastueux. Son dernier vrai repas remontait au vendredi soir et elle s'aperçut qu'elle mourait de faim. Il lui restait quelques minutes de tranquillité avant que son interlocuteur ne la rejoigne. Elle ferma les yeux, se concentra sur son souffle. La sophrologue lui avait appris cette technique pour lutter contre le stress avant un concert. Son ventre se gonfla d'air, se dégonfla lentement et, petit à petit, une onde calme l'envahit.

Sa poitrine se libéra et son sang s'oxygéna. Elle pencha la tête à droite, puis à gauche, en respirant toujours profondément et sur un rythme lent. Au bout de cinq minutes, elle rouvrit les yeux, ça allait mieux. *Je ne sais pas dans quelle histoire pourrie Erik s'est fourré et dans quoi il m'a impliquée, mais ce qui est sûr, c'est qu'il m'a caché beaucoup de choses. Il est parti en croisade. Ça l'a poussé à faire des erreurs. Maintenant, c'est fini, je ne vais plus subir. Je suis là, entière, ma main est soignée. Ç'aurait pu être pire. Il faut que je trouve l'AT37 et les choses rentreront dans l'ordre.*

Elle appuya les doigts sur ses tempes et se massa le crâne. Francis avait raison. Erik l'aimait, il lui avait demandé de lui faire confiance, quoi qu'il advienne, elle avait promis. Il fallait qu'elle lui fasse confiance. Peut-être y avait-il un sens à tout ça. Peut-être les apparences jouaient-elles contre lui. Laura rouvrit les yeux. Et si tout cela n'était pas réel ? Cette pensée nouvelle la rasséréna un peu, lui fit reprendre pied. Elle regarda avec envie le croissant ventru et mordit dedans, faisant craquer sous sa dent son feuilletage doré.

Elle savoura le grand café crème mousseux qui déposa une pellicule laiteuse sur sa lèvre supérieure et sirota le jus d'orange.

Puis elle prit un instant pour observer des voyageurs qui attendaient la navette pour l'aéroport, à deux pas de là. Un couple en tenue de soirée, qui achevait une nuit blanche peut-être mémorable par un petit déjeuner câlin. Un jeune homme au comptoir qui goûtait un expresso, plongé dans *Libération*. Le menton dans la paume de sa main valide, Laura détailla ce petit monde vivant, et rassurant. Quelqu'un tira une chaise devant elle.

— Bonjour, Laura

C'était Tomas.

*

* *

— Que t'est-il arrivé à la main ?

— J'ai voulu déplacer un meuble.

Laura ajouta quelques détails sur l'incident. À force de répéter ce mensonge, elle finirait par y croire elle-même. Le sympathique serveur déposa devant eux deux autres cafés, tartines et croissants. Tomas trempa à peine les lèvres dans sa tasse, puis croisa les mains devant lui.

La ressemblance avec son cadet était frappante. Sauf que l'aîné ne quittait pas cet air doux et mélancolique, quand Erik dégageait une puissance sensuelle. Tomas portait son éternelle chemise blanche sur un pantalon à pinces classique. Laura se dit qu'il ne changerait jamais, invariablement le même depuis trois ans.

— Tu as eu des nouvelles d'Erik ? demanda-t-il.

— J'ai pu discuter avec Francis ce matin. Il dit qu'ils ont commencé à baisser les sédatifs, mais qu'Erik a visiblement du mal à les éliminer. Il ne saisit pas encore pourquoi. Il faut être patient.

La bouche de Tomas s'incurva vers le bas.

— Ils n'auraient jamais dû l'endormir.

— J'ai confiance en Francis, il sait ce qu'il fait. C'était pour protéger son cerveau.

Ils se turent un instant.

— Tu m'as l'air exténué, dit Tomas.

Laura mordit dans une tartine, ce qui lui permit de réfléchir quelques secondes supplémentaires.

— La maison, enfin la dépendance de la maison, a été cambriolée cette nuit. C'est en voulant ranger que je me suis fait ça.

— Tu aurais dû m'appeler !

Laura enchaîna pour ne pas perdre le fil.

— Saurais-tu où Erik aurait pu ranger des documents précieux, par hasard ?

— Ça fait des lustres qu'on ne se fréquente plus. Que cherches-tu ? Quels documents ?

— Rien de particulier. Je me demandais juste...

Tomas haussa les épaules.

— Tu peux me faire confiance, tu sais.

Le frère d'Erik prit la serviette en tissu posée à côté de son assiette et commença à la plier.

— Oui, tu peux me faire confiance. Et je voulais te voir pour te demander de bien vouloir nous pardonner pour hier.

— Hier ?

— À l'hôpital. J'ai été exécrable, et ma mère, n'en parlons pas. Pardon, tu ne mérites pas ça.

Laura but une gorgée de café. Tomas déplia la serviette, puis la replia dans l'autre sens.

— Tu comprends, si notre mère est aussi agressive envers toi, c'est à cause de ce qu'il s'est passé.

— Pour Erik ?

— Non, entre nous.

Laura soupira.

— Pas besoin de te justifier. Elle me déteste. Toi aussi, probablement. Je me suis excusée cent fois. Rien n'y a fait. Je désirais que l'on forme une famille moi aussi, mais j'ai compris que c'était illusoire. J'en ai pris mon parti.

— Écoute, tu traverses une passe difficile et j'aimerais être là pour toi, malgré tout.

Laura ne répondit pas. *Difficile.* Si seulement Tomas se doutait.

— Je n'ai pas supporté ce qu'il s'est passé il y a trois ans, ajouta Tomas. Pour moi, tu étais la femme de ma vie. Ça m'a fichu en l'air.

Laura voulut rétorquer : « La femme de ta vie, au bout de deux mois ? », mais c'était déplacé et elle n'allait pas de nouveau ouvrir le débat. Elle laissa son beau-frère poursuivre.

— Je n'ai rien pu construire après cela. J'ai même rompu mes fiançailles avec mon amie parce que je n'arrivais pas à t'oublier... Mais maintenant, j'ai décidé d'aller de l'avant et surtout d'être là pour toi.

— C'est gentil.

Les yeux de Laura se perdirent dans sa tasse.

C'est Tomas qui lui avait présenté Erik un soir de concert à la salle Pleyel. Tomas qu'elle fréquentait depuis plusieurs semaines. Elle l'aimait bien, une relation tranquille, salutaire après sa rupture avec son pianiste. Tranquille mais rien de sérieux, elle le savait, et avait conscience qu'elle devrait en avertir l'intéressé tôt ou tard. Mais une forme de paresse – de lâcheté – l'avait empêchée de briser cette relation agréable, jusqu'au jour où...

Tomas était venu à sa rencontre après le concert, à la sortie des artistes, flanqué de deux hommes, tout aussi blonds que lui, un grand et un plus petit.

— Je te présente mon frère cadet, Erik, et Grégoire, un ami de la famille.

— Tu ne m'avais pas dit que tu avais un frère, avait répondu Laura, curieuse.

Elle avait tendu la main à Erik. Celui-ci avait planté son regard bleu dans le sien, un regard qui l'avait pénétrée de la tête aux pieds.

— Vous avez un immense talent, avait murmuré Erik comme s'il lui délivrait un secret connu de lui seul.

Laura avait lu dans les yeux de cet homme un mélange d'admiration sincère et de « je te veux » implacable. Il avait gardé un peu trop longtemps sa main dans la sienne, elle s'était sentie ramollir. Et soudain,

Tomas lui était apparu comme une fade copie de son frère.

Quelques semaines plus tard avait eu lieu la terrible scène.

— Il n'y a pas de bonne façon de te dire cela, Tomas. Tu m'as présenté ton frère et j'en suis tombée amoureuse comme on tombe rarement amoureuse dans une vie. C'est ainsi, je n'y peux rien et j'en suis vraiment infiniment désolée. J'aurais préféré, crois-moi, que cela ne se passe pas ainsi.

Tomas n'avait rien dit, peut-être s'y attendait-il, au fond.

— Erik n'est pas quelqu'un pour toi. Il va te faire beaucoup souffrir.

— Tu n'en sais rien.

— Si, je le sais. Il n'est pas fait pour toi, il n'est fait pour personne.

— Je ne veux plus entendre ça, lui avait-elle répondu.

— Tu t'en rendras compte bien assez tôt toute seule.

Et puis Tomas avait coupé les ponts. Aujourd'hui, Erik était dans le coma et son frère devant elle.

— Je tenais à m'excuser, fit-il.

— Moi aussi.

— Et à te dire surtout de ne pas te flageller.

— J'essaie. Mais quelque part, je me dis que j'ai raté quelque chose, magistralement.

Tomas découpa un bout de croissant de ses longs doigts aux ongles soignés et le mangea nerveusement.

— Ne sois pas trop dure avec toi-même. Erik est un personnage... à part.

— Qu'importe. J'aurais dû voir venir, deviner qu'il n'allait pas bien. Je ne comprends pas ce que j'ai fichu. Dans quel monde j'étais. Mais certainement pas dans le sien.

Le frère d'Erik essuya sa main sur la serviette et l'approcha de celle de Laura.

— Arrête. Tu n'as rien à te reprocher.

— Si, j'ai été nulle. Il ne s'est même pas senti assez en confiance pour me parler.

— Écoute, je n'ai rien dit devant ma mère, mais je crois que... enfin Erik était en train de vraiment mal tourner.

— C'est-à-dire ?

— Il traînait avec des gens pas très recommandables.

L'iris de Laura vira au noir.

— Soit plus précis.

— Il avait peut-être quelqu'un d'autre dans sa vie...

Laura retira sa main.

— Comment ça ?

— Il y a un mois, des étudiants m'ont emmené dans une boîte et... je suis tombé sur lui, il ne m'a pas vu. Mais il était avec une espèce de fille et de drôles de types.

— Quelle fille ?

— Une danseuse qui se produit là-bas. Elle se fait appeler Pandora. Et eux, ils étaient tous très bizarres. Tatoués, percés... Et à mon avis sous l'emprise de drogues.

— Erik aussi ?

— Il avait l'air de bien les connaître, en tout cas. Je ne suis pas resté. Dès que j'ai vu ça, j'ai demandé à mes étudiants qu'on change d'endroit. Je lui en ai parlé il y a un mois.

— Tu as revu Erik ? Il ne m'a rien dit !

— Oui. Il a soutenu que ce n'était pas ce que je pensais. Mais je ne l'ai pas cru.

— Quelle boîte ?

— Le Mundo, boulevard de Strasbourg.

*

* *

Raphaël et Fabienne finirent de préparer les jumeaux vers 9 heures pour leur sortie au parc. Ils les installèrent dans la double poussette avec tout le nécessaire pour la matinée. Fabienne avait opté pour une tenue pratique, un jean confortable, un chemisier bleu antique qui ne craignait plus aucun assaut des petits et des baskets pour courir derrière eux.

— Tu penses rentrer vers quelle heure ? demanda-t-elle.

— Vers 20 heures, répondit Raphaël d'une voix monocorde.

L'ascenseur se traîna jusqu'au quatrième et la porte eut du mal à s'ouvrir, comme chaque jour.

Raphaël ne broncha pas. Fabienne tiqua.

— Tu ne râles même plus, tu m'inquiètes. À quoi tu penses ?

— À rien.

— Vivement que cette enquête se termine. Ça te rend de plus en plus absent. Ça va ?

— Oui.

En vérité, il était claqué. Il payait la très courte nuit où il n'avait pu se rendormir après sa visite nocturne chez les Hilgarson et toutes les questions que cela avait engendrées.

Ils parvinrent dans le hall, Fabienne ouvrit la boîte aux lettres, tandis que Raphaël se battait avec la porte en verre pour extraire le tank à quatre roues.

— Mais qui a inventé un truc pareil ! pesta-t-il.

Dehors, le soleil promettait de briller dans un ciel sans nuages. Le policier regarda ses enfants et leur décrocha une grimace qui les fit se trémousser dans leur poussette en riant. Raphaël se dérida.

— Sais-tu que les jumeaux sont en réalité très différents ? lança-t-il à sa femme par-dessus son épaule. J'ai lu une étude là-dessus. Tout dépend des expériences que chacun vit. Tout n'est pas une simple affaire de génétique. C'est ce qu'on appelle l'« épigénétique », l'environnement influe sur l'expression des gènes. C'est pas dingue, ça ?

Quand Fabienne sortit, la lettre ouverte à la main, il comprit qu'il venait d'arriver quelque chose d'important. Le sourire radieux de sa femme illuminait son visage.

Elle marcha lentement vers lui, les yeux brillants, et lui parla solennellement.

— On a la solution à notre problème, mon amour.

Raphaël fronça les sourcils, il n'aimait pas les surprises, quelles qu'elles soient.

— Quoi ?

Fabienne sourit un peu moins.

— Je ne t'en ai pas parlé parce que j'avais trop peur que ça foire, mais voilà. J'ai postulé pour un poste de gérante de librairie et… j'ai décroché le poste !

Raphaël sentit le coup venir de loin, confusément il savait que ce moment était inscrit dans leur vie, qu'il devait arriver car c'était la logique des choses.

— Où ça ? demanda-t-il prudemment.

— À Ploërmel !

Les yeux de Fabienne étincelaient comme ceux d'un enfant devant ses paquets à Noël. Elle se jeta à son cou.

— On en a toujours rêvé. Tu vas pouvoir demander ta mutation, on va rentrer chez nous !

Raphaël sentit l'air lui manquer et les sons s'atténuer.

*
* *

Une demi-heure plus tard, le capitaine Ruis tapait du poing sur son bureau, le jeune type en jogging rouge assis devant lui sursauta. Le capitaine répéta sa question :

— Où as-tu pris cet iPhone ?

— J'ai rien fait, monsieur, j'vous jure, répondit le jeune.

Deux officiers de la BAC avaient escorté le jeune homme jusqu'au bureau du capitaine Ruis après avoir constaté l'absence de l'officier de permanence. Ruis s'était agacé : « Peut pas être à l'heure, celui-là ! » Un appel d'une passante déplorant le vol de son portable dans la rue de la Gaîté et livrant le signalement du voleur avait donné l'alerte. « On est tombés dessus, commentèrent les officiers de la BAC. On l'a interpellé, il a jeté le portable dans le caniveau, mais on a pu le récupérer à temps. »

Raphaël s'adressa au jeune :

— Où as-tu trouvé ça ?

— Je sais pas. C'est pas à moi. J'veux un avocat.

— Comment ça, tu sais pas ? s'écria Raphaël. Tu me prends pour un jambon ? Ça fait dix fois qu'on t'arrête pour vol. Je te signifie ta mise en garde à vue à partir de maintenant.

Derrière son ordinateur, Marie jeta de petits coups d'œil rapides et embarrassés à son collègue, super nerveux depuis son arrivée. Lui, si flegmatique en toutes circonstances, aboyait comme un dogue.

Elle avait envie de lui dire d'y aller mollo, mais c'était délicat devant les collègues de la BAC et le gamin.

Raphaël se redressa en inspirant fort par le nez. Marie ne l'avait jamais vu perdre son calme à ce point-là, surtout pour des broutilles pareilles. Et en plus il n'obtiendrait aucun aveu en s'y prenant de la sorte. Elle se leva et fit signe à Raphaël.

— Tu peux venir voir cinq minutes.

Ils sortirent, laissant la porte entrouverte et le jeune bien encadré. Marie planta son regard dans celui de son chef, qui la dépassait d'une bonne tête.

— T'es en train de partir en vrille, là. Va te prendre un café. Je m'en occupe.

Contre toute attente, Raphaël lâcha prise immédiatement.

— OK.

Il se dirigea vers la machine à café et se servit un double expresso. Difficile de se calmer. Une lame de fond venait de lui faucher les jambes, un rocher lui était tombé sur la tête. Ploërmel. Dix mille habitants. Où il était né, où ses ancêtres étaient enterrés, où sa grand-mère et ses parents vivaient toujours, dans la grande maison de famille, avec une table en bois et un poêle. Un jour, juste après à la naissance des jumeaux, dans l'euphorie du moment probablement, ou pour ne pas gâcher l'instant, il avait trop parlé. Avait pris un engagement moral.

— Et si on retournait chez nous ? avait lancé Fabienne, pleine d'espoir. La vie serait tellement plus simple. Mes parents et les tiens nous seconderaient. On aurait une belle maison plutôt qu'un tout petit appart, un jardin, un chien ! Les enfants grandiraient au grand air. Ils feraient du bateau, du poney. Ce serait merveilleux, n'est-ce pas ?

— Mais bien sûr ! avait-il lancé.

Pour lui faire plaisir, pour ne pas la contrarier. Peut-être aussi qu'à cet instant précis il y croyait.

Qu'il le regrettait ! Fabienne avait pris son enthousiasme pour argent comptant et ç'allait être épineux à présent de se dédire. Sur le fond, elle devait avoir raison. Leur famille aurait tout à gagner à retourner en terre bretonne où tout le monde les attendait pour alléger leur quotidien et les entourer de leur affection.

Finies les galères d'espace, de baby-sitter, de promenades au square interminables. Vive la vie dans la nature, la forêt, la mer, les repas en famille, les anciens qui guident les plus jeunes. Tout ce qui leur faisait défaut ici.

C'était l'idéal. Alors pourquoi ressentait-il ce cafard monstrueux ? Cette impression d'étouffement et de creux au milieu du bide ? Pourquoi avait-il la sensation physique de se retrouver dans un couloir étroit et bas de plafond qui ne débouchait que sur un cul-de-sac avec la vieillesse au bout ?

Raphaël avait cru, en quittant la Bretagne, que sa carrière était devant lui, que la vraie vie commençait à la capitale. Et alors quoi ? La partie était déjà finie ? Il fallait rentrer au bercail pour devenir des parents à temps plein, des grands-parents, puis se faire enterrer dans le caveau familial ? Et son rêve, la Crim, déjà avorté ? La tête lui tourna un peu, il s'adossa à la machine à café. Et Laura... Non, ça, c'était idiot, de l'ordre du fantasme, une échappatoire face à la panique pour se dire que sa vie n'était pas derrière lui. Plus que jamais, il se sentait pris au piège. Marie sortit du bureau, poussant devant elle le jeune menotté.

— Je le remets un peu au frais en attendant son avocat, lança-t-elle quand ils passèrent à sa hauteur.

*

* *

— Ma femme veut qu'on retourne en Bretagne, déclara-t-il en guise d'explication. Et ça me fait bien chier.

Raphaël et Marie étaient de nouveau assis dans leur bureau. Le lieutenant jeta un coup d'œil éberlué au capitaine, attendant qu'il ajoute quelque chose. Ce qu'il ne fit pas. Marie attrapa un mouchoir en papier et se moucha bruyamment.

— T'es malade ?

— Allergie au pollen.

— Tu as pris des antihistaminiques ?

— Pas eu le temps d'aller chez le toubib.

Elle mit son mouchoir en boule et marqua un panier dans la corbeille.

— En Bretagne... tu veux dire dans votre bled ?

— Yep, ou pas loin.

— Et la Crim ?

Raphaël fit rouler son siège sur le côté pour prendre le premier dossier sur une pile, une chemise cartonnée bleue, puis il revint à sa place.

— C'est la mouise. La vraie grosse mouise. Allez, on reprend le dossier de l'Islandais.

Marie marqua un temps, puis résuma tout haut ce qu'ils savaient.

— Bon. Erik Hilgarson se tapait une danseuse qui l'a plaqué et il aurait voulu se tuer pour elle.

— Mouais.

— Tu n'y crois pas ?

— Continue.

— Elle n'est pas venue faire sa déposition et ne répond pas aux messages. Je la relance, mais sinon on va aller lui faire une petite visite.

— Bien.

— Par ailleurs, on découvre que Hilgarson avait monté un laboratoire en douce où il stockait des tas de trucs, des souris, un arsenal de drogues. Tu as eu le retour de la toxico et du médecin ?

— Oui, dit Raphaël en ouvrant le dossier bleu. Il avait bien bu, plus des traces de coke. Mais rien de plus.

— Ce qu'il faisait dans son labo intéresse visiblement quelqu'un. Mais qui et pourquoi ?

— On n'en sait encore rien, mais ça rend de plus en plus louche ce prétendu suicide.

Raphaël ferma soudain la chemise bleue, se leva et prit ses clés de voiture.

— Tu viens ? J'aimerais vérifier un truc. Et arrête de renifler, s'il te plaît, c'est pénible !

16

Dimanche 13 juillet, 11 heures

Grégoire Forget n'avait pas encore redonné à sa maison son aspect habituel. L'hôtel particulier, situé au fond d'une impasse privée donnant sur le boulevard Saint-Jacques, était encore drapé de rouge et de bleu, les couleurs de l'Islande. Un troll à la vilaine figure édentée, de un mètre cinquante de haut, casque de Viking enfoncé sur les yeux, montait la garde derrière le portail. Puis des statues d'elfes menaient au perron. En pleine journée, cet attirail de fête kitsch fichait le bourdon. Raphaël sonna à l'interphone, tandis que Marie se mouchait de manière intempestive.

— Il s'emmerde pas, dit-elle.

— Tu n'as rien vu encore.

Marie observait en douce son chef pour vérifier s'il s'était calmé. Difficile à dire. Elle respectait son travail même si, à l'instar de ses collègues, elle trouvait qu'il se laissait trop envahir par sa vie de famille depuis la naissance des petits. Et maintenant, il allait renoncer à ses ambitions pour aller s'enterrer en Bretagne et ne pas avoir de problèmes avec sa femme ? Folie. Elle ne sacrifierait jamais sa carrière pour un bonhomme qui vous faisait cocue à la moindre occasion. Elle avait déjà donné.

Le propriétaire ouvrit à distance le portail automatique et apparut sur le perron. Grégoire Forget était de ces hommes qu'on savait bien nés au premier coup d'œil. Dandy dégingandé chez qui les dix dernières années à la tête d'une grosse société de production cinématographique avaient développé un léger air de supériorité.

Les deux policiers pénétrèrent dans la propriété, Marie réprima une grimace devant une armée de trolls plus petits, installés le long du couloir.

— C'est la femme d'Erik qui les a fait venir pour la fête, déclara Grégoire sans qu'on lui ait rien demandé. Ils ont été créés par Erik *himself*.

Plus loin dans le couloir, des sorcières grimaçantes jetaient des sortilèges sur ceux qui osaient s'aventurer dans les parages. Ils traversèrent trois salons communicants, parés de meubles hors de prix et inondés d'une lumière crue fusant par les portes-fenêtres. Des tissus écarlates recouvraient fauteuils et canapés. Au sol traînaient çà et là cotillons, bouteilles de champagne et flûtes à moitié pleines.

— Faut que je débarrasse tout cela avant de partir en vacances. Une entreprise doit venir, mais je n'ai même pas eu encore le courage de l'appeler, commenta Grégoire Forget.

Raphaël Ruis se dit que, pourtant, le producteur n'avait pas si mauvaise mine. Rasé de frais, un pantalon parfaitement coupé, une chemise de grande marque, en soie rose. Il ne fit aucun commentaire et suivit le propriétaire.

— Y a combien de surface en tout ? questionna Marie.

— Quatre cent trente mètres carrés.

— Combien de pièces ?

— Huit.

Ils dépassèrent un escalier à révolution qui menait au premier, des sabres ornaient le mur, ainsi qu'un trophée, une véritable tête de sanglier. Derrière l'escalier monumental, dans un renfoncement, se trouvait la porte de la cuisine. Grégoire Forget les précéda.

— C'est ma pièce préférée.

On entrait dans un havre de paix de style campagnard revu à la mode parisienne. Une pièce tout en longueur aux murs de briquettes rouges percés d'une fenêtre ouvrant sur le jardin, occupée par une imposante table de bois brut encadrée de deux bancs. Un escalier en colimaçon disparaissait mystérieusement dans le plafond. Raphaël avait déjà noté tous ces détails la nuit du drame. Il n'était pas là pour ça.

— Prenez place, je vous en prie. Vous désirez un café ?

Marie et Raphaël déclinèrent la proposition.

— On aimerait seulement revoir le lieu de l'accident, déclara le capitaine.

L'escalier en colimaçon sentait la poussière. Grégoire et Raphaël durent baisser la tête pour monter. Marie éternua. Au bout d'une quinzaine de marches, ils poussèrent une porte en bois.

La soupente avait une belle hauteur sous plafond, inattendue, barrée d'une poutre centrale. Un Velux laissait pénétrer un tube de lumière qui frappait le sol, révélant un fatras de cartons, des chaises cassées, de meubles et de vieux journaux.

— Pourriez-vous nous redire comment ça s'est passé exactement ? questionna le capitaine Ruis.

— On était en bas. Sa femme a reçu un texto d'Erik, alarmant, alors on s'est mis à le chercher partout. On est finalement montés ici, et là on l'a trouvé *just in time*.

— Montrez-moi de nouveau comment il était.

Grégoire Forget se plaça sous la poutre.

— Là, il faisait face à la porte.

— Et il y avait quelque chose en dessous de lui ?

— Ce tabouret.

Le propriétaire désigna un trépied qui avait été repoussé sur le côté. Raphaël enfila des gants de latex, alla chercher le tabouret et le plaça au-dessous de la poutre. Il entendit Marie qui reniflait.

— Ses pieds touchaient le tabouret ?

L'ami d'Erik haussa les épaules.

— À peine, du bout de ses chaussures, si je m'en souviens. Je ne sais plus.

— Et ensuite ?

— Francis est monté sur le tabouret pour le décrocher, je l'ai aidé. Et puis on l'a déposé par terre.

— Où ?

— Là, dit Grégoire en montrant le seul coin dégagé des combles.

— On a appelé les secours et Francis a pratiqué un massage cardiaque.

— La victime ne respirait plus ?

— Non, Francis a tout de suite fait les premiers gestes d'urgence et le cœur est reparti très vite, heureusement.

— Parfait.

Marie éternua de nouveau. Ses yeux lui démangeaient et son nez coulait.

— Excusez-moi, je ne peux pas rester là.

Grégoire se retourna vers elle.

— Venez, j'ai ce qu'il faut pour les allergies. Pouvons-nous vous laisser, capitaine ?

— Bien sûr, j'arrive tout de suite.

Une fois seul, Raphaël observa consciencieusement le grenier, se déplaçant plusieurs fois pour changer de point de vue. Puis il redressa le tabouret et monta dessus. Il inspecta la poutre, hors de portée de main, une moue dubitative aux lèvres. Il sortit son smartphone, dans lequel il avait consigné les constatations du médecin, les caractéristiques de la victime, les blessures infligées par l'étranglement ainsi que les lésions du cou occasionnées par le barbelé. Il fit défiler le dossier et resta un bon moment sans rien faire, sa mécanique intérieure moulinait.

Quand il ressortit, Marie se mouchait toujours, les yeux gonflés.

— À propos de cette soirée, fit Raphaël à Grégoire Forget, où est la liste des invités que l'on vous a demandée hier ?

— Je suis en train de la finir. Ils étaient deux cent cinquante. Essentiellement ses contacts Facebook. J'ai fait une *mailing list* un peu au hasard, pour la blague.

— Eh bien, rien de plus pratique pour les retrouver, donc. Où est votre ordinateur ?

— Dans mon bureau, en bas.

— Parfait, on vous suit.

Quelques instants plus tard, plusieurs feuilles A4 à la main, ils saluèrent le propriétaire et remontèrent en voiture.

— Alors ? demanda Marie en sortant un nouveau paquet de mouchoirs de sa poche.

— Dépose-moi à l'hôpital Arago, et toi, passe à la pharmacie de garde.

*
* *

Laura franchit la porte cochère de chez elle, rasant les murs, certaine d'être suivie.

— Vous êtes de retour ?

Elle sursauta.

M. Siméon se tenait sur le pas de sa porte, en short et chemisette, une tasse de café à la main.

— Bonjour, Lucien, comment allez-vous ?

— J'ai appelé la police hier soir quand je suis rentré. On a bien compris avec Chantal que quelque chose était anormal. Quand on a vu les statues de votre mari jetées dehors, on a réalisé que vous aviez été cambriolés. Trois policiers sont venus.

— Ils ont inspecté la maison aussi ?

— Non, juste l'atelier. Ils vous ont cherchée.

— Oui, je sais. Merci pour tout.

— On a appris pour votre mari. Nous sommes navrés. Comment va-t-il ?

— Il est dans un état stable.

— Quel malheur tout de même…

C'est Chantal Siméon qui avait parlé de sa voix de fumeuse. En robe longue d'intérieur verte, ses cheveux blonds ramenés en chignon sur la nuque, elle vint faire une bise à Laura.

— J'espère qu'il va guérir vite.

La voisine sortit un paquet de cigarettes d'une poche de sa robe et s'en alluma une. Laura savait que chez elle, cela signifiait le début d'une longue conversation. Elle fit mine de partir.

— J'ai des choses à ranger, pardonnez-moi de ne pas m'attarder.

Mais Chantal Siméon la retint d'une phrase.

— On a dit à la police que des gens bizarres étaient passés.

— Comment ça, quand, quelles gens ?

— Une immense fille aux cheveux bleus. J'ai dit à Lucien qu'on aurait dit une drag-queen.

Le pouls de Laura s'accéléra.

— Quand ?

— Il y a un mois environ, hein, Lucien ?

— Oui, c'est quand vous étiez en tournée à Vienne, il me semble.

Avec un violent effort, la musicienne prit sur elle pour se composer un visage neutre.

— Et cette femme, elle… elle est entrée chez nous ?

— Non, seulement dans la dépendance, je crois. Mais ils y sont restés un bon moment.

Chantal lança un coup d'œil gêné à son mari. Laura acheva pour elle.

— Toute la nuit, je suppose…

— En tout cas, elle est repartie le matin, je l'ai vue quand j'ai sorti le chien. Je suis tellement désolée. Je ne voulais pas vous dire cela, ce ne sont pas nos affaires, mais vu les circonstances, c'est peut-être un détail important.

Un détail. La voisine écrasa son mégot dans les gravillons.

— Appelez-nous en cas de problème, on ne bouge pas, n'hésitez surtout pas.

— Merci, merci beaucoup, balbutia Laura.

Elle poussa la barrière, sentant le regard des voisins dans son dos. *Je ne craquerai pas devant eux.* Elle fouilla dans son sac jusqu'à sentir sous ses doigts la clé de la porte d'entrée. Elle s'y reprit à plusieurs fois pour l'enfoncer dans la serrure tant ses mains tremblaient. Elle finit par avoir raison du verrou, referma le battant et s'adossa au mur. *Connard ! Tu n'as rien respecté !* Même pas leur lieu de vie commune, leur intimité. Il l'avait emmenée ici. *Chez nous !* Elle se sentit humiliée, trahie.

Écœurée, Laura entra dans leur chambre *conjugale* et sélectionna les quelques affaires dont elle avait besoin pour deux ou trois jours. Elle les fourra dans un sac de voyage. Elle enveloppa sa tenue de gala dans une housse plastique et saisit son étui à violon. Tout fut entreposé devant la porte d'entrée. Elle partait. Mais avant, elle se dirigea vers l'atelier.

Personne ne savait où se trouvait l'AT37. Si Erik l'avait subtilisée, il avait dû la cacher dans un lieu sûr que l'agresseur n'avait pas découvert. Elle pénétra de nouveau dans la dépendance vandalisée. Des traces de plusieurs types de chaussures étaient visibles à présent sur la poudre plastique rose recouvrant le sol.

Elle s'efforça de faire abstraction du désordre et de l'odeur qui se dégageait encore de la cuisine. Il fallait chercher de manière plus méthodique. *Sachant que la molécule doit sûrement être conservée dans une éprouvette, dans un endroit protégé et frais, où je l'aurais planquée si j'étais lui ?*

En premier lieu, Laura fouilla le congélateur à très basse température de fond en comble, tâtant les parois de la cuve pour s'assurer qu'il n'y avait pas de compartiment secret. Puis elle ouvrit chaque placard, chaque tiroir, poussant ce qu'il restait encore de matériel, soulevant des boîtes, des bocaux, des tubes et des flacons de toutes tailles. Elle alla même jusqu'à explorer le fond des cages, débarrassées des cadavres de souris mais souillées d'excréments. Elle souleva la litière avec une pince, sans rien trouver. Elle abandonna la cuisine et poursuivit son examen minutieux dans le reste de l'atelier, à la recherche d'un indice qui la mette sur la voie. Mais, au bout de trente minutes, force était de constater qu'il n'y avait rien.

*
* *

L'odeur de bouffe réchauffée prit Raphaël à la gorge et lui donna un haut-le-cœur. Arago débarrassait le déjeuner des malades quand il se glissa dans le service de neurologie et demanda à voir le professeur Chelles.

Quelques minutes plus tard, il était introduit dans le bureau chaleureux du médecin, qui rédigeait des e-mails, ses lunettes sur le nez. Le capitaine Ruis ne s'embarrassa pas de futilités et entra d'emblée dans le vif du sujet.

— Comment ça s'est passé, le soir de l'anniversaire ?

Chelles se cala dans son fauteuil en cuir, bras croisés.

— Je vous ai déjà tout raconté. Que puis-je vous dire d'autre ?

— J'aimerais que vous recommenciez encore une fois, répondit Raphaël, impassible.

Une veine du front du professeur se mit à bleuir. Il narra une fois de plus comment il avait cherché Erik après que Laura eut reçu le texto, puis raconta la découverte du pendu suivie des premiers secours.

— Je l'ai décroché avec son ami Grégoire.

— Et ?

— On l'a déposé à terre, dans le grenier. Et j'ai réalisé une manœuvre de réanimation cardio-pulmonaire. J'ai déjà raconté tout cela.

— Oui, je sais. Vous avez pratiqué un massage cardiaque et du bouche-à-bouche car il était en arrêt respiratoire.

— C'est cela.

— Il ne s'est pas brisé la nuque en se pendant ?

Francis secoua la tête.

— Heureusement non, le bout de ses pieds touchait le tabouret, il s'est étranglé.

Raphaël se gratta la nuque.

— Ce qui me dérange un peu dans votre histoire, voyez-vous, c'est que selon les conclusions du médecin urgentiste du SAMU, que j'ai rappelé il y a dix minutes, les épines du barbelé ont transpercé le larynx de la victime.

— Oui, peut-être.

— Comment ça peut-être, vous n'en êtes pas sûr ?

— Si, en effet.

— Ce point m'a intrigué. Alors j'ai demandé à ce médecin : « C'est un peu comme si on faisait une trachéotomie, non ? si mes souvenirs de stage chez les pompiers sont bons. » Il m'a répondu par l'affirmative.

— Ce n'est pas faux.

Raphaël se frotta le menton.

— Mais si Erik Hilgarson a eu une sorte de trachéotomie, il devait pouvoir respirer, donc.

— En théorie.

— Alors pourquoi, en théorie, lui faire du bouche-à-bouche et un massage cardiaque, s'il respirait ?

— Parce qu'il ne respirait plus. Le fil barbelé l'a étranglé.

La capitaine Ruis resta un moment sans rien dire. La silhouette de Francis en imposait et son regard exprimait tout le gouffre existant entre ses diplômes et ceux du petit flic qui lui faisait face. Raphaël opéra un recul stratégique.

— Bon, c'est tout ce que je voulais savoir. Je vous remercie.

*
* *

Attablés au bar du café Jonquille rue de la Gaîté, Marie et Raphaël attaquaient une pizza-salade. Les miroirs ronds de différents diamètres accrochés au mur rappelaient joliment les tables circulaires en zinc. Raphaël avala une énorme bouchée, Marie but une gorgée d'eau gazeuse. Le nez bouché, elle ne sentait plus rien et n'avait pas faim.

— Tu dis que, selon le médecin urgentiste, la victime a eu le larynx percé par le fil barbelé ? demanda Marie.

— Exact, acquiesça Raphaël.

Marie avança la bouche en cul-de-poule. Raphaël patienta le temps qu'elle pige. Mais la lumière ne vint pas.

— Donc, poursuivit-il, qui dit larynx percé dit respiration. Erik Hilgarson respirait. Or Chelles, le collègue du pendu, lui a fait un massage cardiaque, pourquoi ? Je ne peux rien prouver. Mais c'est louche, crois-moi. Comme tout depuis le début dans cette affaire.

Le capitaine ouvrit son smartphone et fit défiler le dossier médical d'Erik. Il grossit un passage et le montra à sa consœur.

— Et ça aussi, tiens, lis.

— Taille : 1,80 mètre.

— Exactement ma taille. Or, quand on a visité le grenier, je suis monté sur le tabouret et...

— Quand j'étais sortie ?

— Oui. Je suis monté et figure-toi que j'étais trop petit pour atteindre la poutre. Et même avec de l'élan, je ne vois pas comment j'aurais pu tout seul passer la tête dans l'anneau de barbelé, puis me retrouver suspendu les pieds frôlant le tabouret. Il me manquait une bonne tête de plus. Ça ne colle pas.

Marie pencha la tête sur le côté, l'idée de son confrère commençait peu à peu à infuser.

— Tu veux dire...

— Je veux dire que Hilgarson n'a pas pu se pendre de la sorte tout seul ! Ce soir-là, au moment de son prétendu suicide, il était accompagné d'un type – ou d'une femme, mais c'est moins probable – beaucoup plus grand que lui. 1,90 mètre.

— On se dirigerait donc vers une tentative d'homicide qui aurait raté « grâce » au barbelé ?

— Yep...

— La prochaine étape ?

— Passer au peigne fin la liste des invités.

*
* *

Deux mois plus tôt

La transaction avait été rapide et sans histoire. Olovna Stevenson avait versé deux cent mille euros à l'homme pour récupérer les fichiers. Elle inséra la clé USB dans son ordinateur et ouvrit un à un les scans des documents confidentiels du Centre de recherche sur le neurone. Elle les passa en revue, les uns après les autres, s'arrêta sur les tableaux récapitulatifs des expériences, observa les multiples courbes et surligna des colonnes de chiffres. Ce qui l'intéressait, c'étaient les détails, les marges d'erreur et surtout les effets secondaires. Elle sourit intérieurement, satisfaite. Il fallait tout éplucher et faire sortir ce qu'Erik Hilgarson avait voulu dissimuler dans ses travaux. Tout chercheur avait quelque chose à cacher.

17

Dimanche 13 juillet, 20 heures

Le doigt de Laura écrasa la sonnette de l'interphone de chez Delphine, en bas d'un immeuble ancien, au 39 de la rue Montorgueil. La rue piétonne avait pris ses quartiers d'été. On se serait cru sur une place de village grec ou espagnol à l'heure de l'apéro. Les gens buvaient des coups en terrasse et déjà une odeur de grillades chatouillait les narines, tandis qu'un accordéoniste entonnait *La Vie en rose*. Ça fleurait bon l'insouciance.

Ses sacs et son étui à violon dans sa main valide, Laura grimpa les deux étages qui menaient au petit trois-pièces de son amie. Delphine apparut sur le seuil en pantalon de jogging et brassière de sport ; derrière elle, les fenêtres grandes ouvertes laissaient entrer l'air frais et la vie de la rue. Elle ne jouait pas ce soir au théâtre, c'était relâche. Elle serra son amie contre elle sans la bombarder immédiatement de questions. Laura était visiblement en proie à une profonde agitation.

— Merci de m'accueillir chez toi !

Delphine lui fit signe de parler plus bas. Les petites dormaient déjà.

— Viens t'asseoir. Tu bois quoi ?

Quelques instants plus tard, elles étaient assises sur le canapé, avec deux bières fraîches décapsulées. Delphine pressa son amie.

— Raconte-moi tout. Qu'est-il arrivé à ta main ?

Laura demeura un temps silencieuse, cherchant ses mots. Enfin, elle entama le récit du cambriolage. Puis petit à petit elle raconta l'agression dans la cave, la terreur, la douleur, les menaces qui l'empêchaient de prévenir la police. Delphine la dévisageait, de plus en plus effarée.

— Il fallait m'appeler tout de suite !

— Je ne savais plus quoi faire. J'avais peur d'impliquer d'autres gens. J'étais choquée.

Laura révéla ensuite les informations soutirées à Francis. Le vol d'Erik pour éviter que sa molécule ne soit vendue à une firme étrangère, sa colère, son laboratoire clandestin. Delphine gronda.

— C'est complètement dingue, bordel ! Ton imbécile de mari t'a mise dans une sale situation. Qu'au moins il se réveille pour régler la merde qu'il a fichue !

— Tout l'après-midi j'étais à l'hôpital avec Erik, indiqua Laura. J'ai pu parler de nouveau à Francis. Ils ont cessé totalement la sédation, mais Erik ne se réveille toujours pas. Il est possible qu'il ait un problème rénal qui expliquerait le temps qu'il met à évacuer les produits. Ça peut être une conséquence de l'arrêt cardiaque.

— Ma pauvre.

— J'ai demandé à Francis quel était ce laboratoire pharmaceutique concurrent qui voulait racheter l'AT37 et qui avait rendu fou Erik. Et, tiens-toi bien, il s'appelle Genetic-Tech et c'est une boîte islandaise !

— Comme l'accent du type de la cave ?

— Oui ! J'ai fait quelques recherches sur Internet. C'est une société qui a eu chaud aux fesses dans les années 2000, elle a failli déposer le bilan et aujourd'hui elle est de nouveau en position de leader. Alors pas question de se faire doubler par la trouvaille d'Erik sur Alzheimer, tu comprends ?

La musicienne parlait plus vite à présent, presque avec exaltation. Elle agissait, sortait de son rôle de victime. Delphine comprenait que pour aider son amie il fallait se mettre dans la même dynamique, sans s'apitoyer.

— D'accord, d'accord. Où tu veux en venir, poulette ?

— Je suis sûre que ce sont eux qui m'ont envoyé ce type pour récupérer le travail d'Erik ! C'est évident ! Si l'AT37 devient un médicament, ils peuvent dire adieu à leur propre traitement, à la poule aux œufs d'or. Et puis ils sont islandais, comme mon agresseur.

Delphine joignit les mains en prière sur sa bouche.

— D'accord. Mais en quoi ça t'avance de savoir ça ?

Laura croisa les bras.

— Bon. Tu vas me trouver hyper naïve. Mais si j'allais les voir pour leur expliquer ? Leur dire que je n'ai rien à voir avec tout ça ? Que je ne sais pas ce que mon mari a fait de sa molécule. Et qu'il faut qu'ils me laissent tranquille.

Le regard de Delphine s'assombrit.

— Si ces gens-là étaient compréhensifs, ils ne t'auraient pas brisé les os.

Laura resta un moment immobile à intégrer cette vérité, puis elle se leva et regarda longuement par la fenêtre ouverte.

— Sinon, j'ai un plan B. Il vaut ce qu'il vaut. Et il ne va pas te plaire.

— Vas-y toujours.

— J'appelle ma nièce pour qu'elle garde les petites et tu m'accompagnes en boîte de nuit, ce soir ?

*
* *

Elles trouvèrent à se garer boulevard de Strasbourg. La file d'attente bigarrée à dominante rose stationnée devant le numéro 20 indiqua aux deux jeunes femmes qu'elles ne s'étaient pas trompées de jour, ni d'endroit.

Elle n'avait jamais mis les pieds au Mundo. Et encore moins assisté à une *Pink Party*.

Quand Laura avait lu ce qu'avait posté Pandora sur son compte Facebook, son pouls s'était emballé. Elle s'était dit que c'était une chance à tenter.

L'instant de stupeur passé, Delphine avait assuré, comme d'habitude. « Faisons ça ! » Puis elle avait plongé dans sa garde-robe pour débusquer un improbable bustier à paillettes rose tyrien pour elle et une robe fuchsia pour Laura.

Dans l'habitacle de la voiture, Delphine s'adressa une dernière fois à son amie :

— Tu es sûre que tu veux faire ça ?

— Ai-je le choix ?

Peu après, elles descendirent un long escalier qui s'enfonçait au sous-sol, déposèrent leurs sacs dans un petit vestiaire et pénétrèrent dans la boîte. Des centaines de ballons roses étaient retenus au plafond par un filet géant. Les buffets avaient été pris d'assaut, le champagne et les mojitos gratuits étaient servis dans des verres en plastique rose.

Laura ne sortait jamais dans ce genre de fêtes, préférant les soirées entre amis, comme son mari. *Erik*. L'évocation de son nom lui serra la gorge. C'était ici que sa maîtresse se produisait. *Sa maîtresse*. Ces mots étaient comme des coups de cutter dans le ventre. Delphine lui prit le bras et l'entraîna devant le bar. Elle commanda d'office deux cocktails, en tendit un à Laura et lui intima l'ordre de le boire. Leurs verres aussitôt finis, elle en reprit deux autres. Laura but sans rechigner. Elle observait. Ce n'était pas une soirée de jeunes. Des centaines de quadras – génération Rubik's Cube et *Thriller* – se pressaient au bar et sur la piste, stetson rose sur la tête, jupette, paillettes, polo de rugby.

Laura sirota son rhum, croisant le regard bleu-gris d'un bel inconnu aux cheveux poivre et sel. Ça se trémoussait, ça se poussait, ça rigolait et ça buvait, beaucoup. Laura se sentit intensément présente et absente à la fois. Elle prit conscience que ceux qui l'entouraient portaient probablement, comme elle, leur vie en bandoulière. Les études, leur carrière, le chômage, un ou plusieurs mariages, des enfants, des divorces, la solitude subie ou choisie, la réussite, les échecs, les bilans, les mensonges, les conjoints, les emprunts, les travaux, les voyages, la famille, les amants, les maîtresses. Laura se sentit exactement comme tous ceux-là. Si peu *superficiels et légers,* comme le chantaient à son époque France Gall et Michel Berger.

L'ambiance monta d'un cran quand retentirent les premières mesures de *Gangnam Style,* le tube coréen qui avait déchaîné les foules deux ans plus tôt. Laura avait vu la chorégraphie délirante sur YouTube. Certains se mirent à faire la danse du cheval sous les cris hilares des autres, qui tentaient de les imiter. Tandis que sur la petite scène, dans le fond de la salle, un projecteur rose venait de s'allumer.

Laura fixa la scène et donna un coup de coude à Delphine pour suggérer qu'elles s'approchent. Elles se faufilèrent entre les corps qui s'agitaient, les peaux qui se touchaient. Deux filles trébuchèrent devant elles, ivres, deux lascars se mirent à s'embrouiller pour savoir qui allait les relever. Laura se retrouva devant un type en polo rose qui avait emballé une femme à bustier à pois et l'embrassait à pleine bouche. Pendant quelques secondes, absorbée par le spectacle, Laura oublia ce pour quoi elle était là. Ça lui revint en pleine figure. Abba se mit à entonner *Gimme ! gimme ! gimme !* et les deux femmes atteignirent la scène. Le rideau en plumes roses se leva.

*
* *

La créature aux longs cheveux bleus entra par le fond, le corps élastique moulé dans un justaucorps en lamé rose très échancré qui dévoilait son corps sculpté et hâlé. Un serpent rouge tatoué lui ceinturait la cuisse droite et l'épaule gauche. Pandora commença sa performance entre lap dance et contorsions, accueillie par les cris des clubbers chauffés à blanc.

Laura et Delphine ne bougeaient plus, captivées par la vision surréaliste du corps parfait et sensuel qui se liait et se déliait autour d'une barre métallique dans laquelle ses yeux félins se reflétaient.

La créature joua ensuite avec des rubans de satin blanc, les entortillant entre ses jambes, son ventre et son cou. Après avoir détaillé le corps de la danseuse qui évoluait dans les trois dimensions, Laura s'attarda sur son visage. Elle n'était pas exactement belle, chevaline avec un nez trop long. Comme l'eût été une amazone, une guerrière aux yeux charbonneux qui fixaient le public sans ciller. Delphine se pencha vers Laura.

— Qu'est-ce qu'il a bien pu lui trouver ?...

Laura remercia silencieusement la loyauté de son amie, même si elle était loin de partager son avis. Qui aurait pu résister à un corps aussi animal ? Au bout de vingt minutes de contorsions suggestives, Pandora exécuta une pirouette tête en bas, la salle applaudit et le rideau retomba.

Laura prit la main de Delphine pour rejoindre les coulisses à gauche de la scène.

Delphine vit le profil de son amie, ses lèvres blanches, ses mâchoires serrées, elle lui pressa les doigts. Personne ne s'interposa sur leur chemin. En fait de loge, elles pénétrèrent plutôt dans une sorte de vestiaire drapé de noir, avec un portant chargé de vêtements de scène et une coiffeuse encadrée de spots blafards.

Pandora se tenait debout devant un homme, un rasta blond en pantalon thaï, T-shirt blanc et Ray-Ban, qui lui accrochait un collier en fanfreluches roses autour du cou, pour le deuxième tableau.

Delphine frappa un petit coup sec sur une armoire à l'entrée de la pièce, Laura fit son entrée.

— J'aimerais vous parler.

Pandora se retourna et congédia d'un geste son régisseur. Elle n'exprima aucune émotion, les traits figés, le front lisse, le regard intelligent.

— Que voulez-vous ?

Laura avança d'un pas.

— Je suis la femme d'Erik.

Une lueur de curiosité traversa le regard de Pandora, qui ne bougea pas d'un pouce. Laura flottait dans un état second, elle entendait sa propre voix comme venue de l'extérieur.

— Je ne suis pas là pour régler des comptes avec vous. J'aimerais seulement vous demander quelque chose.

Elle avait dit ces mots, préparés avec Delphine, avec le plus de calme et de dignité possible. Mais un brusque sentiment de jalousie lui mordit les entrailles et lui donna envie de sauter à la gorge de la créature et de la réduire en bouillie.

Pandora ne réagit pas.

— Vas-y.

— Mon mari a tenté de mettre fin à ses jours à cause de vous, déclara Laura. Vous en avez conscience, je suppose.

— C'est son problème, pas le mien, rétorqua la danseuse.

C'était idiot, mais ce fut comme un coup de poing dans l'estomac. Jusqu'à ce qu'elle se trouve là, en face de *l'autre*, Laura s'était inconsciemment accrochée à l'illusion que les textos échangés pouvaient être un canular, un malentendu. Mais non, la danseuse venait de confirmer. Et elle continuait à parler.

— Je lui ai dit que je ne voulais pas quelque chose de sérieux. Il est devenu collant. Pas de ça chez moi. Il était trop fragile. Il est toujours dans le coma, n'est-ce pas ?

— Comment le savez-vous ? questionna Laura, les narines frémissantes.

— Par Facebook. Il va s'en sortir, j'en suis sûre.

Laura marqua un temps d'arrêt, estomaquée par tant de détachement.

— Je n'en sais rien.

— Je lui souhaite. C'est pas de chance.

Laura fit un effort surhumain pour ne pas se jeter sur la femme et la frapper, même si la grande différence de taille et de gabarit ne plaidait pas en sa faveur. Delphine vola à son secours.

— On aimerait savoir ce qu'il vous a dit, lança-t-elle.

— Comment ça ?

Laura s'était reprise et retrouva ses moyens.

— Ce qu'il vous aurait confié avant son acte.

— Et pourquoi je vous parlerais ?

— Parce que sa vie est en danger et que toute information peut nous aider à le protéger, énonça Laura, qui veillait à ne pas trop en dire tout en ne perdant pas de vue son objectif. Vous lui devez bien ça, non ?

Sa voix avait pris un accent plaintif qu'elle corrigea aussitôt.

— Je sais qu'il vous a montré son atelier. Vous aurait-il dit où il notifiait ses travaux personnels ? Où il rangeait ses notes importantes ? Vous aurait-il montré une cache secrète où il aurait pu entreposer quelque chose de valeur ?

Pandora posa une fesse sur la coiffeuse et croisa les bras.

— Je ne vois pas du tout de quoi vous parlez.

Laura pinça les lèvres et serra les dents.

— Que vous a montré mon mari dans l'atelier le soir où vous êtes venue ?

La danseuse haussa un sourcil épilé.

— Sûre que t'as envie de l'entendre ?

Elle ne laissa pas le temps à Laura de répondre.

— Il y a eu une attirance mutuelle très forte dès notre première rencontre avec ton mari, une convergence de vues, des projets qui allaient dans le même sens. Il aimait la manière dont je le regardais. Et le sexe... évidemment. Un lion. Comme moi. Alors tiens-tu vraiment à ce que je te décrive ce qu'il s'est passé dans son atelier ?

La bouche de Laura s'assécha d'un coup. Pandora sourit.

— Tu as voulu savoir. Tu sais.

— Des projets ? Quels projets ? s'exclama Laura.

— Et moi qui pensais qu'il te tenait au courant...

— Au courant de quoi, bon sang ! Cessez vos énigmes !

— De ses projets justement.

Laura explosa.

— Bien sûr que j'étais au courant de ses projets !

— Tu n'as pas l'air.

— Mais de quoi vous parlez ?

— De sa transformation.

— Pardon ?

— De sa transformation, répéta Pandora, de l'implant, par exemple.

— L'implant ?

— Un implant pour ressentir les champs électromagnétiques.

— Pour quoi faire ?

Pandora fit un pas vers elle et lui tendit son majeur sous le nez. Laura crut d'abord qu'elle lui faisait un doigt d'honneur, mais comprit que la danseuse lui montrait quelque chose. Ce quelque chose formait une petite boursouflure au bout de sa première phalange, une boule de la taille d'une perle. D'un mouvement de bras, Katherine Pandore approcha sa main d'une épingle à cheveux posée sur la coiffeuse. L'épingle se mit à trembler, se souleva et vint se coller à son doigt.

— Vous avez un aimant dans le doigt ? s'exclama Delphine qui n'avait pas bronché depuis plusieurs minutes, abasourdie par la scène qui se déroulait devant ses yeux.

— Un implant de néodyme, utilisé comme aimant puissant dans l'industrie.

— Pour quoi faire ? répéta Laura.

— Avec ça, je ressens tout ce que vous ne voyez pas. Les ondes de toutes sortes.

— Ça vous sert à quoi ? dit Delphine, réellement intriguée.

Laura jeta un coup d'œil réprobateur à son amie, elle n'allait pas pactiser avec l'ennemi et faire la conversation.

— Par exemple, je peux ressentir un message ou un appel téléphonique avant que l'appareil ne sonne.

Elle posa son pied sur un tabouret et désigna sa cheville. Un anneau de quatre boules était implanté sous sa peau.

— Et ça, c'est South Paw. Un système d'implants magnétiques qui me permet de sentir le nord magnétique. Je suis comme une boussole humaine. Je dépasse notre pauvre nature humaine. J'ai acquis des sens que personne ne possède.

— Vous racontez n'importe quoi ! tonna Laura.

Katherine Pandore la toisa.

— Tu débarques complètement alors...

— Que voulait faire Erik avec ça ?

La danseuse s'approcha du portant et attrapa une autre tenue pailletée sur un cintre.

— Il voulait faire partie du mouvement.

— Quel mouvement ?

— Notre mouvement. Celui de l'évolution anthropique. Notre groupe de posthumains, les Extreme Body Hackers. Ton mari se voulait parfait.

Laura ferma les yeux un instant, saisie d'un vertige. Delphine avança pour la soutenir. Pandora semblait amusée de semer le trouble dans la tête de ses interlocutrices.

— Allez, je dois me changer.

Laura sentit la colère l'envahir. Son énergie remonta en flèche.

— Je me demande vraiment ce qu'il pouvait bien vous trouver. Vous êtes si artificielle !

Pandora la dévisagea ostensiblement.

— Ça me paraît évident pourtant.

Elle se déshabilla sans pudeur devant les deux amies, révélant son corps plastique, tatoué, décoré de nombreux piercings et intégralement épilé. Elle ôta son body rose pour en passer un autre doré. Delphine fut la première à retrouver la parole.

— On s'en va, Laura ! Cette femme est une folle.

Pandora retourna en scène. Elle les dépassa comme si elles n'avaient jamais été là.

18

Lundi 14 juillet, 0 h 30

Assises par terre sur le tapis autour de la table basse du salon de chez Delphine, les deux amies essayaient de raisonner. Laura écrasa nerveusement deux quarts de citron vert dans un grand verre avec un pilon, ajouta du sucre et une bonne rasade de rhum.

— Tiens !

Elle se prépara la même potion et en but la moitié d'un coup.

— Au fond, à quoi je m'attendais ? Que Pandora me dise : « Mais oui, bien sûr, ma chérie, j'ai la molécule que tu cherches dans mon sac. Tiens, la voilà » ?

— C'est une tarée ! s'écria Delphine.

— Ça… Erik l'a bien choisie. Et tout ce qu'elle a raconté sur les implantations. C'était comme un film de SF.

— Elle nous a peut-être menées en bateau !

Laura sortit sa tablette numérique et entra les mots « pandora + transformation + posthumains » dans le moteur de recherche. Elle passa en revue les liens.

— Hélas non, finit-elle par dire, la mine dégoûtée. Regarde ça.

Les liens renvoyaient sur des blogs, des images de performances corporelles, tatouages, piercings extrêmes, implantations multiples, suspensions par la peau, mutilations. Les deux amies examinèrent les photos, effarées.

— Immonde ! fit Delphine.

Laura acquiesça.

— Elle était mon dernier espoir de retrouver la molécule...

Elle finit son verre cul sec. Delphine but à son tour.

— Et si tu te faisais protéger par les flics ?

— Le type de la cave a été clair. Si j'appelle les flics, il tue Erik... et moi dans la foulée.

Delphine fixa les glaçons de son verre, n'osant révéler le fond de sa pensée. Elle aurait bien étranglé le mari de son amie de ses propres mains, l'*enfoiré de sa mère* !

Les deux amies burent leur rhum en silence. Soudain, Delphine fit part de sa réflexion.

— Et si tu te tirais ? Va chez ta frangine à Stuttgart, fais-toi oublier !

— Et Erik ?

— Bordel, Laura, après tout ce qu'il t'a fait ! Ça suffit maintenant de jouer les infirmières ! C'est à cause de lui que tu te retrouves dans cette panade, non ? C'est un ego malade, ce type.

Laura ferma les paupières un instant, confuse.

— Et papa ?

— Il va bien, ton père. Je peux passer le voir. On s'aime bien tous les deux. Je peux lui dire que tu remplaces quelqu'un dans la tournée, ou je ne sais pas quoi. Ce ne serait que pour quelques jours. Tu laisses passer la semaine, tu rentres, et les choses vont se tasser.

Laura soupira.

— Je ferais quoi sans toi ?

— Tu te souviens quand Paul a disparu du jour au lendemain ? Que je me suis retrouvée toute seule avec les filles, sans un rond, parce qu'il avait vidé le compte ? Qu'est-ce que j'aurais fait si tu n'avais pas été là ? Tu m'as tout donné, un toit, du fric, une épaule pour pleurer.

Laura hocha la tête doucement.

— On n'a pas été très douées pour choisir nos hommes, hein ? On a dégoté les pires égocentriques au monde... Mais comment veux-tu que je me fasse la belle ?

— Tu en as pour quelques heures en caisse. Ils n'auront pas le temps de réagir !

— Et le concert ? dit-elle d'une petite voix.

— Avec ta main ?

Une flamme étincelante s'alluma dans le fond de ses yeux.

— Je joue *Shéhérazade*, Delph !

— Et alors ?

— Alors, c'est des années de boulot. Je ne peux pas renoncer.

Delphine soupira.

— Ce que tu peux être têtue, c'est pas possible.

— Vois le côté positif. Au milieu de l'orchestre, il ne peut rien m'arriver...

Laura avait retrouvé de l'entrain et était prête à argumenter encore quand son smartphone vibra, annonciateur d'un e-mail. Elle consulta le message et, perplexe, découvrit le tweet d'un nouvel abonné « @at37brainregeneration ». Elle pâlit. Le message envoyé était une photo. Delphine et elle entrant au Mundo avec une légende : « Ce n'est pas là que tu trouveras. » Laura étouffa un juron.

— Il nous a suivies ! Je vais lui répondre.

Elle déplaça le curseur dans l'espace « Rédiger un tweet » et écrivit :

Laura Katz@laurakatz1977. 14 juil.
Ai besoin de temps.

Quasiment dans la seconde, une réponse s'afficha.

AT37@at37brainregeneration. 14 juil.
15 juillet soir, dernier délai.

Puis un autre tweet :

AT37@at37brainregeneration. 14 juil.
Je te surveille.

Laura se mordit les lèvres.

— Je n'ai même pas quarante-huit heures.

Delphine observait son amie en buvant son deuxième verre de rhum. Elle posa sur la table un bloc-notes et un crayon. Sur son visage, une expression combative.

— Bon. Ça suffit les conneries. À quelle heure est ta répète demain ?

— De 10 heures à 11 h 30.

— Et le concert ?

— 20 h 45. Je joue la première.

— Dessine-moi les lieux, l'emplacement des instruments, les gradins, les vestiaires, les sanitaires, tout...

Sans poser de questions, Laura dessina le pied de la tour Eiffel, et l'orchestre en dessous, face aux jardins et dos à la Seine, ainsi que tout le dispositif de réception et de sécurité, tels qu'on le leur avait décrit en tout cas.

Delphine mordit son crayon.

— Oublie ce taré. Ne te préoccupe plus que de ton concert. On va faire comme quand on était jeunes. D'accord ?

*
* *

— Hé ! Luka !

Le visage de Pandora s'afficha sur l'écran du smartphone de Luka More, qui brancha son oreillette Bluetooth.

— Hello, bella ! Je viens de voir ta performance en direct. C'était bandant.

Pandora exhiba deux rangées de dents parfaites. Derrière elle, il y avait du mouvement, la fête.

— *Thank you, my dear !* Et toi, c'est pour cette nuit ?

— Oui.

Pandora sourit de plus belle à la caméra, sous le charme de cet homme modèle. Il n'avait pourtant rien d'un mannequin de magazine, moyen, chauve et gras, les bras couverts de tatouages jusqu'aux épaules. Pandora admirait chez lui sa vision d'un monde affranchi, son désir d'une humanité sans limites, sa radicalité.

Luka More avait organisé son existence recluse au dernier étage d'une maison cossue, dans quatre-vingts mètres carrés sous pente, un loft capitonné, éclairé par des puits de lumière. Au sol, le coco amortissait les bruits. Le long de la façade sud, une table de travail en bois supportait trois écrans plats et un fatras de matériel informatique. À l'est, une demi-cloison séparait le bureau du lit noir gigantesque, au-dessus duquel pendait un système de poulies. À l'ouest, sur une estrade carrelée rouge, trônaient une baignoire à pieds, une vasque et des toilettes.

— Je vais tenter la nouvelle implantation, annonça-t-il à la danseuse. Tout le monde peut me suivre en direct. Nous entrons dans l'Histoire, bella. Et rendez-vous demain soir sous le chapiteau.

Pandora lui envoya un baiser sensuel. Cet homme était un génie, d'un courage qui la galvanisait.

— Tu nous inspires tous.

— Je l'espère, ma chère. Passe quand tu veux, tu es toujours la bienvenue dans mon lit.

Pandora miaula.

— Formidable. Il faut que je te parle. J'ai reçu de la visite aujourd'hui.

Après quelques minutes d'entretien, Luka raccrocha. Il se connecta à un autre téléphone, celui de Daphné, cette fois.

— Où es-tu, chérie ?

— J'arrive.

— Appelle les gars de LifeCorp pour leur expliquer ce que je prépare ce soir.

— Ils sont très nerveux.

— Justement, ça les fera patienter.

La villa de Luka était la plus imposante de la rue des Roissys, longue artère qui montait de Clamart à Châtillon, dans la banlieue sud de Paris. Derrière son haut portail noir, la demeure, un cube de ciment rouge sur deux étages, était précédée d'un jardinet parfaitement entretenu. Pas de mobilier de jardin ni de jeux pour enfants, mais deux motos et une poubelle remplie jusqu'à la gueule de cartons à pizzas. Sous l'escalier du perron, un soupirail laissait s'échapper des sons de basse.

Daphné, longiligne, en slim noir, sweat à capuche rabattue sur les cheveux, poussa le portail, un sac en plastique à la main. Elle grimpa les marches et présenta son avant-bras devant un lecteur. Le loquet se déverrouilla. Elle pénétra dans le hall, la lumière s'alluma sur son passage. Un long couloir au sol marbré desservait la cuisine et le salon. Une échelle en bois menait au sous-sol. Le *basement,* comme ils l'appelaient. Elle descendit.

Là-dessous, ça vivait de nuit comme de jour. La musique metal écorchait les oreilles. Vaste carré de béton ciré, le sous-sol était aménagé confortablement. Deux canapés rouges servaient de lits improvisés. Le long des murs gris et noir laqués, ornés d'affiches de films de SF, une Pandora géante en carton les menaçait d'un pistolet intergalactique. Une dizaine de jeunes étudiants bénévoles bossaient devant leurs écrans sur des tables transparentes disposées en U où s'empilaient des ordinateurs, des claviers, des câbles. Des casiers regorgeaient de composants électroniques.

— Hello ! lança Daphné.

David lui tournait le dos. Casque à quatorze électrodes sur la tête, il réglait un nouveau *neurogame,* un jeu activé par le cerveau, où il devait édifier un temple et tuer des monstres par la seule force de sa concentration. Il finissait de mettre au point le prototype pour une compagnie australienne.

Dora, elle, immobile, mettait à jour les tableurs de tests biologiques qu'elle pratiquait depuis trois semaines sur les dispositifs électroniques à implanter.

Daphné repoussa sa capuche, révélant un visage d'ange sous une tignasse châtain en bataille et un diamant dans le nez. Elle déposa une boîte de Ritaline, psychostimulant, devant le poste de David puis remonta à l'échelle. Elle passa alors dans le salon vide et emprunta un escalier en colimaçon qui grimpait au deuxième étage, où se trouvait l'espace de Luka. Elle avala les marches quatre à quatre et frappa à une porte coulissante. Pas de réponse, mais elle entendait une voix. Elle entra.

— Tu as ce qu'il faut ? interrogea-t-il.

Son visage pâle, qui ne voyait jamais le soleil, posa sur Daphné un regard pénétrant. La jeune femme montra le sac en plastique qu'elle tenait à la main.

— *Yes*.

Elle lui remit les boîtes de médicaments.

— Je descends tout préparer et te fais signe quand c'est prêt.

Luka tendit un bras vers elle. Daphné s'exécuta. Ses vingt-cinq ans ne pesaient pas lourd sur les genoux du quinquagénaire. Il la serra contre lui.

— Tu me trouves beau ? questionna-t-il d'une voix de garçonnet.

— Le plus beau.

Il caressa ses jambes gainées.

— Tu me trouves fort ?

— Le plus fort.

Daphné l'embrassa, il la repoussa, lui flanquant une claque sur les fesses.

— Va faire la mise en place, j'arrive.

*
* *

Quelques instants plus tard, Daphné, David et Dora, la garde rapprochée de Luka, baptisée les « 3 D », se réunirent dans la cuisine du rez-de-chaussée, en blouse blanche. La pièce, carrelée, avait été réaménagée en bloc opératoire. Au centre avait été dressée une table de dissection au plateau d'acier, un champ opératoire en guise de nappe. À côté de l'évier, un aquarium plein d'eau mais sans poissons. Un ordinateur. Dans le fond, la porte du cellier, fermée à clé.

Luka More fit son entrée, lunettes vidéo sur le nez. La petite équipe s'activa. Leur leader s'assit sur le tabouret devant la table. Daphné approcha le masque à oxygène, qu'il appliqua sur son nez. David repositionna la caméra sur pied installée en face à lui, vérifia que la caméra des lunettes de Luka était en bon état de marche et se tint prêt. Dora analysa une dernière fois les données de l'eau de l'aquarium et hocha la tête.

Daphné enfila des gants de latex et un masque chirurgical, puis déposa sur la table un plateau en onyx contenant des seringues, deux scalpels, des compresses en nombre.

— Prêt ?

Luka retira le masque à oxygène et opina. David lança l'enregistrement vidéo et twitta :

EBH@extremebodyhackers. 14 juil.

Début de la première implantation du Longlife Sensor, #LukaMore #bodyhacking #hommeaugmenté #éternité.

Les yeux de Luka More exprimaient fierté, témérité, vision d'un futur supérieur, et nulle trace d'appréhension. La caméra zooma sur le visage translucide. C'est alors qu'un gémissement en provenance du cellier troubla le silence.

Dora fit mine de ne pas entendre, enfila à son tour des gants de latex et plongea la main dans l'aquarium pour y retirer un objet, une gangue de polymère de la taille d'une petite boîte d'allumettes.

Le gémissement se fit de nouveau entendre, comme la plainte d'un animal blessé. Daphné jeta un œil interrogateur à Luka, qui fixait son bras posé sur la table d'acier, imperturbable. D'un geste du menton, il ordonna à la jeune femme de poursuivre.

Dora plongea pour la dernière fois un papier pH dans l'eau de l'aquarium et annonça :

— 7,5. On est bon.

Si le pH était descendu au-dessous de 7, cela aurait été le signe que la batterie contenue dans la gangue fuyait, laissant s'échapper de l'acide sulfurique, et toute l'opération aurait été annulée.

Dora mesurait les caractéristiques du bain trois fois par jour depuis quatre semaines, afin de s'assurer que l'objet était bien étanche.

Luka était téméraire, mais pas suicidaire. Leur niveau scientifique, tous réunis, leur permettait de limiter les risques. La plainte en provenance du cellier redoubla. Daphné regarda Luka une nouvelle fois. Il fit non de la tête.

— Continue, dit-il.

David lança le morceau *Supremacy* de Muse à un volume maximal. Dora relut pour la dernière fois le protocole qu'elle avait rédigé. Elle désinfecta l'objet qui contenait la puce et la mini batterie, colla dessus un écran LCD. L'écran se mit à clignoter.

— C'est bon.

Daphné commença par raser un carré de peau de l'avant-bras tatoué de Luka, puis le badigeonna de désinfectant. Elle ouvrit le sachet d'une seringue et piqua la peau en différents points. Luka More agita les doigts pour faire circuler le produit anesthésiant. Daphné avait la main sûre, Dora lui tendit le scalpel qui avait bouilli dans une casserole.

La lame incisa la peau sur cinq centimètres. Le sang coula, la jeune femme épongea avec plusieurs compresses. Puis, à l'aide d'une grande pince, Daphné saisit l'objet clignotant et l'enfonça dans les lèvres de la plaie. Luka broncha à peine. Ça poissait, ça saignait. Daphné poussa le boîtier sous la peau, Luka serra les mâchoires, grinça des dents, les yeux rivés à son avant-bras sanguinolent.

— Merde, ça ne rentre pas, dit Daphné.
— Pousse, ordonna Luka.
Daphné posa la pince et appuya sur l'objet avec les doigts. Luka grimaça.
— *Fuck !* lâcha-t-il.
Daphné exerça une nouvelle poussée avec l'index et le majeur. Le boîtier pénétra dans la chair d'un bon centimètre.
— C'est fait, fit Daphné.
David twitta :

EBH@extremebodyhackers. 14 juil.
Longlife Sensor bien implanté dans le bras de Luka. Tout va bien. #LukaMore.

Dora présenta une aiguille et du fil.
— Ça va piquer, dit Daphné en attaquant les points de suture.
À travers la peau de Luka, l'écran LCD clignotait toujours. Dora était déjà en train de le programmer sur son smartphone. Des chiffres s'affichaient toutes les secondes.
— On a le battement cardiaque, dit David.
Dora bidouilla sur l'ordinateur.
— La température et l'analyse sanguine vont se mettre en place.
La surface de la puce était recouverte de biocapteurs à même de détecter des substances en circulation dans le corps telles que lactate, glucose, cholestérol. Un mini-laboratoire implanté suivrait désormais les constantes de Luka en continu, lui transmettant les indications sur sa santé. Au moindre dérèglement, cette vigie implantée enverrait une alerte au téléphone via son antenne radio. L'objectif étant d'accroître l'espérance de vie du porteur grâce à une surveillance biologique de tous les instants.
Luka portait déjà des implants magnétiques dans les doigts, ainsi qu'une puce électronique d'identification dans le bras droit, comme Daphné, David et Dora, qui

lui permettait d'être identifié par son ordinateur, son disque dur externe, les périphériques électroniques, ainsi que les systèmes de sécurité de la maison, de sa moto et de son coffre-fort. Ce nouvel implant, gardien de sa santé, était une preuve de concept jamais tentée chez l'homme, une avancée révolutionnaire.

*

* *

Luka fit bouger ses doigts, l'écran LCD afficha les constantes physiologiques à travers sa peau. David ôta ses écouteurs.

— Énorme ! Ça marche grave ! Ça s'affole sur Twitter.

— C'est parfait, répondit Luka, filmant le travail avec ses lunettes. On va pouvoir faire le *conference call* avec la communauté.

— On vient de passer la barre des 4 500 amis sur Facebook et 2 200 followers sur Twitter ! s'extasia David le nez sur sa tablette numérique. On explose les records.

Luka se leva, tandis que Daphné nettoyait la table de la cuisine. Elle ramassa le champ opératoire ensanglanté et en fit une boule de papier. Elle collecta les instruments et les jeta dans un bain de mousse dans l'évier. Puis elle se lava les mains, en lançant des coups d'œil vers la porte du cellier. On n'entendait plus rien. Luka avala une dose d'antibiotique et un seul comprimé antalgique. Il était de très solide constitution, la douleur faisait partie des sensations qu'il aimait éprouver. Il se dirigea vers la sortie. David le suivit.

— On fait l'interview ?

— On y va, ordonna Luka d'une voix forte, transcendé par l'expérience.

Daphné attendit que leurs voix s'éloignent et ouvrit doucement la porte du cellier. Ses yeux fouillèrent l'obscurité. Elle hésita à allumer la lampe, ne le fit pas, et renonça à entrer.

19

Lundi 14 juillet, 10 heures

— Ce qui est extraordinaire, avec Facebook, c'est que les gens te disent tout ce que tu veux savoir sans même que tu leur demandes...

Enfermé dans la petite pièce qui lui servait de bureau, Raphaël s'était connecté par Skype avec William, le geek du service informatique de la police. Comme tous les week-ends, Fabienne avait conduit les enfants au square. Il avait une petite heure de calme devant lui.

William apparut à l'écran, fidèle à lui-même, barbu, cheveux bruns indomptés, T-shirt rouge illustré d'un Obama façon Andy Warhol et une sucette dans la bouche. Il avait scotché sur un de ses deux moniteurs la liste des invités à la soirée anniversaire d'Erik Hilgarson fournie par Raphaël. Deux cent trois adresses Facebook y figuraient.

— Alors, qu'est-ce que ça donne ?

— Les données sont très mal protégées, comme d'hab, dit William. Je t'envoie la synthèse de ce que j'ai déjà trouvé.

William attacha le fichier à sa fenêtre Skype et le transféra.

— Tu trouveras tous les noms ou les pseudos, selon les cas. Avec, quand c'est possible, l'indication du lien avec Hilgarson. Si quelqu'un t'intéresse en particulier, je te sors les discussions, les albums photo, les musiques écoutées, les films vus, les jeux en ligne, tout ce que tu veux !

— Bon boulot, laisse-moi le temps de lire.

Raphaël parcourut les nom et prénom, le statut marital, les hobbys, l'activité du compte Facebook et les photos de la plupart des invités conviés par Grégoire Forget. Tous « amis » d'Erik Hilgarson.

William avait obtenu plus d'informations par le réseau social qu'une enquête de voisinage classique, qui aurait mis des jours et n'aurait apporté que des données partielles.

— Quoi de remarquable d'après toi ?

— Deux faits principaux ressortent de mon analyse pour le moment, déclara William. Une partie des invités est d'origine islandaise et adhère à une association parisienne, La Maison d'Islande, qui a aussi sa page Facebook.

— D'accord.

— Dans ce groupe-là, quelques membres appartiennent également à un sous-groupe qui a retenu mon attention : Sagas. D'après ce que j'ai lu sur les forums, c'est un mouvement dont le fantasme est de réhabiliter l'assemblée historique des Vikings, l'Althing, dans sa forme médiévale. Ainsi que le culte des dieux. Un tas de mecs gavés de *heroic fantasy* qui se prennent pour les nouveaux rois du monde.

— Comment ça ?

— Ils discutent de la manière dont on devrait rétablir des lois xénophobes et eugénistes.

— Charmants. Tu lis l'islandais, toi ?

— Tout est en anglais ! Tu lirais leurs tribunes ! Un modèle du genre. Un des plus actifs se fait appeler Thor. Il prône la race pure. Ne garder que les meilleurs et les faire se reproduire. Son discours est radical, tendance extrême droite. Et ses fans, ma foi, ont l'air content. C'est un bon client pour nous. Mais je n'ai rien de plus que son pseudo ; une photo floue et à moitié de dos.

Raphaël visionna un cliché pris de loin, de trois quarts dos. Un géant blond. Encore un.

— Ce Thor et Hilgarson étaient en rapport ?

— Peu d'échanges entre eux sur Facebook, mais Thor était bien à la soirée du 11 d'après les posts.

Raphaël traça sur un bloc un cercle avec Thor écrit à l'intérieur. Puis un carré à côté, dans lequel il inscrivit les initiales d'Erik, E. H.

— Et l'autre fait dont tu parlais ?

— Une partie des invités, une petite dizaine pour être précis, ont un autre point commun. Eux sont abonnés à la page des Extreme Body Hackers, EBH.

— Quèsaco ?

— Des timbrés, transhumains, posthumains, plus qu'humains... qui veulent transformer leur corps pour dépasser leur condition humaine, ou un truc comme ça. Un mouvement né aux États-Unis qui fait des adeptes chez nous.

— Des fêlés que Hilgarson a dû attirer avec son bouquin.

— La liste des EBH et celle des fans du livre se recoupent en effet. Je t'envoie toutes les photos que j'ai.

Raphaël cliqua sur l'écran sur lequel les images apparaissaient. Il s'arrêta net sur l'une d'entre elles.

— Ce serait pas lui, là, Thor, sur la deuxième en partant du bas ?

— Possible. Mais elle est floue.

— Peux-tu me trouver d'autres photos de cette fête, qu'on sache avec qui il traîne.

Raphaël coupa la communication et rédigea un e-mail récapitulatif détaillé à Marie. Il finit par ses mots. « Mon sentiment : l'entourage de Hilgarson ne me dit rien qui vaille. Plusieurs suspects potentiels (taille et présence ce soir-là) : le professeur Chelles, Grégoire Forget, et ce Thor. Il nous faut plus d'éléments. Quels mobiles ?

Je dois reparler à Laura Hilgarson. Ce soir. Je sais où la trouver. »

*

* *

Lundi 14 juillet, 20 h 45

Sous la tour Eiffel, en bord de Seine, abrité par le monumental bloc de Plexiglas illuminé de mille spots scintillants, se tenait l'orchestre. Au fond, les percussions, triangle, cymbales, caisse claire, timbales, grosse caisse et tambour de basque. Devant eux, les trois trombones, le tuba. À gauche, la harpe, à droite, trois flûtes, deux hautbois, deux clarinettes, deux bassons, quatre cors, deux trompettes. Devant, le pupitre des premiers et deuxièmes violons, violoncelles et contrebasses, et enfin le violon solo, à gauche du chef d'orchestre. Les cent musiciens, tout de noir vêtus, accordaient leurs instruments entre les pieds de la dame de fer.

Le hautbois donna le *la* à Laura, qui le transmit à son tour aux cordes. Dans son tailleur-pantalon noir, ses cheveux de feu ramassés dans un chignon bas serré, elle occupait la place centrale, assise face au chef d'orchestre. Dans sa main gauche, son compagnon de route depuis dix ans, un Guarnérius du XVIIIe siècle déniché chez un luthier russe, expertisé par un luthier britannique, de la valeur d'un appartement. L'héritage de Catherine Katz se trouvait là, dans ces quelque cinquante-neuf centimètres d'épicéa et d'érable façonnés des mois durant par l'un des meilleurs luthiers de l'Histoire. La main droite à moitié bandée de la violoniste tenait fermement l'archet. Elle avait mal, ressentait des élancements dans toute la main, mais pas tant que cela. L'antalgique codéiné l'avait soulagée et l'adrénaline avait fait le reste. Le moral tenait bon aussi. Le sentiment d'être en sursis ne la quittait pas, mais au milieu de l'orchestre depuis le matin, elle se savait provisoirement protégée.

La répétition générale s'était bien déroulée. Le chef d'orchestre invité – un trentenaire du Philarmonique de Munich – l'avait entraînée à l'écart, près des sanitaires de chantier montés derrière le paravent blanc qui cachait les coulisses. Grand, maigre, le visage souligné d'une barbe taillée au millimètre avec des yeux bruns pénétrants, il lui avait demandé si, avec sa main blessée, elle se sentait d'attaque pour la partition exigeante de Rimski-Korsakov. L'un des deux solistes d'astreinte pouvait la remplacer si elle avait un doute.

En une seconde Laura s'était remémoré les années de travail, les concours archisélectifs remportés au mental, l'entraînement quasi militaire pour parvenir à accomplir ces solos techniques et toute cette jeunesse sacrifiée pour être là, aujourd'hui, à cette place enviée et disputée. Elle lui avait affirmé avec fermeté que « oui », elle allait assurer.

— J'ai appris que votre époux avait eu un accident, avait poursuivi le chef d'orchestre, qui semblait sonder son âme. Ça va aller ?

— Il est hors de danger et très bien soigné.

— Vous êtes sûre de pouvoir tenir le coup ? Il va y avoir beaucoup de pression.

— Sûre.

Entre 17 et 19 heures, elle était restée pour les réglages son et lumière, dans l'enceinte encadrée par le service de sécurité. Puis les cinq cent mille spectateurs étaient peu à peu arrivés sur place, par grappes, s'agglutinant derrière les barrières, sous le giron métallique de la tour Eiffel. À présent, les rangées de chaises du carré VIP étaient combles, et les pelouses avoisinantes noires de monde, sous un ciel clément.

Laura jeta un regard discret sur la foule. Quelques figures connues dans l'espace réservé aux invités de marque, notamment la ministre de la Culture et des artistes de renom, mais aucun membre de sa famille.

Son père, trop handicapé pour faire le déplacement, l'écouterait religieusement sur France Musique et à la télévision, grâce à l'installation stéréo dernier cri qu'elle lui avait offerte pour son quatre-vingtième anniversaire. Aaron Katz percevrait toutes les nuances de son jeu, noterait mentalement toutes ses remarques et lui en ferait un compte rendu précis à la prochaine occasion. La musique, qui avait occupé la vie de son père aussi intensément que la sienne, était l'une des seules choses que sa mémoire défaillante n'oublierait jamais.

Les premiers et deuxièmes violons finirent de s'accorder. Le chef d'orchestre fit son entrée par la coulisse de droite, déclenchant une salve d'applaudissements. Les musiciens se mirent debout, le chef serra la main de Laura et les fit se rasseoir. Le concert commençait par des extraits de Shéhérazade, puis se prolongerait par une succession de classiques de l'opéra, avec les meilleurs chanteurs du monde.

Le maestro leva sa baguette dans un moment suspendu. Puis, doucement, dans la moiteur du cœur battant de Paris, alors que la Seine miroitait encore sous le soleil orangé, naquirent des arpèges de violoncelles et d'altos. Un grondement sourd et profond ondula dans l'air, telles les vagues d'un océan.

Laura plaça son instrument sous son menton, entrouvrit légèrement les lèvres pour inspirer un filet d'air et tira l'archet. Le son pur sortit du Garnérius vivant. La harpe entra en résonance avec elle. Ce soir, la soliste était Shéhérazade, la conteuse des *Mille et Une Nuits* qui narrait au maharadjah l'histoire de Simbad le marin voguant sur l'eau. Les arpèges en noires, les triolets de croches racontèrent la formidable épopée.

Laura pénétra dans l'histoire de toute son âme, oubliant d'un coup les événements tragiques des dernières heures et la menace qui pesait sur elle. Son archet faisait vibrer les cordes, son Garnérius répondait à toutes ses sollicitations, comme l'ami le plus cher au monde. Les doigts de sa main gauche pressaient les cordes, l'archet les caressait, l'instrument exprimait par sa voix tout ce qu'elle n'avait jamais su dire, et l'histoire se déroulait. Les violons s'assemblèrent, l'harmonie envoûtante de l'orchestre monta vers le ciel telle une volute bleue. Le chef d'orchestre arrondit les bras et baissa les mains. Le premier mouvement s'acheva sur un accord des instruments à vent et des pizzicati.

La soliste posa son instrument sur son genou gauche et respira profondément. Un vif élancement dans l'avant-bras la tira un instant de sa transe, la ramenant à la réalité. Elle serra les mâchoires et son regard s'égara vers le public. C'est alors qu'elle vit l'homme, au premier rang, qui ne la quittait pas des yeux.

*

* *

Ils avaient calé la poussette double contre une barrière de sécurité. Bien placés grâce à son badge de policier et quelque connaissance dans le service de sécurité. De là où ils étaient, ils voyaient l'aile gauche de l'orchestre. Les jumeaux dormaient. Pour combien de temps ? La musique emplissait les bords de Seine. Sur les écrans géants dressés de part et d'autre de la scène, le violon soliste apparut pour le deuxième mouvement, qui commençait par le thème de Shéhérazade ponctué des accords de harpe. Cette fois, la conteuse relatait l'histoire du prince Kalender, figuré par le basson, le hautbois et les cordes.

Fabienne poussa son mari du coude.

— Tu la reconnais ? Ça y est je me souviens où je l'ai vue.

— Qui ?

— La violoniste !

Raphaël secoua la tête.

— Mais si ! C'était celle qui jouait avec Higelin au Casino de Paris. T'en étais raide dingue.

— T'as peut-être raison.

Raphaël n'était pas très fier de mentir ainsi à Fabienne. Mais comment faire autrement ? Il était en congés et il fallait qu'il voie Laura. Et il se souvenait d'avoir lu qu'elle se produisait avec l'Orchestre national ce 14 Juillet.

Fabienne s'était laissé convaincre, heureuse de constater que son mari prenait pour une fois l'initiative d'organiser une sortie avec les petits.

Sur le grand écran, Laura apparut de nouveau.

— On dirait qu'elle est blessée..., commenta de nouveau Fabienne en se penchant vers son mari.

Raphaël acquiesça, c'était la première chose qui lui avait sauté aux yeux, bien sûr, quand elle était apparue, divine dans son tailleur noir. Il remarqua aussi ses yeux cernés et ses traits tirés malgré le maquillage. Rien de plus normal avec son mari à l'hôpital, certes. Mais il y avait autre chose. Ça se sentait à plein nez. Il observa ses mouvements. On était loin des gestes amples, sensuels et abandonnés, échevelés, du Casino de Paris. Elle jouait plus technique, plus tendu, peut-être moins fluide aussi, propre, professionnel.

À la fin du deuxième mouvement, la caméra fit un gros plan sur elle. La violoniste posa son instrument sur son genou, relâcha sa main droite et fixa un point devant elle. L'éclair de peur dans ses yeux fut fugace, mais il n'échappa pas au policier. Celui-ci tendit le cou au-dessus des têtes, traçant mentalement une ligne imaginaire depuis la scène jusqu'au carré VIP pour voir à qui s'adressait ce regard. Mais impossible de distinguer quoi que ce soit.

— Je reviens, dit-il à Fabienne.

Et sans laisser le temps à sa femme de répondre, il fendit la foule.

*

* *

Facebook, sous un cliché du concert du Trocadéro.

Grégoire : En direct de la tour Eiffel, grand concert de l'Orchestre national de France. Le violon solo, c'est Laura, la femme d'Erik !

Lucie : Quel courage ! Comment va Erik ?

Grégoire : État stationnaire.

Paul : Il serait fier de sa femme. Elle a du courage de jouer malgré tout cela.

Grégoire : Laura a toujours su faire passer sa musique avant tout.

Pandora : N'oubliez pas, les gars, je vous attends tous après le concert, rendez-vous au chapiteau rouge !

*
* *

L'homme au nez écrasé et aux yeux de porc avait la femme d'Erik Hilgarson en ligne de mire. On aurait pu le prendre pour n'importe quel spectateur avec sa chemise blanche boutonnée jusqu'au cou, son jean. Seul son unique gant à la main gauche pouvait attirer l'attention.

Le troisième mouvement était plus tendre. Les violons en corde de *ré* chantaient de manière presque plaintive. Laura entonna cette fois l'histoire du prince et de la princesse, tout en poésie et en douceur. Seules de véloces et virtuoses gammes de clarinette et de flûte vinrent perturber le climat poétique qu'elle installait du bout des doigts. Après un tutti orchestral, elle reprit le thème de la conteuse, léger, presque fragile, que le Garnérius exprimait tout en délicatesse. Laura exécutait la partition, mais son esprit n'était plus totalement concentré. Les automatismes, tant de fois répétés, guidaient ses doigts et l'archet. Malgré les poussés et les tirés parfaits, l'interprétation était en deçà de ce dont elle était capable. Elle le savait, et plus elle jouait, plus elle en prenait conscience. La peur s'était insinuée et la parasitait. L'homme qui l'avait torturée dans la cave se tenait devant elle et ne la quittait pas du regard. Laura se força à se concentrer sur le chef d'orchestre. Un filet de sueur glacé coulait le long de ses vertèbres.

*
* *

Le quatrième mouvement reprit les thèmes principaux de la pièce. Raphaël Ruis avait contourné les rangées de chaises et se présenta à l'entrée de la zone « Invités ». Son insigne lui permit de passer sans problème. Il longea les gradins par la droite. À présent, il avait Laura dans son champ de vision. Elle reprenait les cadences du début, accompagnée par l'orchestre. Le thème festif relança l'orchestre, on n'était plus à Paris, mais au Moyen-Orient, dans un palais des *Mille et Une Nuits*. On s'acheminait vers la conclusion. Raphaël se posta à droite des premiers rangs et scruta le public. Rien d'inhabituel à première vue. Le bouquet final musical explosa entre les pieds de la dame de fer. La soliste envoya les trilles et les croches, la main droite en feu, le pouce pulsant à coups sourds jusqu'au coude. Les portées se brouillèrent devant ses yeux, les notes sautèrent d'une ligne à l'autre. Elle exécuta son dernier couplet avec l'énergie du désespoir, l'orchestre acheva son histoire en apothéose. Le chef d'orchestre leva les bras, harangua les musiciens une ultime fois, paumes vers le ciel, puis décrivit une arabesque avec les bras, et ce fut la fin.

Une salve d'applaudissements s'éleva du Trocadéro, une vague qui gronda, s'amplifia et emplit l'esplanade. Laura mit plusieurs secondes à se lever, des moucherons devant les yeux, le bras droit en feu. Elle finit par imiter les autres musiciens, se mit debout et salua. Lorsqu'elle releva la tête, son bourreau avait disparu.

*
* *

La voix de l'animateur résonna dans le haut-parleur, annonçant un court entracte avant la fin du spectacle suivi par le feu d'artifice à 23 heures. Le chef d'orchestre sortit par la droite, puis les cent musiciens quittèrent la scène en bon ordre, par l'arrière.

Ils passèrent de l'autre côté du paravent blanc, sur la pelouse. Une tente de réception avait été dressée avec quelques tables garnies de petits-fours et un bar bien fourni en bouteilles de champagne. Le ciel était sans nuages. La température idéale. Laura se rapprocha du groupe des premiers violons, qui la félicitèrent chaleureusement, puis elle se fondit dans la foule en noir, jetant des coups d'œil inquiets autour d'elle. Les musiciens se regroupèrent devant les caisses de matériel, où chacun déposa son instrument dans le rangement qui lui était attribué. Pas Laura. Comme la plupart des violons, elle jouait avec son propre instrument.

Elle le rangea dans une déclinaison moderne des boîtiers classiques, un style de sac à dos rigide, puis en passa les bretelles sur ses épaules.

C'est à ce moment-là que le chef d'orchestre s'approcha et la salua.

— Bravo. Malgré votre blessure, c'était très solide, très professionnel, surtout dans ces conditions.

Laura se sentit rougir. Non parce qu'elle était intimidée, mais parce qu'elle savait qu'elle n'avait pas été la meilleure. Intérieurement, elle était furieuse de son jeu dans le troisième mouvement, tant de travail pour bâcler la fin de la sorte. Elle savait qu'elle aurait pu être excellente, pas seulement une bonne exécutante. Si seulement elle avait su se relâcher, comme aux répétitions. Sa mâchoire se contracta. Dans quelque temps, il y aurait une autre discussion, avec ses maîtres, plus technique et objective, qui reviendrait sur son jeu et ses blocages.

Pour l'heure, elle n'avait qu'à savourer son succès.

— Bravo et merci, Maestro.

— Venez, suivez-moi, le directeur veut vous présenter madame la Ministre et le maire de Paris.

La violoniste se laissa guider vers les officiels. Elle s'entretint un court moment avec le directeur de l'orchestre, qui lui présenta la ministre de la Culture. Elles devisèrent quelques instants, cette dernière ayant une solide culture classique. Laura reçut ses compliments comme une douche bienfaisante.

Quand elle eut répondu aux multiples sollicitations, on lui tapa sur l'épaule.

— Tu viens prendre un verre avec nous après ?

C'était Jean-Arthur, l'alto, nouveau dans l'orchestre, qu'elle appréciait bien.

— Je ne me sens pas d'attaque, répondit Laura en désignant sa main. Je crois que je vais plutôt rentrer.

— Allez, juste une coupe !

Elle se mêla quelques instants à l'orchestre devant le buffet, vida deux flûtes de champagne et dégusta quelques petits sandwichs roboratifs.

Lorsqu'elle considéra qu'elle avait assez fait acte de présence et calé son estomac, elle se dirigea vers le bloc sanitaire installé plus loin sur la pelouse. Pas de trace de son agresseur. Si bien qu'elle se demanda si elle n'avait pas été victime d'une hallucination en pleine représentation. Vu les antalgiques qu'elle prenait et son état de stress, c'était de l'ordre du possible.

Dissimulé derrière la tente de réception, Raphaël suivit du regard la violoniste qui prenait la direction des toilettes, une sorte de petit mobil-home. Il la vit entrer dans le bloc et se posta en observation à une cinquantaine de mètres. Il irait lui parler après.

Huit bonnes minutes s'écoulèrent avant que Laura ne ressorte. Changée. Elle avait troqué son tailleur noir contre un pantalon ample et une veste en jean, portait maintenant de grosses lunettes noires sur le nez et une casquette, son sac à violon et un autre sac besace glissés en bandoulière. Son chignon roux avait été défait et ses cheveux noués en une tresse dans le dos. Plus rien à voir avec la soliste élégante. On aurait dit une étudiante qui ne désirait apparemment pas qu'on la reconnaisse. De plus en plus louche. Raphaël s'avança, mais Laura fut plus rapide que lui, elle tourna les talons dans la direction opposée à celle du cocktail. Le policier la prit en filature.

Laura passa derrière les premières barrières de sécurité et se faufila entre les agents de police. Elle marchait vite, à la limite de la course. Un sifflement aigu fendit l'air, une fusée explosa quelque part dans le ciel.

En jouant des coudes, la musicienne parvint à sortir de l'enceinte sécurisée du concert, marchant en sens inverse de la foule de badauds qui s'amassait. Sous les claquements de pétards, l'odeur de poudre, elle finit par atteindre un escalier qui descendait sur les quais. Elle dévala les marches puis remonta de l'autre côté. Elle marcha encore une dizaine de minutes, à bonne allure. Sa Clio était garée dans une petite rue perpendiculaire à la Seine. Elle sortit son téléphone mobile pour lancer un appel, ainsi que sa clé de voiture, qui fit clignoter ses phares. Elle s'approcha de sa voiture.

L'attaque fut fulgurante.

L'homme blond surgit derrière son épaule, bondit sur elle et la plaqua sur le capot du véhicule. Laura cria, laissant échapper son téléphone, qui roula sous les roues.

— Tu comptais te barrer où comme ça ? Tu me dois pourtant quelque chose.

Elle tenta de se dégager, mais l'homme était d'un bloc. Il lui écrasa la joue contre la carrosserie, la dévisagea, et soudain la relâcha.

Raphaël piqua un sprint et en quelques secondes fut sur eux.

— Police, arrêtez !

L'homme se retourna, poussa brutalement la musicienne sur le côté et s'échappa en courant. Il sauta sur le siège passager d'une camionnette blanche garée en double file, qui démarra en trombe.

Raphaël enregistra instantanément le numéro d'immatriculation et se précipita sur Laura, qui gisait face contre terre.

— C'est le capitaine Ruis. Ça va ?

La jeune femme se releva péniblement en s'appuyant sur ses mains. Elle n'avait plus d'attelle au poignet, elle saignait du nez. Elle leva les yeux vers lui.

— Qui êtes-vous ?

*

* *

La Twingo verte entra sur le périphérique. Laura retira la casquette qui lui masquait les cheveux et lui tenait chaud. Elle avait le cœur qui battait encore trop fort. Elle avait vu Delphine sortir avant elle du bloc sanitaire, attendu de longues minutes, pour finalement quitter les toilettes à son tour et prendre la direction inverse de son amie. Six heures de route la séparaient de Stuttgart, et sa sœur serait ravie de l'héberger. Apparemment, elle avait bien semé son poursuivant.

Son smartphone sur les genoux, elle attendait le message de Delphine, qui lui annoncerait que tout s'était bien passé, qu'elle avait regagné son domicile sans encombre. Mais rien pour le moment. Anxieuse, elle brancha son kit mains libres d'une main et appela, inquiète, sa seule véritable amie. Le téléphone sonna dans le vide.

— Réponds, ma belle, réponds !

Morte d'inquiétude, elle laissa retomber le téléphone, qui se mit à vibrer.

« Numéro inconnu ». Elle décrocha.

— Oui ?

— Tu as cherché à me baiser ?

C'était l'homme à l'accent islandais.

— Tu m'as mis très en colère.

— Je n'ai pas ce que vous me demandez ! Je ne trouve pas.

— Si mardi tu ne l'as toujours pas, je commencerai par ton mari.

— Et ça vous avancerait à quoi ? rétorqua Laura, à bout de nerfs. Il est déjà à moitié mort.

— Comme tu veux. C'est ton choix. Si tu te fiches de ce qui arrive à ton mari, eh bien, je viens de passer au 40, rue de l'Ouest.

La communication coupa.

Laura agrippa le volant et son cri de rage déchira l'habitacle.

Elle actionna son clignotant et fit demi-tour à la porte de Bercy.

*

* *

Raphaël faisait les cent pas devant le commissariat du XVIe arrondissement, avenue Mozart, le portable à l'oreille.

— Je sais, chérie, je sais. Je te demande pardon. Tu as eu raison de rentrer avec les petits, j'arrive dès que j'ai fini, j'ai une affaire hyper urgente à régler.

En réponse, Fabienne parla calmement pendant plusieurs minutes puis, sans laisser le temps à son conjoint de s'expliquer, raccrocha. Le policier soupira. Sa femme était dans le vrai, il le savait. Ce qu'il venait de faire était « inqualifiable », il ne « comprenait rien à rien » et « mettait en péril ce qu'ils avaient construit ». Mais il savait aussi que Laura et son amie étaient en danger. Et il lui semblait – peut-être à tort – que s'il pouvait encore réparer avec son épouse, il risquait de passer à côté de quelque chose de grave professionnellement.

Il se dit qu'il pouvait déléguer à un collègue et chassa l'idée de ses pensées. Son premier coup de fil avait été pour identifier le numéro de la plaque d'immatriculation, il attendait le résultat. Il poussa la porte du commissariat. Delphine, assise sur un banc dans la salle d'accueil, avait enlevé sa perruque rousse, découvrant ses courts cheveux bruns. Elle avait une belle ecchymose sur la pommette qui virait déjà au bleu-violet. Elle était en train de boire un café, essayant en vain de relancer son portable, qui buggait chaque fois qu'elle voulait envoyer un texto à Laura.

— Il s'est pris un sacré choc, bougonna-t-elle.

— Comme vous. Je vais vous trouver de la glace et après vous irez faire votre déposition. Il vous faudra voir un médecin.

Il désigna le portable.

— C'est un vieux modèle. Essayez d'enlever la batterie et de la remettre.

Delphine tendit l'appareil au policier.

— Je n'ai jamais fait ça.

Ruis démonta le téléphone. Au loin, les sifflements et les pétarades se densifiaient. Personne ne faisait vraiment attention à eux.

— Qui était ce type ?

— J'en sais rien. Je ne l'ai même pas vu.

— Un grand blond.

Delphine ne pipa mot. Raphaël s'assit à côté d'elle.

— Pourquoi vous êtes-vous fait passer pour Laura ?

— Vous êtes en service ?

— Non, pas exactement. Un de mes confrères va venir.

— Alors pourquoi je devrais vous répondre ?

— N'inversez pas les rôles. Ce n'est pas moi le méchant. C'est le type qui vous a amochée. Alors, pourquoi cette perruque et tout le toutim ?

— Pour que Laura puisse prendre la tangente.

— Pour aller où ?

— Chez sa sœur. Il faut qu'elle prenne du champ.

— Pourquoi ?

— Ce n'est pas à moi de vous le dire.

— Elle a reçu des menaces ?

— En quelque sorte.

Raphaël se frotta le menton.

— Vous devez l'aimer bigrement, votre copine, pour prendre les coups à sa place.

Delphine sourit.

— Personne n'emploie plus ce mot « bigrement ». Oui, j'y tiens beaucoup.

Elle le trouvait sympa et mignon, ce flic. Mais elle rechignait à parler car Laura lui avait enjoint de se taire.

— Je ne m'y attendais pas, je vous jure, hésita-t-elle. C'était juste pour faire diversion le temps qu'elle s'en aille.

— Diversion auprès de qui ?

— Un type qui la suit.

La voix de Raphaël baissa d'un ton, et se fit caressante.

— Allez, dites-moi tout.

Delphine se sentit mollir.

— Ce serait un Islandais qui veut quelque chose d'elle.

— Quoi ?

— Une molécule sur laquelle son mari travaillait.

Raphaël replaça la batterie et relança le téléphone.

— Vous pouvez entrer votre code PIN.

Delphine le composa. Raphaël insista.

— C'est lui qui l'a blessée à la main ?

Les yeux de Raphaël la fixaient. Delphine hésita. Il n'avait jamais été question de parler à la police, mais d'abord Laura devait être en route pour la frontière à cette heure-ci et puis ce policier était cool et avait déjà l'air au courant de pas mal de choses. De plus, il semblait s'inquiéter sincèrement pour son amie.

— Oui. C'est certainement lui.

Raphaël nota mentalement l'information cruciale. L'homme, armé, était dangereux.

— Ça s'est passé où ? Comment ?

Le visage de Delphine s'éclaira.

— Ah, ça marche ! Génial. Merci.

Du pouce, elle rédigea un texto circonstancié à l'attention de son amie.

— Le mari de Laura a vendu sa molécule à une société-écran qui l'a achetée pour le compte d'une société islandaise concurrente. Ça l'a rendu dingue. Alors il s'est installé un petit labo pour continuer et poursuivre ses travaux. Visiblement, ça ne leur a pas plu, aux Islandais. Ils ont envoyé un type demander des comptes à Laura, chez elle. Mais elle, elle ne sait rien.

— Il n'en avait jamais parlé à sa femme ?

— Non. Mais remarquez, y a plein de trucs qu'il lui a cachés, son mari. Il avait une maîtresse qui, d'après elle, lui a ouvert les voies d'une évolution surhumaine. Et comme c'était son dada, les superhumains – vous savez pour son bouquin –, il s'est fait embobiner. À mon avis, Erik s'est pris pour Karl, le héros de son livre. Déjà qu'il s'aimait un peu trop à mon goût, là il est devenu carrément mégalo.

— Je vois. Comment savez-vous tout cela ?

— On a rencontré la fameuse maîtresse hier soir, une sorte de danseuse de revue, totalement cinglée.

— Katherine Pandore, Pandora ?

Delphine leva les yeux de son téléphone.

— Vous la connaissez ?

— De nom.

— On est allées la voir pour essayer d'en savoir plus, et elle s'est plutôt fichue de nous, je dois dire.

— Que cherche exactement votre amie ? insista Raphaël.

Il sentait qu'il lui manquait encore trop de pièces du puzzle.

Le téléphone vibra. Un texto venait d'arriver dans la messagerie de Delphine.

— C'est elle !

De Laura

À Delphine

Voyage annulé. Fais attention à toi. Te recontacte plus tard. Merci, ma jolie, pour tout. J'aurais jamais dû te demander un truc pareil. Ne parle surtout à personne ! Bisous.

Raphaël observait la jeune femme.

— Alors, votre amie, que cherche-t-elle exactement ?

Delphine se rembrunit.

— J'en sais rien. Vraiment, j'en sais rien.

20

Lundi 14 juillet, 22 h 30

Laura roula à tombeau ouvert jusque dans le XIVe et se gara sur une place de livraison, rue de l'Ouest. La place Brancusi était noire de badauds dans l'attente du feu d'artifice que l'on pouvait admirer depuis le boulevard Pasteur.

Le temps de rejoindre l'immeuble de son père, Laura prit connaissance du message que Delphine lui avait laissé. La poursuite, l'agression, le capitaine de police... Ses traits se décomposèrent. Elle rédigea un deuxième message à son amie. De remerciements, de plates excuses, de mise en garde.

Elle entra en trombe dans le hall d'entrée. Traversa la cour intérieure puis appela l'ascenseur. Au cinquième, elle sonna à la porte de gauche.

— Papa, ouvre-moi, c'est Laura !

Elle attendit un bon bout de temps, angoissée, n'entendant rien de l'autre côté du mur. Et puis, soudain, la lourde porte joua sur ses gonds.

— Ma chérie ? Que fais-tu là à cette heure-ci ? Entre donc.

Laura fut frappée de voir que son père était encore habillé à cette heure tardive ; ses cheveux gris un peu trop longs étaient propres et coiffés.

— Tu m'as l'air en forme, lança Laura en le serrant rapidement dans ses bras.

— Oui, oui. Entre.

Il la précéda jusque à son étroite cuisine, marchant à petits pas. La télévision était allumée, retransmettant la fin de la fête nationale au Trocadéro.

— C'était bien.

— Personne ne t'a importuné, papa ?

— C'était bien.

— Papa ?

— Le concert était très bien. La direction était trop lente, cependant. Je préférais le maestro Guicini, plus enlevé. Là, le troisième mouvement était un peu trop plaintif. Tu veux une tisane, ma chérie ?

— Oui, d'accord.

Le vieil homme saisit la bouilloire entartrée. La nouvelle, rutilante, étant encore rangée dans son emballage dans un placard. Enfant de la guerre, Aaron Katz utilisait ses affaires jusqu'au bout, fustigeant le gâchis et la surconsommation. Il remplit le récipient d'eau et le reposa sur son socle. Puis il sortit une boîte en fer-blanc qu'il ouvrit maladroitement. Des sachets de thé, vert, à la menthe, à la vanille, au caramel, de tisane également, à la date de péremption largement dépassée.

— Choisis. Je n'en prends jamais.

Laura en prit un au hasard. Verveine-menthe.

— Papa, est-ce que quelqu'un est venu te voir ce soir ?

— Non. Toi, c'était bien. Très précis. Jusqu'au troisième mouvement. Après, que s'est-il passé ? C'était trop mécanique. Je t'ai dit de relâcher ton coude si tu veux éviter cela. Je te le répète depuis toujours.

Le vieil homme marqua une pause et sembla enfin remarquer l'attelle que sa fille portait au poignet.

— J'ai vu ça à la télé. Que t'est-il arrivé ?

— Un meuble s'est renversé.

— Tu as pu jouer ainsi ?

— Oui.

— Tu as été incroyablement courageuse.

Laura sentit son cœur se gonfler de reconnaissance, et d'appréhension aussi. L'eau frémissait. Il la versa dans une tasse ébréchée dans laquelle il déposa le sachet.

— Viens.

Laura attrapa la télécommande posée sur l'accoudoir du grand canapé pourpre et baissa de dix points le volume. Le salon-bureau-bibliothèque de son père était empli de cadres de photos anciennes, de sculptures étranges qu'il avait façonnées avec des objets de récupération. Une large vitrine, dans le fond, exposait des collections iconoclastes, des pèse-lettres antiques, des tampons encreurs, des clés anglaises. Une autre vitrine laissait voir les tranches dorées de livres anciens. Un secrétaire bien rangé. Et sur un portant, un violon à côté duquel figurait un classeur haut, bourré de partitions. Aaron Katz vivait dans ses souvenirs d'ancien déporté, seul, sans amis. Ses uniques occupations étaient la musique, la lecture des journaux sur Internet, les livres et ses filles.

— Il faudra que tu reprennes ce troisième mouvement. Tu ne le possèdes pas encore parfaitement. Quand je l'ai joué en 1985, je t'ai raconté déjà ?

— Oui.

— Le maestro m'avait dans le nez. C'était un soliste raté, qui n'avait jamais réussi à s'imposer. Alors il me compliquait les choses volontairement. Il lançait les violoncelles un quart de seconde avant pour me faire trébucher aux répétitions. Mais j'ai toujours réussi à être dans le tempo. Et à Milan le rappel a duré trente-cinq minutes.

— Papa, personne n'est venu te voir, alors ?

— Ce soir ? Si, si, tout à l'heure, un ami à toi. Pas très causant.

*

* *

La camionnette avait été louée chez Avis à Rouen par une certaine Anika Kristinsson. Une Islandaise. Pas de casier en France.

Raphaël marchait d'un bon pas vers chez lui, le téléphone vissé à l'oreille. L'appel suivant fut pour Stéphane, son copain qui bossait à la Scopol, le service de coopération des polices internationales.

— J'ai besoin que tu entres un nom dans ton fichier magique, juste pour vérif.

— Vas-y, balance.

Quelques instants plus tard, Stéphane reprenait la ligne.

— Anika Kristinsson n'est pas dans le fichier. En revanche, j'ai quatre Kristinsson, tous islandais, bien sûr. Et ça, c'est du lourd.

— Peut-être de la famille. Tu as des photos ?

— De super mauvaise qualité. Ça va Fabienne ? les gosses ? Vous partez en vacances ?

— On prend le mois d'août, en Bretagne, chez les beaux-parents.

— Torride !

— Et toi ?

— Deux semaines en septembre, hors vacances scolaires. C'est le bénéfice d'être célibataire, sans enfants, ah ! On se fait un déj' avant que tu ne partes ?

— Ça marche.

Le smartphone de Raphaël lui indiqua qu'il avait reçu les fichiers. Tout en hâtant le pas, il les ouvrit et passa les clichés en revue. Au troisième, son pouls s'accéléra. Il y avait une ressemblance certaine avec l'agresseur, et peut-être la mauvaise photo de Facebook.

— Le troisième, qui est-ce ?

— « Runar » Kristinsson.

— Je t'écoute...

— Il est en cavale avec un casier long comme le bras. Trafic de drogue, vols, racket, attaque à main armée, séquestration avec actes de torture.

— Fichtre. Il s'est fait la malle quand ?

— Il purgeait sa peine en Islande jusqu'en 2010. Détenu modèle. Mais il s'est fait la belle pendant une permission accordée pour l'enterrement de son fils suicidé. Depuis, disparu des radars. Il a dû gagner le continent par bateau. Tu crois que tu l'as repéré ?

— Non, rien de sûr.

— Bon, ben rappelle-moi si tu sais quelque chose.

Il n'était plus qu'à cinquante mètres de chez lui. Dès lors qu'il reconnaîtrait formellement Runar Kristinsson comme étant l'agresseur de la Seine, il serait dessaisi du dossier. Hors de question. Il rappela Marie.

— C'était Thor, j'en suis sûr à 99 %. D'après ce que m'a dit la copine de la femme d'Hilgarson – celle qui s'est fait agresser –, il cherche à tout prix à récupérer une molécule que le chercheur a découverte. Il faut donc lui mettre le grappin dessus très très vite.

— J'ai une piste, lança Marie en retour. J'ai regardé toutes les photos dégotées par William. Je t'en envoie une intéressante.

Raphaël ouvrit le fichier.

— Bien joué !

— Tu l'as dit. Je passe te prendre ?

— Je monte d'abord chez moi, sinon ma femme va demander le divorce. On se retrouve à minuit, OK ?

*
* *

Les jumeaux s'étaient couchés sans demander leur reste, épuisés par leur sortie nocturne. Raphaël fit tout pour rattraper sa désaffection. Il vida rapidement le lave-vaisselle et le remplit de nouveau en évitant d'entrechoquer les plats pour ne pas faire de bruit. *Je regagne ma place au paradis des maris,* songeait-il. Fabienne passa la tête dans la cuisine. Elle l'observa en train de programmer la machine. Elle ne se laisserait pas facilement attendrir ce soir.

— À quoi tu penses, en fait ? dit-elle simplement.

— À rien de spécial, répondit Raphaël en fermant la porte de la machine.

— Je vois bien que tu es très préoccupé. Que se passe-t-il ? J'en peux plus de ne pas savoir, crache le morceau.

Raphaël tenta une pirouette à propos du fait qu'ils étaient en sous-effectif au commissariat, qu'il avait des trucs en plus à gérer.

La vérité, qu'il ne pouvait révéler à Fabienne, c'était que Laura occupait toutes ses pensées. Elle n'avait pas répondu à l'appel qu'il lui avait passé en chemin, or elle avait vraisemblablement un type dangereux à ses trousses. Il était très inquiet.

*

* *

Laura tâchait de ne pas brusquer son père, qui était reparti dans la description détaillée d'un concert à Vienne en 1978.

— Papa, je t'en prie, peux-tu me dire qui est venu chez toi ?

— Un ami à toi. Il a laissé un petit paquet. Où l'ai-je posé ? Comment va Erik ?

— Un peu mieux. Où est ce paquet ? Il était comment cet homme ?

— Grand, blond, nordique comme ton mari. Le type avait une tête de boxeur. Pas du tout l'air d'un musicien. Ah oui, c'est sur mon bureau, si tu veux bien aller le chercher.

Le paquet était petit et carré, enveloppé dans du papier kraft. Elle revint s'asseoir sur le canapé et le déballa en tremblant légèrement. Elle haussa les sourcils en découvrant l'écrin qu'il contenait.

— C'est un bijou ? dit son père.

Laura ouvrit la boîte, marqua un temps d'arrêt et la referma d'un claquement sec.

— C'est bizarre de t'offrir un bijou chez moi, dit son père.

— Ce n'est pas un bijou. C'est une blague idiote.

Elle se força à boire sa tisane brûlante pour se donner une contenance et ne pas inquiéter encore davantage son père.

— Pourquoi lui as-tu ouvert ? questionna-t-elle.

— Parce qu'il m'a dit qu'il était un ami de l'orchestre et qu'il voulait te faire une surprise après le concert.

— La prochaine fois, je préfère que tu n'ouvres à personne, d'accord ? On ne sait jamais, avec tous les fous qui rôdent. Tiens, tu sais, au fait, la ministre de la Culture était là.

— Oh ! Elle t'a félicitée ?

— Oui. Elle est très intelligente et cultivée.

Laura reposa sa tasse et se frappa les cuisses du plat de la main.

— Je dois y aller. Tu as tout ce qu'il te faut pour le week-end ?

— Je ne suis pas gâteux, nom de Dieu !

Après avoir vérifié que son père ne manquait de rien, elle sortit de chez lui, le visage sombre. Elle jeta le paquet dans la première poubelle venue. Dans l'écrin de velours se trouvait une noix brisée. Une noix comme un petit cerveau écrabouillé.

*
* *

Raphaël se prépara un café.

— À cette heure-ci ? commenta Fabienne. Tu ne vas jamais dormir.

— En fait, je dois ressortir...

Fabienne encaissa, s'assit à la table de la cuisine, bras croisés.

— J'ai l'habitude. Mais je ne t'ai jamais vu aussi tendu, secret. C'est quoi le problème ? Je t'en prie, parle-moi... Tu m'as toujours tout raconté, que se passe-t-il ?

Raphaël posa sa tasse sur la table et prit place en face de sa femme. D'un coup, il en eut assez, il avait besoin d'une alliée.

— La femme du type qui a été retrouvé pendu...

— Hilgarson ?

— Oui. Eh bien, sa femme, c'est la violoniste du concert.

Fabienne se figea.

— La violoniste d'Higelin ?

— Oui.

— Pourquoi tu ne me l'as pas dit tout de suite ?

— J'allais le faire. Mais c'est compliqué. Cette histoire de pendaison semble n'être que la partie émergée de l'iceberg. Cette femme a un type dangereux à ses trousses, peut-être en cavale, recherché par Interpol.

— Et tu ne passes pas la main dans ces cas-là ?

— Non. Y a rien d'officiel et je n'en suis pas sûr à 100 %. J'ai failli lui mettre la main dessus tout à l'heure.

— Que s'est-il passé ?

Raphaël narra en quelques traits son intervention auprès de Delphine.

— Mais c'est dangereux !

Raphaël marqua une pause agacée.

— Je suis policier, Fabienne. Oui, c'est dangereux !

Sa femme baissa les yeux.

— Si ce type est en cavale, reprit plus doucement Raphaël, que c'est un gros poisson et que je le coince, ce sera un immense succès personnel, très important pour ma carrière.

— C'est pour cela que tu es si perturbé alors.

Raphaël jeta un coup d'œil à sa montre.

— Je ne suis pas perturbé. Je suis concentré. Si je résous cette affaire, je vais marquer des points. Et le commissaire s'en souviendra pour mon avancement. Ça pourrait m'ouvrir les portes de la Crim...

Il avait dit ça comme il aurait dit « les portes du paradis ». Fabienne ramassa des miettes invisibles sur la table et ses lèvres s'abaissèrent.

— Tu ne vas pas demander une affectation à la brigade financière, n'est-ce pas ?

— Disons que ce n'est pas ce dont je rêve le plus, non.

Elle plongea ses yeux dans ceux de son époux.

— Et tu n'as pas plus envie de retourner chez nous, en Bretagne, je suppose…

— Peut-être, en effet. Pas pour le moment en tout cas.

La gorge soudain très serrée, Fabienne regarda par la fenêtre les lumières de quelques appartements encore allumés. Le ciel s'était chargé de nuages et le vent s'était levé, annonciateur d'un grain.

— Alors je crois qu'on ne veut pas les mêmes choses.

Raphaël finit son café d'un trait, le silence s'installa. Il finit par le briser.

— Ne te méprends pas. Je sais que je dois t'aider et que je dois m'occuper des petits. Je ne fuis pas mes responsabilités.

Sa femme le couva d'un regard étrangement calme.

— On se connaît depuis qu'on a seize ans, Raph. On s'est beaucoup amusés, on a beaucoup fait la fête, et puis on a grandi. Les jumeaux sont arrivés par surprise, on n'était pas prêts et ce n'est facile pour personne. Je comprends que tu aies envie de liberté. Et moi donc ! Si tu savais comme j'en rêve. Pas plus que toi je n'ai voulu cette situation, et pourtant c'est moi qui la subis.

— Je te dis simplement que je veux faire mon métier et ne pas m'enterrer pour le moment !

— Eh bien, moi, j'ai envie de retrouver les miens, sur ma terre natale, et que ma vie ne se cantonne pas à une succession de tâches en attendant ton retour le soir. Alors on fait quoi ?

Ils se défièrent, mesurant le fossé qui les séparait, ne sachant pas encore s'il serait possible de jeter un pont entre leurs deux rives. Fabienne se leva, passant à côté de lui.

— Finis ton enquête, et après on en reparle.

21

Mardi 15 juillet, 0 h 10

L'orage éclata à la seconde où Laura referma la porte de la maison. La pluie cingla les larges vitres de l'atelier. Elle déposa sa boîte à violon sur la table basse, puis fit jouer la clé dans la serrure, poussa le verrou. Elle appuya sur l'interrupteur qui commandait les volets roulants et les baissa à fond. En deux minutes, le salon fut sécurisé. Elle passa dans la chambre et fit de même. Son smartphone allait tomber en panne de batterie, elle le mit à recharger. Puis la jeune femme fouilla dans le frigo et piqua tout ce qu'elle trouva de consistant, fromage, jambon, banane, qu'elle avala en prenant à peine le temps de mâcher. Elle fit passer le tout avec une rasade d'eau gazeuse. Enfin elle attrapa son téléphone et appuya sur « Rappeler ». Encore jouer la comédie, gagner du temps. Le capitaine répondit à la première sonnerie.

— Pardon de ne pas vous avoir rappelé plus tôt, j'étais chez mon père qui ne va pas très bien et je m'apprêtais à me coucher.

— Je voulais seulement prendre de vos nouvelles.

— Tout va bien.

— Votre copine a eu sacrément peur tout à l'heure.

— C'était une terrible erreur de ma part. Je n'aurais jamais dû l'impliquer. Heureusement que vous êtes intervenu.

— Vous échangez souvent vos identités comme ça ?

— Ça nous amuse depuis qu'on est gamines... Mis à part les cheveux, on se ressemble.

Laura s'efforçait de paraître légère, mais elle sentait que sa voix sonnait faux. La capitaine Ruis la prit de court.

— Et en disant la vérité, ça donne quoi ?

Laura marqua un temps d'arrêt.

— Un type m'importune, je voulais filer en douce.

— Un grand blond, type nordique ?

— ... en effet.

— Que vous veut-il ?

— Un compte à régler avec mon mari.

— Écoutez, il est très dangereux, soyez prudente, restez chez vous et enfermez-vous jusqu'à ce qu'on lui ait mis la main dessus.

— Vous savez qui c'est ? s'écria Laura.

— On a des infos et elles sont plutôt inquiétantes. Mais on n'a pas les moyens de faire surveiller votre maison. Alors, cloîtrez-vous et, au moindre problème, appelez-moi directement, vous avez mon portable. C'est d'accord ?

— C'est d'accord, merci.

Mais le capitaine ne raccrocha pas pour autant.

— Vous êtes sûre que je ne peux rien d'autre pour vous ?

La question surprit Laura, mais bien plus encore la douceur de sa voix. Elle se troubla. Une envie de tout lui raconter et de s'en remettre à lui la submergea. Mais elle songea aux conséquences, qu'elle ne pouvait pas précisément évaluer. Si la police française n'avait pas les moyens de mettre un policier derrière chaque citoyen menacé, sûr que ses agresseurs, en revanche, surveillaient ses moindres faits et gestes et savaient tout. Au moindre soupçon de fuite policière, il y aurait des représailles contre ses proches.

— Vous êtes vraiment prévenant, merci, ça va aller.

Un silence un peu trop long s'installa entre eux. Elle finit par le rompre.

— Je dois raccrocher.

— Bonne nuit.

Elle demeura une minute le téléphone dans les mains. Depuis qu'elle l'avait rencontré à l'hôpital, ce policier établissait avec elle un lien singulier. Une proximité inhabituelle qui ne la gênait pas, mais qui l'intriguait et réveillait quelque chose de doux au tréfonds d'elle-même. C'était comme s'il saisissait ce qu'elle s'efforçait de cacher et avançait vers elle en lui tendant une main secourable. En fait, ce qui l'étonnait le plus, c'est qu'il cherche à la comprendre, qu'il s'intéresse à sa vie avec réserve et probablement une certaine timidité. Elle se rejoua la courte discussion qu'ils venaient d'avoir au ralenti. Elle mourait d'envie d'appeler Delphine pour passer au crible les propos échangés, mais elle renonça. Elle l'avait déjà trop exposée.

Elle passa dans la salle de bains pour se rafraîchir le visage. Le miroir lui renvoya le reflet d'une femme aux abois. Elle se redressa. Elle n'allait pas s'enfuir ni se cacher, mais trouver la molécule d'Erik, dût-elle retourner ciel et terre. Elle la livrerait au dingue qui l'avait torturée et la menaçait. Et tout serait fini. Sa vie reprendrait un cours normal. Avec ou sans Erik.

Elle ne devait plus impliquer les autres. Par sa faute, un homme dangereux s'était introduit chez son père, et Delphine avait failli être sérieusement blessée. C'était insoutenable. La jeune femme se rendit compte à quel point elle avait été inconséquente. *Jamais je n'aurais dû me confier à Delphine et la mettre en danger de la sorte. Jamais je n'aurais dû vouloir m'échapper.* Maintenant, ce temps était révolu. Elle allait désormais faire front, régler ses problèmes toute seule, et clore ce chapitre.

Quand le téléphone sonna de nouveau, elle hésita mais prit l'appel, une dernière fois.

— Ben alors ma grande, tu en es où ?

— Je suis à la maison, Delph. Tout va bien, je vais me débrouiller. Ne te préoccupe plus de ça. Prends soin de tes filles, c'est ça le plus important. Vous partez demain soir chez ta mère ?

— Oui, normalement.

— Tant mieux.

— Laura, tu es sûre que...

— Certaine. Seulement, je t'en prie, ne parle à personne, fais comme si je ne t'avais jamais rien raconté. Je suis tellement désolée de ce qui t'est arrivé.

— Tu peux lui parler, à ton copain flic. Ç'a l'air d'être un mec bien.

— Ce n'est pas mon copain. Personne ne doit être au courant, surtout pas les flics. C'est entre l'Islandais et moi que ça se joue à présent. Sinon, on va tous y passer.

Delphine ne dit plus rien, à court d'arguments et passablement effrayée à son tour. Laura raccrocha, non sans lui avoir répété combien elle la remerciait.

Maintenant, il fallait qu'elle trouve le moyen de mettre la main sur cette molécule de malheur... ou du moins de faire comme si.

*

* *

Raphaël appuya sur le bouton rez-de-chaussée de l'ascenseur. La discussion avec Fabienne l'avait perturbé. Mais pas seulement.

Son cœur s'était mis à battre très fort en entendant la voix de Laura au téléphone. Il s'engueula intérieurement. Rien de bon ne pouvait sortir de cette attirance virtuelle. La musicienne symbolisait un mythe, une image, une rêverie. Raphaël se voyait comme un type rationnel. Et ça, ce n'était pas rationnel. C'était à côté. À part. C'était n'importe quoi. Ce qui était rationnel en revanche, c'était qu'un homme armé se promenait en ville pour nuire à Laura. Et qu'il était de son devoir de l'arrêter. Le devoir, toujours le devoir. *Dire « je veux » à la place de « je dois »*. Raphaël ne savait pas dans quel bouquin Fabienne avait été pêcher ça. Ça sonnait juste. Il fallait qu'il y réfléchisse. Plus tard. Marie l'attendait dehors, garée devant chez lui.

— On récapitule, dit la policière en passant la première. Runar Kristensson, alias Thor, serait donc un repris de justice en cavale.

— Oui. Il s'enfuit d'Islande, passe en France par bateau puis disparaît. Pas d'adresse ni de compte en banque, rien. Juste un pseudo et des photos floues. Thor rencontre Erik Hilgarson on ne sait comment.

— Facebook probablement.

— Probablement.

Marie prit la direction de la place d'Italie.

— Du coup, il est logiquement invité à la fête par Grégoire Forget. Une fois dans la place, il en profite pour tenter d'éliminer Erik Hilgarson.

— Il a la taille requise. Au moins 1,90 mètre. Et un mobile. Il veut récupérer la molécule, probablement pour le compte de quelqu'un. Une tentative de meurtre qu'il maquille en suicide.

— Mais pourquoi éliminer le chercheur ? demanda Marie. Il aurait pu juste l'effrayer ou le faire chanter, avec sa maîtresse par exemple.

— Qu'est-ce qui nous dit qu'il n'a pas essayé mais que ça n'a pas marché ?

— Le chantage échoue, alors il se débarrasse du mari et cherche à intimider sa femme pour obtenir ce qu'il veut ?

— Ça tient debout, reconnut Raphaël.

— Mais pour en faire quoi ?

— On va bien finir par le savoir.

Raphaël indiqua une direction nord.

— Prends vers Châtelet puis par le boulevard de Strasbourg.

*
* *

Ce qu'elle s'apprêtait à faire était très risqué. Elle allait entrer dans un lieu interdit, mentir et voler. C'était la seule alternative qu'elle avait trouvée après une longue cogitation. Laura se dirigea vers le placard du couloir. Elle l'ouvrit en grand, en sortit deux bagages cabine, plusieurs sacs de voyage, et trouva derrière ce qu'elle cherchait un sac à dos de pique-nique en grosse toile de jute bleue, siglé « Radio Canada », jamais utilisé, qu'elle avait reçu en cadeau lors d'une tournée de l'orchestre au Québec. Les valises reprirent leur place initiale et Laura emporta le sac à pique-nique dans la cuisine. La grande poche principale était doublée d'un revêtement isotherme. Elle déposa dans le fond deux packs glacés tirés du congélateur.

Elle se rendit ensuite dans la chambre, ouvrit le petit secrétaire où Erik rangeait ses papiers importants. Sur le sous-main, en évidence, figuraient ses trois passes, celui pour franchir le portail du CRN, nominatif, avec photo, celui qui permettait d'entrer au parking et le dernier pour ouvrir la porte du laboratoire et son bureau.

Laura fourra les passes dans son sac et garda à la main les clés de voiture d'Erik.

Dix minutes plus tard, elle démarrait la Smart noire de son mari, garée dans la rue. Elle tourna dans la rue du Texel, direction le boulevard Pasteur. Elle n'avait qu'un élément qui jouait en sa faveur : la date. La nuit du 14 juillet, en pleine fête nationale. Le boulevard était encore bondé de gens qui s'égayaient tranquillement, cherchant bals, concerts et buvettes spontanées qui s'organisaient çà et là ce soir dans la capitale. La chaussée et les trottoirs appartenaient aux Parisiens.

Laura baissa sa vitre et s'engagea en première sur la place de Catalogne, prise d'assaut. Elle se fraya un chemin parmi la foule clairsemée. Une nonchalance, des robes légères, des shorts, une température tropicale, une odeur de poudre, les trémolos d'un accordéon, des rires. Un pétard claqua. Laura contourna au ralenti la fontaine, un immense disque de granit incliné où l'eau ruisselait, entourée des immeubles à pilastres de Bofill. Les gens s'écartaient, la saluaient. Au loin scintillait la tour Eiffel, sertie de millions de diamants.

Elle descendit à faible allure le boulevard Pasteur jusqu'à la rue du Docteur-Roux. Son cœur accéléra, l'objectif se rapprochait. Elle arriva à la hauteur de l'église Saint-Jean-Baptiste-de-la-Salle avec l'habituel pincement de cœur. Il y avait presque trente ans, on y avait célébré une messe en l'honneur de sa mère. Le cercueil fermé, l'encens, la lettre lue par son père, qui avait eu l'ouverture d'esprit d'organiser les obsèques dans une église alors que lui fréquentait les synagogues.

En dépassant l'escalier à double révolution, les mêmes images, immuables, mordantes, ranimèrent les souvenirs qu'elle tâchait de maintenir endormis depuis trois décennies. Elle évitait cette rue, n'y étant revenue qu'à deux reprises : lorsque Erik l'avait invitée à visiter son laboratoire peu après leur rencontre, et le jour du cocktail organisé pour la signature du contrat avec Genex. Ce maudit contrat qui avait tout fait basculer.

Elle s'approcha du bâtiment de verre et d'acier clôturé. *Ça passe ou ça casse.*

Le 14 juillet. Jour de relâche.

Elle approcha la Smart de la guérite blanche à l'entrée. Un tout jeune gardien en uniforme bleu pointa son nez dehors.

— Bonsoir ! lança Laura avec son sourire le plus engageant tout en approchant son passe de la borne.

La barrière se leva.

— C'est pas drôle, ça, d'être coincé là.

Le gardien lui rendit son sourire et fit un pas vers elle. La jeune femme se morigéna, elle n'aurait pas dû engager la conversation, mais plutôt rester distante et préoccupée. Le jeune homme avait l'air heureux de tromper l'ennui.

— Bonsoir, madame, vous travaillez cette nuit ?

Le cœur de Laura se mit à battre plus fort. Ses pommettes rosirent.

— Une manip en cours.

Elle imita ce qu'elle pensait être une réplique de chercheur, mais il ne fallait pas que le vigile pousse plus loin l'investigation. Combien de fois Erik avait dû partir au milieu de la nuit pour surveiller une expérimentation en cours sur ses animaux, quand ce n'était pas carrément la nuit entière qu'il passait dans son labo. Le garde avait l'air de ne pas avoir envie de la laisser entrer aussi facilement.

— Quel laboratoire ?

— Neurodégénération et plasticité.

Le jeune garde jeta un coup d'œil aux mains de Laura, qu'elle avait posées sur le volant, son attelle. *Bon sang, laisse-moi passer.*

— Vous en avez pour longtemps ?

— Trois quarts d'heure, une heure max.

— Votre nom ?

— Hilgarson.

— Très bien, je suis en stage pour les vacances. Heureux de faire votre connaissance. Passez me dire quand vous partez, que je le note.

— Ça marche. Bon courage.

Laura appuya sur l'accélérateur et s'engagea dans le parking du Centre, les joues en feu.

*
* *

Boulevard de Strasbourg, le Mundo avait du mal à se remplir cette nuit de fête. Les Parisiens et les touristes préféraient pour le moment vagabonder dans les rues plutôt que de s'enfermer dans une boîte de nuit. Les quelques rares clients échoués là buvaient des mojitos au bar sur une musique pop mollassonne. Point de show ni de thématique endiablée ce soir. À l'entrée, le videur, un Polynésien géant, tuait le temps en jouant à Candy Crush sur son smartphone. Le téléphone disparut dans sa poche à l'approche du capitaine Ruis. Il le salua et lui proposa une cigarette.

— Je ne fume plus, c'est sympa, déclina Raphaël. Ma femme me fait la guerre.

— Ça va, les petits ?

— Ouais. Et ici, c'est calme ?

— Ouais. C'est calme.

— Dis-moi, Pandora, elle bosse ici ce soir ?

— Nan, c'est relâche.

— Je peux la trouver où ?

Le Polynésien s'alluma une clope. Le gérant était de sortie, il pouvait faire une entorse au règlement.

— Elle va toujours à des fêtes zarbi. Là, elle m'a parlé d'un hommage à un type qui fait des trucs trash.

— Du genre ?

— Du genre performances. Attends.

Il fouilla dans sa chemise noire et en sortit un flyer plié en deux.

— Elle m'a filé ça au cas où ça m'intéresse. Ça se passe dans un cirque, je crois. Moi, je ficherais pas les pieds là-bas. Ils sont tarés.

Raphaël déplia le flyer et rejoignit Marie.

— T'as pris tes chaînes et tes clous ?

22

Mardi 15 juillet, 0 h 20

Trois caravanes de cirque aux décorations mordorées, juchées sur quatre hautes roues, s'étaient postées à une dizaine de mètres du petit chapiteau rouge. Un attroupement bigarré faisait la queue devant l'entrée encore fermée au public par deux lourds rideaux.

Trois hommes en pantalon kaki à poches et chemisette imprimée, athlétiques, cheveux ras, fendirent la foule pour venir frapper à la porte de l'un des mobil-homes, décoré d'une fresque naïve. Un éléphant, un lion et un jongleur aux couleurs criardes. La porte s'ouvrit. Daphné apparut sur le seuil, moulée dans une combinaison de latex rouge et des cuissardes noires, les yeux noircis au khôl. Elle fit signe aux hommes de LifeCorp d'entrer.

À l'intérieur régnait une atmosphère de temple hindou. Les fumerolles de bâtons d'encens épaississaient l'air, empli d'une musique orientale. Autour d'une table centrale, David et Dora pianotaient sur leurs ordinateurs, réglant les derniers détails de la retransmission du spectacle. Tout au fond de la caravane, sur le lit à deux places, Luka More, torse nu en position du lotus, affichait un visage serein. Il n'ouvrit pas les yeux.

— Je vous attendais.

Les trois hommes casèrent leur carrure dans le petit habitacle en face du lit. On aurait dit des clones d'un même mercenaire.

— Qu'allons-nous voir ce soir ? demanda l'un d'eux.

— La résistance à la douleur, répondit Luka en soulevant les paupières.

Son regard était vitreux, son débit ralenti.

— Comment ? fit un autre.

— On en discutera après le show.

Le dernier qui avait parlé désigna le bras de Luka.

— Comment se passe l'implantation ?

Luka remonta lentement le poing sous son menton pour leur montrer l'écran LCD qui clignotait sous sa peau suturée. Les chiffres rouges apparaissaient en transparence à travers l'épiderme.

— Mes constantes physiologiques sont mesurées en temps réel. Température, battements cardiaques, acidité du sang et quelques molécules en circulation.

Un des trois hommes le visa avec un smartphone en mode vidéo.

Répondant à un ordre imperceptible, Daphné apporta à Luka sa tablette numérique. Luka fit glisser son doigt sur l'écran et ouvrit une application.

— Mon médecin, un sympathisant, reçoit en direct mes données vitales sur son ordinateur. Des alarmes se déclenchent en cas de dysfonctionnement et il peut me prévenir dans les plus brefs délais.

Sur l'écran s'affichait son battement cardiaque : 65 battements par minute.

— Par ailleurs, nous sommes en pourparlers avec un laboratoire allemand qui met au point un microsenseur capable de détecter les cellules cancéreuses en circulation. Notre objectif est d'intégrer ce principe à l'implant. À terme, nous pourrions donc porter en permanence un laboratoire d'analyses miniaturisé. Enfin, un laboratoire canadien aimerait tester un autre prototype pour prévenir les infarctus.

Daphné apporta à Luka un flacon d'huile corporelle et elle commença à lui oindre le torse, le dos et les bras.

Les trois hommes enregistraient les informations. Le premier relança :

— Vous pourriez nous en avoir combien rapidement ?

— On fait ça à la main, avec mes ingénieurs, remarqua Luka. Ça met du temps et ça coûte de l'argent. Plus on sera financés, plus on pourra produire vite et bien.

— On va réfléchir et préparer une proposition. Et le reste ? Ce pour quoi on est ici ?

Luka referma à demi les paupières.

— On y travaille. Soyez encore patients.

— Notre patron déteste qu'on le fasse attendre. C'est dans votre contrat. Livrez-nous avant quarante-huit heures, sinon on fera en sorte que plus personne ne se rappelle à quoi vous ressemblez.

Luka contracta légèrement ses mâchoires.

— Je tiendrai mes engagements. Allez sous le chapiteau, je dois me concentrer.

*
* *

L'averse avait cessé aussi soudainement qu'elle s'était abattue sur la ville. La friche détrempée exhalait une lourde odeur de foin. Pataugeant dans la gadoue, Raphaël et Marie faisaient la queue devant le chapiteau rouge derrière une centaine de gens, et il y en avait autant derrière eux. Sur les rideaux de velours du cirque, une banderole « Hommage à Luka More » avait été suspendue. Les deux policiers n'avaient jamais vu une foule aussi destroy. Même dans les soirées heavy metal ou de skinheads dans lesquelles ils avaient dû intervenir. Garçons et filles étaient globalement tous couverts de piercings et de tatouages, exhibant même des insertions sous-cutanées, des boules ou des barres de différentes tailles qui formaient des boursouflures sur le visage, le cou, les bras. Raphaël détaillait les créatures avec curiosité.

— T'es sûre que c'était une bonne idée ? demanda Marie.

— Thor embrassait Pandora sur la photo que tu as repérée, répliqua Raphaël. Il y a une chance qu'elle sache où il est. Faut tenter.

*
* *

Raphaël ramena la capuche de son sweat sur sa tête, histoire de dissimuler son visage, trop normal dans cette contrée bizarre. Marie enfonça les poings dans son jean. Un gars au crâne rasé, avec des billes insérées sur la ligne médiane du crâne et des clous dans les sourcils, les dépassa, à son bras une fille aux cheveux brun corbeau et aux yeux charbonneux arborait une rangée d'anneaux serrés sur la lèvre inférieure. Raphaël et Marie payèrent leurs dix euros à une fille à l'entrée et franchirent les rideaux rouges. Ils pénétrèrent sous le chapiteau sombre qui sentait l'humidité, les fumigènes, la sciure et la bière. Leurs tympans furent agressés par une musique électro à plein tube. Sur la piste aux étoiles au milieu des gradins était dressé un ring surmonté d'un jeu complexe de poulies. La foule compacte de créatures bizarres jouait des coudes pour se servir des gobelets de bière que crachaient des tireuses XXL.

Le capitaine et le lieutenant restèrent un bon moment à se laisser dériver dans cette marée d'humains au corps métamorphosé, inspirés par la culture manga, la bande dessinée et la science-fiction. Le volume de la musique monta d'un cran. Le son satura les cerveaux, des lasers balayèrent la foule, révélant des visages mutilés, parfois monstrueux, et de temps en temps les stroboscopes hachaient les images pour les rendre encore plus stupéfiantes. « On se sépare », indiqua Raphaël. Marie acquiesça et se laissa porter par la foule sur l'autre aile du ring. Les yeux de Raphaël scrutèrent les individus, du moins de ce qu'il pouvait en voir, cherchant dans l'anonymat des visages une face chevaline et une chevelure bleue. La foule gronda soudain et le ring s'éclaira. Une clameur monta des rangs serrés.

— Luka, Luka, Luka !

*
* *

Facebook

Valery S. : Hé, qui connaît ces types ?

Une photo de trois hommes en chemisette, au milieu de la foule, en train de boire des Coca.

Marje T. : Jamais vu !

Marc Pierre : Connais pas.

Matt Lewsky : Ils ont tous les trois le même tatouage sur le bras.

Marc Pierre : Photo ?

Sous une mauvaise photo d'un tatouage pris au zoom.

Matt Lewsky : Le voilà !

Paul Krebs : C'est un pentagramme ! Ça représente une figure à cinq éléments qui signifie les cinq plaies du Christ.

Matt Lewsky : Y a deux lettres sous le tatouage, LC. Ça veut dire quoi ?

Paul K. : J'ai déjà vu le même chez un gars à une soirée. C'était un mercenaire de LifeCorp, l'armée privée.

Marje T. : Les satanistes emploient aussi ce sigle.

Valery Schaun : Vous me faites flipper.

*
* *

Le Centre de recherche sur le neurone, paquebot de verre fumé, n'était jamais fermé, jamais éteint. De jour comme de nuit, des expérimentations sur petits et gros animaux pouvaient avoir lieu.

Laura sortit de sa poche le deuxième passe d'Erik et déclencha l'ouverture de la porte en verre sans problème. Le hall moderne était vide, point de signe de présence humaine. Elle respira, soulagée. Maintenant débutait la phase d'improvisation la plus totale. Elle appela l'ascenseur, appuya sur le bouton du troisième étage.

Quand les portes coulissèrent, elle se dirigea vers le panneau « Neurodégénération et plasticité ». Un néon éclairait le couloir désert qui desservait une dizaine de portes. Laura avança prudemment. Elle se souvenait que le bureau d'Erik se situait quelque part dans le fond. Son pouls se mit à battre dans sa gorge. Si quelqu'un surgissait, elle était cuite. Le dernier bureau à gauche portait le nom d'Hilgarson. Elle présenta son troisième passe devant le lecteur. Allait-elle déclencher une alarme ou l'arrivée d'un cerbère ? Non. Elle fit la lumière dans le bureau de son mari, sobre, modeste, bien rangé. Une table fonctionnelle devant une bibliothèque murale surchargée de livres était décorée d'un crâne en résine bleue, laissant apparaître le cortex et ses circonvolutions. Une réalisation d'Erik. Laura ressentit un pincement à l'estomac. On avait l'impression qu'il allait revenir d'une minute à l'autre pour se remettre au travail. Sur une desserte figurait tout le matériel bureautique nécessaire, imprimante, fax, à côté de son ordinateur. Laura eut le réflexe de fermer le store qui occultait la fenêtre donnant sur la rue.

*

* *

Sous le chapiteau surchauffé, trois disciples de Luka More se succédèrent sur le ring. Ils haranguèrent les spectateurs pendant plusieurs dizaines de minutes, déclamant dans un micro-casque leur philosophie du dépassement de soi. Et puis soudain, ce fut fini. Les lumières s'éteignirent. Le silence s'installa. Seul un projecteur puissant braqua ses feux sur la piste. Luka More apparut à demi nu, taillé comme un lutteur, avec pour tout vêtement une culotte de peau, le buste entièrement tatoué, huilé. Des applaudissements délirants montèrent du public, roulement de tambour humain. Luka enjamba les cordes. Le visage sombre, concentré, en méditation peut-être, le héros gagna le centre de l'arène. Derrière lui, Daphné, gainée de latex, suivait son maître.

Compressé entre deux énergumènes, Raphaël ne quittait plus l'homme tatoué des yeux, comme les autres spectateurs. Luka More se retourna, dos à la foule. Un râle parcourut l'assistance. Raphaël recula sur son gradin. Entre les omoplates de l'homme, la peau était transpercée par une cinquantaine de gros anneaux métalliques. Luka leva le poing. À travers l'épiderme de son avant-bras, des chiffres rouges scintillaient : 80. Il fit un tour de piste, plongeant son regard fixe dans celui de la marée humaine, puis revint au centre du ring.

Lentement, avec des mouvements contrôlés, il s'allongea face contre terre. Daphné abaissa les poulies suspendues au-dessus de lui puis, un à un, très lentement, étira une dizaine de câbles, qu'elle attacha par des mousquetons aux anneaux dorsaux. La musique se tut. La foule se tut. Un silence épais enveloppa l'arène. Et le hangar se mua en cathédrale.

Daphné fit signe à un technicien de l'ombre d'opérer. Les poulies grincèrent, les câbles se raidirent, les mousquetons crochetèrent les anneaux et, petit à petit, la peau humaine s'étira telle une peau de tambour, tendue à se rompre. Masque figé, Luka fermait les yeux, les mâchoires contractées. L'écran LCD de son bras affichait 70. Son dos bariolé se hérissa de monstrueuses écailles et l'homme se transforma en dragon bigarré. Les battements baissèrent à 68. Et soudain, le corps décolla de quelques millimètres du sol. Quelques centimètres. Puis il s'éleva. Bras en croix, masque mortuaire, Luka était à présent suspendu par sa peau. Raphaël ouvrit la bouche. *Vingt dieux.* Autour de lui, les dizaines de paires d'yeux fardés, de visages percés, admiraient la performance, hypnotisés.

Les câbles qui étiraient l'épiderme amorcèrent bientôt un léger mouvement de balancier. Luka More, marionnette épinglée par la peau, se mit à osciller. Un murmure extatique diffusa dans l'assemblée. Raphaël détourna les yeux, écœuré. C'est à ce moment-là que son regard tomba sur Pandora, assise à quelques mètres de lui. Ses grands yeux noirs subjugués, sa mèche bleue.

*
* *

Facebook

Sous une vidéo de Luka suspendu

Pandora : Le maître nous montre la voie. Inspirez-vous de lui...

Lucie L. : En ce moment, l'immense Luka More réalise un exploit.

Sam One : On y est, c'est transcendantal !

*
* *

— On sort quelques minutes pour discuter ? proposa Raphaël à Pandora.

Il l'avait approchée à la fin du show, se présentant comme capitaine de police sans qu'elle ait eu l'air de s'en émouvoir le moins du monde. Ils étaient sortis du chapiteau rouge. Nulle trace de Marie dans les parages. Vêtue d'un fourreau bleu électrique, la danseuse était perchée sur des escarpins motif python de douze centimètres. Elle était visiblement exaltée, le regard intense, transportée par ce qu'elle venait de voir. Elle pianotait sur son smartphone, envoyant des messages en rafale. Une fois dehors, elle ne laissa pas Raphaël mener la danse.

— Luka More est un génie. C'est un *body activist*, un hacker corporel. Il était prof de philo, il a tout laissé tomber pour sa quête personnelle et pour nous guider. C'est le meilleur.

Son débit était vif et passionné, une diction parfaite de jeune femme bien éduquée.

— Il estime que son corps est une œuvre imparfaite, à améliorer sans cesse. Il se définit comme un puzzle à monter ou à démonter. Il dit que toutes nos transformations sont la face visible de notre métamorphose. « Ce n'est plus un corps à l'image de Dieu, mais à l'image de l'homme, c'est le fait d'être soi. » Dans ses écrits, Luka parle de « kor », K-O-R, le corps en tant que matière de métamorphose permanente.

— Puis-je...

— Il décrit les douleurs de la suspension comme un « appel de vie », un « antisuicide », une manière de dire combien celle-ci est un levier pour se reconstruire et confirmer le prix de chaque instant qui passe. Il se prépare longtemps avant, il jeûne pendant trois jours et médite. La douleur est surtout en amont de l'expérience, quand les chairs commencent à s'étirer, ensuite il entre dans la douleur et elle devient matière de quête personnelle.

Raphaël en avait vu et entendu des choses bizarres dans sa carrière, mais là...

— Quand on s'incise, on se brûle, on se tatoue ou se suspend, on entre dans une sorte de dissidence, poursuivit la danseuse. Attenter à l'image du corps, s'infliger délibérément une douleur, ce sont là deux transgressions essentielles aux yeux de la société.

— C'est une sorte de jeu SM, quoi ?

— Bien plus que ça ! C'est une vision radicale de l'être humain. Nous sommes des citoyens autonomes et n'appartenons qu'à nous-mêmes. Et je décide seule des transformations que je souhaite apporter à mon corps, mon ADN, mon cerveau... Nous sommes comme un Web bêta, toujours une version que l'on peut *updater*. Et la science doit être utilisée pour nous améliorer. C'est le seul moyen de devenir notre futur, posthumain.

Le regard de la danseuse se fit narquois.

— Vous n'aimeriez pas améliorer deux ou trois choses chez vous ?

Sa voix s'était faite caressante et provocante à la fois. Raphaël se secoua. Elle était en train de le balader. Pandora désigna du menton la poche de son jean.

— Vous avez reçu un message.

— Je vous demande pardon ?

— Vous venez de recevoir un message. Je l'ai senti.

Raphaël lui coula un regard suspicieux et sortit son téléphone de sa poche arrière. Un SMS de Marie s'affichait en effet sur l'écran. « Tu es où ? »

— Vous faites ça comment ?

— Je sens toutes les ondes et les champs électromagnétiques. Grâce à mes implants. Les ondes du téléphone sont plutôt lisses, elles ondulent. Celles des fils électriques sont plus rugueuses, elles mitraillent.

Raphaël se concentra pour ne pas perdre son objectif de vue. Il jeta un œil par-dessus son épaule pour voir s'il n'apercevait pas Marie. Il rédigea rapidement une réponse.

— Nous vous avons envoyé plusieurs sollicitations au sujet d'Erik Hilgarson, demanda-t-il enfin. Pourquoi ne pas nous avoir répondu ?

— Oui, j'aurais dû. J'allais le faire.

— Avez-vous échangé des SMS avec Erik Hilgarson dans la nuit du 12 au 13 juillet ?

— C'est possible, oui.

— Que disaient-ils ?

— Il voulait tout quitter pour moi, il m'a fait du chantage au suicide.

— Vous souhaitiez donc mettre fin à votre relation ?

— J'en avais assez.

— Pourquoi ?
— Il était devenu envahissant.
— Comment l'avez-vous rencontré ?
— Il m'a contactée.
— Comment ?
— Via Facebook. Il y a environ trois mois.

*
* *

Trois mois plus tôt

L'écran bleuté de l'ordinateur se reflétait dans les lunettes d'Erik. Il n'avait plus de notion de l'heure, mais il devait sûrement être assez tard car la nuit obscurcissait son bureau. Une expérimentation en cours requérait sa présence à côté de l'animalerie jusqu'à ce qu'un de ses étudiants vienne le relayer vers minuit. Il en profitait pour s'adonner à une activité devenue addictive, les réseaux sociaux.

Un outil extraordinaire qui lui permettait de toucher des personnes qu'il n'aurait jamais pu approcher dans la vie quotidienne. Depuis qu'il avait aménagé son laboratoire secret, et commencé de nouvelles recherches exemptes de toute contrainte, économique, éthique, politique même, il n'y avait plus qu'une chose qui le passionnait, surpassant même la création de créatures du monde sacré : le futur de l'humain.

Il cliqua sur la page « More human », groupe auquel il avait adhéré, et consulta la liste des « amis » de cette organisation transhumaniste américaine qui faisait un peu plus d'émules chaque jour. Leur but : promouvoir l'amélioration de l'homme par la science et la technologie, sans tabous, sans limites. À ce jour, elle comptait 17 523 fans, et ce nombre ne cessait de croître. Erik avait déjà envoyé un bon nombre de messages privés via le réseau à l'un ou l'autre des sympathisants pour leur poser des questions sur leurs pratiques, leurs habitudes et leurs projets. Avec certains, plus intelligents et créatifs que la moyenne, il avait échangé des points de vue et des espoirs. Il s'était même laissé aller à quelques confidences sur ses travaux.

Un certain Thor, un Islandais de la communauté, l'avait mis en contact avec un profil de fille atypique qui l'intriguait. Il cliqua sur la page de Pandora, une danseuse et body hackeuse déclarée qui se réclamait de la mouvance dure. « Pirater mon corps, jusqu'au bout », telle était la devise affichée sur le mur de son compte. Ils s'étaient rencontrés pour la première fois en chair en os lors d'une séance de dédicaces de *Human 3.0*. Ils avaient seulement échangé quelques mots.

Erik ouvrit son album photo en libre accès et examina chaque cliché légendé. Il fut frappé comme toujours par la plastique sans défauts de la créature, aux mensurations « scientifiquement parfaites », par son visage dépourvu de marques du temps, d'une certaine beauté, extraterrestre. Elle pouvait avoir entre trente et quarante ans.

Mais ce qui le fascinait le plus, c'étaient les implants qu'elle avait dans le corps. Les aimants, dans les doigts et les chevilles, lui conférant un sixième sens qu'elle décrivait comme « une ouverture sur le monde invisible, sensible ».

Erik ouvrit une session de chat et s'adressa à elle, le plus simplement possible, en lui disant l'exacte vérité : « Vous me fascinez, pourrions-nous de nouveau nous rencontrer ? »

23

Mardi 15 juillet, 1 h 20

— Il voulait faire partie du mouvement, expliqua Pandora. Quand je l'ai vu ce soir-là – on a bu un verre au Mundo –, il était en pleine quête de sens. Il cherchait le moyen de prendre le train de l'évolution en marche. Il n'avait pas encore entamé sa démarche de transformation.

— Transformation ?

— Il voulait explorer ses possibles.

— Du genre ?

— Le mieux est de commencer par l'implant d'aimants dans les doigts, ou la jambe. Et puis de puces électroniques aussi. De capteurs...

— Pour quoi faire ?

— Je lui ai expliqué que nous atteindrons un jour le point de singularité. Cette super-intelligence qui émergera lorsque l'humain et la machine fusionneront... On a montré que ce point de singularité pourrait être atteint aux alentours de 2045.

Pandora consulta son smartphone, tandis que Raphaël l'observait, circonspect. Comment imaginer qu'Hilgarson ait pu se laisser séduire par cette femme surréaliste ainsi que par le désir de ne pas se contenter d'être tel que ses gènes l'avaient programmé ?

La danseuse envoya un tweet et poursuivit sur sa lancée :

— Je lui ai expliqué qu'il pouvait dépasser les limites que son corps lui impose. Voyez, par exemple, c'est idiot d'avoir faim. J'aimerais ne plus avoir besoin de m'arrêter trois fois par jour pour manger. Alors j'ai commencé une alimentation à base de gélules ou de gel hyperprotéiné.

Elle ne s'arrêtait plus.

— Nous, posthumains, serons pourvus de capacités physiques et intellectuelles dépassant celles de l'homme moderne. Nous deviendrons notre propre créateur.

— Mais, concrètement, comment ?

— Par la convergence.

Raphaël fronça légèrement les sourcils. Il avait l'impression que la créature bleue était en train de le prendre pour un idiot.

— La convergence des quatre technologies NBIC qui seront à la base du posthumain, poursuivit Pandora, les yeux brillants. D'abord les nanotechnologies, qui permettront de créer des matériaux avec une précision quasi atomique, et donc de faire émerger de nouvelles propriétés. Par exemple, en cas de maladie, comme le cancer, des nanorobots seront lâchés dans ma circulation sanguine pour aller délivrer les médicaments sur la tumeur. B, c'est pour biologie. Mais pas de la biologie à l'ancienne. Il est question de créer des êtres vivants totalement nouveaux en synthétisant de l'ADN. I, c'est pour informatique, l'intelligence artificielle, la robotique. Et enfin C, pour cognition. Qui englobe toutes les avancées en neurosciences : lire les pensées, lire les rêves et les manipuler. Tout cela converge pour fabriquer l'homme et la femme de demain.

Raphaël se taisait. Faisait-il face à une secte de fous furieux, ou bien à l'évolution humaine en marche ? À la fois fasciné et abasourdi, il se sentit pris de court. Il se raccrocha aux branches comme il le pouvait.

— Vous aviez donc une relation intime avec Erik Hilgarson.

La danseuse le jaugea.

— Oui.

Elle avait dit cela comme une évidence.

— Et ensuite, que s'est-il passé ?

— Il a développé des sentiments amoureux.

Là aussi, c'était une évidence.

— Pas vous ?

Pandora le toisa, l'air de dire : « Tu m'as bien regardée ? » Raphaël s'éclaircit la gorge.

— Vous voulez dire que dans votre nouveau système de pensée, posthumain, le fait de tomber amoureux est totalement dépassé ?

— L'évolution extrême sera de pouvoir contrôler aussi ses sentiments et ses émotions, oui. Par des médicaments, des stimulations cérébrales ou des implants. On pourra aimer ou ne plus aimer, à volonté et sans souffrance.

D'un doigt, elle désigna sa tête.

— Toutes les sensations remontent vers le cerveau. Lorsque nos consciences seront numérisées sur ordinateur, nous leur ferons éprouver des sensations sexuelles. Elles seront modulables et donc plus longues, plus intenses que nos pauvres orgasmes. Deux esprits chargés sur ordinateur pourront décider de partager leurs consciences ainsi, ce sera une fusion totale, du sexe par télépathie.

Raphaël ressentit alors une pointe de désespoir. Comment l'homme ou la femme pouvaient-ils désirer une telle vie ? Il imagina tout à coup quelle drôle de petite fille cette femme avait dû être et quelle histoire avait dû la pousser à fuir ses émotions. Il s'efforça de se concentrer.

— Vous l'avez vu quand pour la dernière fois, Erik Hilgarson ?

— Le 10 juillet.
— Où ?
— Chez moi.
— Dans quel état d'esprit était-il ?
— En colère.
— Pourquoi ?
— Il était jaloux. À cause du film.
Raphaël tiqua.
— Quel film ?
— Celui dans lequel je devais jouer.
— Vous êtes actrice aussi ?
— Grégoire, le producteur, lui a racheté les droits de son livre pour l'adapter au cinéma et il m'avait promis un grand rôle, sans lui dire. Quand Erik l'a appris, il s'est mis en colère, il a dit à Grégoire qu'il allait dénoncer le contrat. Il était jaloux. Il croyait qu'on couchait ensemble.
— Et c'était le cas ?
— Oui ! Mais ce n'est pas une raison pour tout planter, ma carrière allait décoller.
Elle fit une pause.
— Finalement, ce minus de Forget a choisi une autre fille. Très mauvaise.
Raphaël nota mentalement les informations.
— La pendaison d'Erik Hilgarson vous a-t-elle donc surprise ?
— Non, on a tous des pulsions extrêmes, des envies d'en finir et parfois on passe à l'acte. C'est un type spécial, vous savez.
Un rictus ironique s'afficha sur les lèvres du capitaine Ruis.
— Venant de vous...
— Pardon ?
— Rien. Spécial vous dites ?
— Très imprévisible.
— Du genre ?
— Romantique puis agressif la minute d'après. Il aimait que je sois dominatrice et puis d'un coup ça

l'agaçait. Il voulait un truc sérieux avec moi, exclusif, le pauvre. Puis d'un coup il pensait à sa femme. Au fond, il ne savait pas qui il était ni ce qu'il voulait. Je pense qu'il a fait ça pour nous en mettre plein la vue.

— Comment ça ?

— Se pendre avec un barbelé ! Personne ne l'avait jamais encore tenté dans notre groupe. Il m'a vraiment épatée en un sens. Je ne l'en croyais pas capable. Il le savait.

Raphaël pensa que cette créature et ses petits copains étaient, décidément, bons à enfermer.

— Vous voulez dire que sa pendaison serait une sorte de suspension extrême pour vous montrer de quoi il est capable ? suggéra-t-il d'une voix atone.

— Exact. Ce qu'il a fait est en droite ligne de nos expérimentations. Il a accompli la transgression existentielle absolue, le jour de son quarantième anniversaire. C'est remarquable.

Pandora n'ajouta pas « chapeau l'artiste », mais elle aurait pu. Le capitaine nageait en plein délire, où la mort devenait une performance artistique. Il s'obligea encore à recentrer la discussion.

— Son suicide ne fait donc absolument aucun doute pour vous.

— Aucun.

Raphaël sortit son smartphone de sa poche et afficha la photo de la danseuse et de Thor en train de s'embrasser à pleine bouche à la soirée de la Saint-Sylvestre.

— Pourriez-vous, s'il vous plaît, me dire qui est cet homme ?

*
* *

Ses méninges carburaient. Laura fouilla l'ordinateur d'Erik jusqu'à trouver ce qu'elle cherchait. Elle modifia quelques paramètres et lança l'impression.

L'imprimante, semblant se réveiller d'un long sommeil, éructa tout un tas de bruits de roulement, de crachotements, puis se mit en branle. Laura pria pour que la machine n'alerte pas les quelques rares chercheurs qu'une manipulation vissait peut-être à leur bureau. C'est alors qu'elle entendit tambouriner à la porte.

— Qui est là ? Ouvrez !

Laura fit un bond sur sa chaise, son cœur hoqueta. Elle se leva pour ouvrir. Devant elle se dressait Luc Grosjean, le directeur technique du laboratoire, en blouse blanche, sourcils froncés.

— Madame Hilgarson ? Mais que faites-vous ici ?

— Bonsoir, monsieur Grosjean ! dit-elle le plus chaleureusement possible.

Erik et lui n'étaient pas proches. Elle l'avait déjà croisé à quelques pince-fesses.

— Que faites-vous ici ? lui redemanda le chercheur.

*
* *

— Qui est cet homme ? répéta Raphaël devant le silence de Pandora.

La danseuse eut un froncement de sourcils qui n'échappa pas au policier.

— C'était au nouvel an. J'ai dû embrasser beaucoup de monde ce soir-là. Je ne me souviens pas.

— Son pseudo, c'est Thor. Vous êtes « amis » sur Facebook.

— Comme avec des milliers d'autres personnes.

— Auriez-vous un indice à me donner pour savoir où je peux le trouver ?

Pandora secoua la tête, mais elle semblait nerveuse à présent.

— Vous savez que tout faux témoignage est passible d'amende ?

Pandora darda son regard noir sur les prunelles de Raphaël.

— Je vous dis que je ne sais pas où le trouver.

— Cette photo a été prise au Mundo. Est-ce un habitué ?

— Je n'en sais rien.

Raphaël enfonça les mains dans ses poches. Marie se dirigeait droit sur eux. Leurs regards se croisèrent. Le capitaine Ruis salua Pandora, qui lui posa une main sur le bras.

— Vous savez, mon KOR m'appartient. Je couche avec qui je veux, quand je veux. D'ailleurs, si vous le voulez, là, tout de suite, j'ai envie de pratiquer.

*
* *

Luc Grosjean était un costaud aux cheveux crépus qui s'exprimait avec un accent du Sud. Laura s'assit lourdement dans le fauteuil d'Erik.

— Je vous demande pardon de vous avoir inquiété. Je... je suis là pour prendre des affaires d'Erik. Je n'arrivais pas à dormir et je me suis dit que ce soir je ne croiserais personne. Vous savez, c'est tellement difficile pour moi. Chaque fois que je rencontre une de ses connaissances, il faut que je raconte tout de nouveau, et ça m'est de plus en plus pénible.

Grosjean croisa les bras et hocha la tête.

— Bien sûr, j'en suis désolé pour vous. Nous avons tous été si choqués ici. Vous êtes entrée avec ses passes, je suppose ?

— Oui, il m'avait laissé toute une procédure en cas de pépin. Une lettre expliquant qu'il désirait que je vienne prendre quelques effets personnels, des cadres, des livres, et que j'imprime certains documents. Pour les garder.

Grosjean regarda l'imprimante. Laura écrasa une larme.

— Excusez-moi, je m'étais juré de tenir le coup. Mais c'est plus dur que je ne le pensais.

Luc Grosjean était à présent très mal à l'aise. Il ne savait jamais comment réagir face aux émotions. Il frotta ses mains l'une contre l'autre.

— C'est bien normal. Bien sûr. Je comprends. Prenez votre temps.

Laura s'essuya les yeux du bout des doigts, attendant que Luc Grosjean prenne congé. Mais il dansait d'un pied sur l'autre, embarrassé au possible. Puis, contre toute attente, il s'assit sur une chaise en plastique.

— Je songeais à vous appeler justement, fit-il en se frottant de nouveau les mains. Mais puisque vous êtes là, j'en profite, enfin si j'ose dire.

— Que se passe-t-il ?

— Vous risquez d'entendre des choses fort désagréables dans les prochains jours.

— À quel propos ?

— À propos du travail d'Erik.

Laura se redressa.

— Que voulez-vous dire ?

— Un article va sortir dans la presse. A priori le journaliste s'est procuré des notes et comptes rendus préliminaires de l'expérimentation sur l'AT37 sur la souris Alzheimer qu'Erik avait commencée. Ces notes font état de graves effets secondaires chez l'animal.

— C'est faux !

— Les documents confidentiels d'Erik le montreraient.

— Ils mentent ! s'écria Laura. Quels résultats négatifs ? Quels effets secondaires ?

— Comme vous devez le savoir, l'AT37 attire les néoneurones dans les zones traitées, et il semblerait qu'un nombre non négligeable de souris aient eu, à la suite d'injections, des problèmes cérébraux, dus à un trop-plein de connexions sans doute.

— Mais qui est ce journaliste ? Quel crédit apporter à cet article ? Qui lui a fourni ces documents ?

— Une enquête interne est lancée. C'est un coup dur pour le CRN. Il n'en demeure pas moins que le nom de votre mari risque d'être sali.

— Comment avez-vous été prévenu ?

— Le journaliste nous a demandé de réagir. Nous avons refusé de nous exprimer.

Laura se pencha vers lui.

— Qui est derrière tout ça ?

— Je ne sais pas.

*
* *

Trois jours plus tôt

Une bouteille de crémant rosé entamée sur la table de sa luxueuse chambre d'hôtel, Olovna Stevenson porta la flûte à ses lèvres fendues d'un sourire de victoire.

Elle caressa du plat de la main la maquette de l'article que le journaliste des pages sciences du quotidien lui avait confiée pour relecture. En titre : « Mensonge au Centre de recherche sur le neurone », et en sous-titre : « Un médicament pire qu'Alzheimer ».

Elle relut pour la troisième fois le papier, crayon à la main. Mais il n'y avait plus grand-chose à redire, sauf un terme neurologique mal employé qu'elle avait déjà souligné. Le reste était parfait. « *Une source anonyme a remis à la rédaction la preuve que la molécule découverte au CRN par l'équipe d'Erik Hilgarson, présentée comme LE futur traitement contre Alzheimer, serait en réalité bien pire que la maladie elle-même* », lut-elle dans l'introduction. Et le journaliste de reprendre le contenu des tableaux d'expérimentation d'Erik qui mentionnaient les effets secondaires. Il pointait le nombre non négligeable de souris porteuses de graves lésions cérébrales, et d'autres ayant développé un comportement agressif ou au contraire apathique. L'article donnait la parole à un confrère qui remettait en cause le système de la recherche poussant les chercheurs à distordre parfois leurs résultats pour décrocher des budgets. Un responsable de Genex assurait que toute la lumière serait faite sur cette affaire et que la vente avait été annulée, etc.

Olovna jubila. Elle avait investi une grosse somme. Mais le jeu en valait la chandelle. Avec cet article, le doute était semé, l'AT37 enterrée et l'avenir de Genetic-Tech sauvé.

Elle se resservit du crémant et porta un toast.

24

Mardi 15 juillet, 1 h 30

On cherche à nuire à Erik de toutes les manières possibles. Laura, abasourdie par ce qu'elle venait d'apprendre, rassembla ses pensées. Elle devait agir vite. Elle ouvrit la porte du bureau jouxtant celui de son mari. Il comportait trois plans de travail carrelés jonchés de matériel de laboratoire. Ce qui intéressait Laura se trouvait dans le fond. Deux énormes réfrigérateurs blancs. Elle se souvenait qu'il lui avait montré, lors de sa visite, le stockage des molécules en phase de test.

Elle ouvrit l'un des deux frigos au hasard. Il contenait plusieurs porte-pipettes, des flacons, des éprouvettes. Laura sortit un rack de cinq éprouvettes fermées par des bouchons. Chacune portait une étiquette TNF15, CRN, avec une date et un code-barres. Parfait. Laura subtilisa deux racks et rebroussa chemin. Elle s'enferma de nouveau dans le bureau d'Erik, et récupéra les planches d'étiquettes qu'elle avait imprimées. *Je ne trouve pas l'AT37, eh bien, je vais l'inventer.* Elle colla avec application les fausses étiquettes « AT37 » au logo du Centre sur les vraies éprouvettes. Puis rangea les racks de cinq fioles dans le compartiment isotherme de son sac à pique-nique. Elle piqua tous les documents siglés AT37 qu'elle trouva à proximité, un bloc-notes, des carnets, et les fourra en vrac sur les fioles. Elle enfila les bretelles de son sac à dos, les ajusta puis referma la porte avec précaution. Le temps que l'Islandais de la cave se rende compte du subterfuge, s'il s'en rendait compte, Erik serait peut-être tiré d'affaire et pourrait régler cette histoire.

Elle rebroussa chemin, parcourut le couloir, ignora l'ascenseur et s'aventura dans l'escalier. Elle descendit les marches du troisième étage, du deuxième, du premier. Arrivée en bas, elle accéléra le pas, jusqu'à atteindre l'entrée principale du bâtiment par laquelle elle était arrivée. Elle fonça droit devant elle, avec un seul objectif à présent, mettre de la distance entre ce lieu et elle. La sirène se déclencha pile au moment où le sac à dos passa le sas. Le corps de Laura s'arqua comme sous l'effet d'une décharge électrique.

Elle recula, prise de panique. Déjà, elle croyait entendre des pas venant de l'extérieur. Elle fit machine arrière et reprit l'escalier, sans avoir la moindre idée de ce qu'elle allait faire. Elle monta les marches jusqu'au premier, prit à droite au hasard, un couloir, des pièces. La peur au ventre, elle en choisit une, se retrouva dans une salle de matériel, se prit les pieds dans des cartons et s'étala de tout son long sur des paquets. Un bruit de verre brisé en provenance de son sac la crucifia. Elle se releva, ne bougea plus, en apnée, plusieurs minutes d'affilée. Elle ne perçut rien d'autre que le battement de son cœur.

Au bout d'un temps qui lui parut infini, Laura osa mettre le nez dehors. Personne. Elle avisa un escalier de secours et l'emprunta jusqu'au rez-de-chaussée. Une porte coupe-feu lui barrait le passage, elle se jeta dessus et se retrouva dehors.

*
* *

Raphaël rentra chez lui à pas de loup, se déshabilla sans bruit et se glissa dans le lit conjugal. Sa peau dégageait une odeur de cigarette, de sueur et de bière. Il se rapprocha de sa femme, qui dormait en chien de fusil, lui caressa doucement l'épaule et rajusta la bretelle de sa chemise de nuit. Fabienne soupira.

— Tu étais où ?

— Tu ne dors pas ?

— Comment veux-tu que je dorme ? Tu étais où ?

— Je te l'ai dit. Je devais interroger quelqu'un.

— Le 14 juillet ? Alors que tu n'es pas en service ?

Fabienne laissa passer quelques instants, sans se retourner.

— Tu as une histoire avec cette femme ?

— De qui tu parles ?

— La violoniste ?

— Mais non ! murmura Raphaël. Tout ça, c'est pour le boulot. Qu'est-ce que tu vas te monter la tête.

— Avoue au moins qu'elle te plaît...

Raphaël embrassa sa femme dans les cheveux.

— j'aime sa musique. Mais ma femme, c'est toi. Je t'ai choisie.

Fabienne soupira de nouveau profondément.

— Ton boulot va nous tuer, Raph.

Il se serra contre elle, entourant son corps de ses bras, comme pour la rassurer une bonne fois pour toutes. Pour se rasséréner aussi lui-même. Il avait l'esprit envahi d'images plus bizarres les unes que les autres. Il sut qu'il ne dormirait pas cette nuit. Il revit Pandora penchée sur lui, réclamant du sexe comme on réclame sa gamelle. Il frissonna et ferma les yeux, *rien que des barjos*.

*
* *

C'était un ratage complet. Laura s'effondra sur le canapé, son sac à dos sur les genoux, catastrophée, en colère, désespérée. Tous les sentiments négatifs affluaient et refluaient en elle sans qu'aucun parvienne à s'imposer, aussitôt balayé par le suivant.

Tout ça pour ça.

Elle fit glisser la fermeture Éclair du sac à pique-nique, se doutant de ce qu'elle allait y trouver. Une mélasse de verre et de papier mouillé, des morceaux d'éprouvettes brisées. Elle enfila des gants de ménage et souleva les racks. Elle découvrit enfin ce qui avait déclenché l'alarme, deux puces antivol collées discrètement au cul des éprouvettes. *Bravo.* Elle posa le bloc-notes détrempé d'Erik sur la table basse. L'encre avait bavé sur la couverture.

Elle jeta les restes des éprouvettes dans un sac-poubelle qu'elle ferma, se lava les mains, puis revint sur le canapé. *La cata.* Elle s'enroula dans le vieux plaid écossais et se pelotonna sur les coussins en position fœtale. Dans quelques heures, l'agresseur aux yeux de cochon allait lui réclamer son dû. Et elle n'avait plus rien à lui donner. Il allait la tuer, et son père avec. Elle prit la télécommande et éteignit toutes les lampes de la maison sauf la petite, à abat-jour rouge, posée par terre au pied du divan. Erik aimait les éclairages indirects « qui ne laissent voir les objets que sous un certain angle ». Le regard perdu de Laura s'arrêta sur le cliché d'Erik et de Grégoire adolescents, sur une étagère de la bibliothèque. Ce portrait lumineux, la vie même, était en train de se craqueler de toutes parts.

Le bloc-notes d'Erik gisait, détrempé, sur la table basse. Laura tendit la main pour en tourner les premières pages. Elle se redressa à demi sur un coude. Des caricatures monstrueuses d'une femme hideuse esquissées au stylo plume se répétaient sur une dizaine de feuilles. Entre chaque portrait s'entrelaçaient des formules chimiques et des mots en style gothique. Laura tira le carnet à elle et déchiffra *OLOVNA*… Les poils de ses bras se hérissèrent. Ces croquis étaient-ils l'œuvre d'un fou ?

*
* *

Les yeux de Laura s'ouvrirent d'un coup, elle s'était assoupie sur le canapé, le bloc-notes d'Erik avait glissé à terre. Elle s'assit. Les brumes de son esprit se dissipèrent. Elle savait. Elle savait ce qu'elle avait manqué. Elle se leva, ouvrit la porte d'entrée puis sans hésiter se dirigea vers l'atelier.

Elle alluma le plafonnier de la petite cuisine transformée en laboratoire et se planta devant le buste de gargouille hideuse au rire démoniaque qu'avait sculpté son mari. C'était la même que sur le carnet. Ce visage hantait Erik. Qui était-ce ?

La musicienne tendit les mains vers le buste, lui palpa la tête, enfonça les pouces dans les orbites, s'attendant presque à déclencher un mécanisme secret. Mais rien. Elle lui ausculta la nuque, empoigna les cornes, chercha à les tordre, rien. Elle voulut la soulever et fut étonnée de son poids. Erik avait dû la lester. Elle la poussa et la renversa sur le plan de travail. Mais rien n'avait été dissimulé sous le socle. Laura souffla par le nez, au bord du découragement. Elle redressa la statue, et encore une fois ses doigts palpèrent toutes les circonvolutions de la tête. La jeune femme poussa son investigation jusqu'à l'intérieur de la bouche. Ses doigts fouillèrent l'interstice et soudain sentirent quelque chose. Un petit objet carré dur qu'elle extirpa en raclant avec ses ongles.

Quelques instants plus tard, la clé USB s'enclenchait parfaitement dans son ordinateur et l'unique dossier qu'elle contenait s'ouvrit sans difficulté. C'était un simple tableur Excel en quatre colonnes avec, dans la première, une liste de noms :

Luka More
David Marchal
Dora Quentin
Daphné Nila
Katherine Pandore
Runar Kristinsson

Dans la deuxième colonne figuraient des numéros de téléphone portable. Dans la troisième, des adresses postales. La quatrième contenait une succession de chiffres et de lettres. Des mots de passe ?

Au-dessous du tableau, une seule ligne :

Code : 2028#

25

Mardi 15 juillet, 6 heures

Le mug bleu « Radio France » rempli de café noir fumait contre la fenêtre, sur la table à tréteaux. Laura s'y était installée depuis 4 heures du matin, ses yeux s'usant sur l'écran de l'ordinateur. Ses cheveux hirsutes étaient ramassés sur le haut du crâne dans une grosse pince. Sur le nez, ses petites lunettes en écaille qu'elle ne portait que pour déchiffrer des partitions, lire ou faire ses comptes, lui donnaient un air sévère. Ses habits froissés, des chaussettes enfilées à la hâte ne la protégeaient pas du froid intérieur qu'elle ressentait malgré les 28 °C qu'avait annoncés la météo.

L'ordinateur d'un côté, un bloc et un stylo de l'autre, elle tâchait d'extraire des indices à partir des données si soigneusement dissimulées par Erik. Elle manquait de sommeil, ses yeux piquaient et elle étouffait de temps en temps un bâillement. Elle massa la raideur de sa nuque. Il ne lui restait que quelques heures avant l'ultimatum. On était le 15 juillet et il allait revenir.

Les stores à moitié relevés laissaient fuser la lumière laiteuse du matin dans l'allée. Elle but une gorgée de café en observant les feuilles du tilleul, puis ouvrit une page vierge du bloc-notes pour faire le point sur ses recherches. Tous les noms cités par Erik possédaient de multiples entrées sur Internet. Ces gens ne se cachaient pas, bien au contraire. Ils faisaient tous partie du mouvement des Extreme Body Hackers. Ils s'exprimaient sur des blogs du groupe « Human 3.0 » et de multiples forums de body hacking. Ils disaient finalement tous un peu toujours la même chose, prêchaient une confiance béate dans la technologie, appelaient à réfléchir sur une future éthique du cyborg, postaient des expérimentations plus délirantes les unes que les autres. *OK. Cela ne nous mène pas à l'AT37.*

Elle se frotta les yeux.

Elle laissa tomber un instant la liste de noms et ouvrit une nouvelle fois le carnet d'Erik pour y puiser l'inspiration. Elle en fit tourner les pages, à la recherche d'un signe. Au fur et à mesure, les caricatures rageuses se firent plus rares et la science reprit le dessus. Le coup de crayon d'Erik, sûr, incisif, traçait en quelques traits des molécules en 3D, des séquences d'ADN, des neurones, avec des indications chiffrées, des flèches, des calculs en pattes de mouche qui remplissaient les espaces vierges. Au milieu du carnet, un grand dessin légendé occupait une double page. Laura suivit le titre du doigt : PROTOCOLE AT37.

Au-dessous, l'étape 1 représentait un « virus désactivé » – tel que c'était légendé – dans lequel une flèche introduisait un anneau appelé PLASMIDE divisé en différentes sections baptisées « séquences codantes ». L'une de ces séquences s'appelait AT37.

Pour l'étape 2, le virus porteur du plasmide était injecté avec une seringue dans une souris. Une double flèche menait au cerveau. Concentrée, Laura poursuivit le mécanisme jusqu'au bout. Le virus atteignait le cerveau, infectait les neurones, les séquences codantes du plasmide se détachaient, s'intégraient au noyau du corps cellulaire des neurones. Puis sortaient du noyau de grosses molécules rouges appelées AT37. Dans la dernière étape, les AT37 libérées attiraient d'autres petits neurones.

Laura observa attentivement le dessin et remonta à l'étape 1. Elle tapa « plasmides » et « séquences codantes » dans son moteur de recherche et ouvrit les pages Wikipédia. Elle apprit qu'une séquence codante était « la partie d'un gène qui après avoir été transcrite en ARN messager est traduite en protéine ». Et que le plasmide était « un double brin d'ADN le plus souvent circulaire que l'on retrouve dans les bactéries et les levures ». La jeune femme digéra l'information puis chercha sur la Toile tous les moyens de conserver et de transporter des plasmides. Au bout d'un bon moment, elle se leva et fit les cent pas en se tordant les mains. Et puis soudain elle s'arrêta. *Je me goure depuis le début !*

Sa tasse à la main, Laura passa de pièce en pièce, le regard scannant les moindres objets qu'elles contenaient.

Ce ne sont pas des éprouvettes ! Qu'est-ce qui, dans la maison, pourrait contenir des plasmides et nécessite un code ? Une valise ? un coffre ? un cadenas ? Aucune trace d'un quelconque verrou dans l'atelier. Et ailleurs dans la maison ? Dans la chambre conjugale, elle ouvrit le dressing, un vaste placard dans lequel on tenait facilement à trois. Elle posa sa tasse sur une étagère et fouilla dans les habits de son mari, les tiroirs, parmi les clubs de golf. Elle tomba, dans le fond du placard, sur deux cartons de déménagement qui n'avaient même pas été ouverts. Au feutre, de l'écriture fine de son mari était inscrit « matériel photo ».

Laura tira le carton à elle et arracha l'adhésif. Le carton s'ouvrit, elle y plongea les mains. Il n'y avait, en effet, que du matériel photographique. Ses doigts heurtèrent dans le fond des cadres photo. Elle les dégagea. Sur l'un des clichés, Erik et elle posaient, le jour de leur mariage dans l'intimité, à Venise, sur un des ponts romantiques dont elle avait oublié le nom.

C'était le témoin, le portier de la mairie, qui l'avait prise, avec le petit appareil numérique.

Laura sentit les larmes envahir ses yeux et sa gorge se serrer. Ils étaient resplendissants, appuyés sur le garde-fou ouvragé. Erik, dans un costume de lin beige classe et décontracté, elle avec son chignon roux désordonné, sa robe écrue taille Empire coupée aux genoux et surpiquée de dentelle, son bouquet de tokyos blancs. Ils se tenaient par la taille, fixant l'objectif avec un sourire de conquistadors. Qui aurait pu leur résister ? Leur amour réciproque faisait étinceler leurs yeux. Elle caressa du pouce les deux amoureux flamboyants sur le papier. Avaient-ils seulement existé ? Quelle histoire s'était-elle inventée ? Elle demeura un temps indéfini assise par terre dans le dressing, sans bouger, à se repasser le film de ces trois dernières années. Leur coup de foudre, leur mariage, leur emménagement. Qu'aurait-elle dû faire pour empêcher le naufrage ?

Elle posa le cadre par terre, incapable de le remiser dans le carton, pas tout de suite, pas déjà. Elle demeura ainsi immobile à laisser s'écouler la peine par tous les pores de sa peau. Qu'est-ce qui avait tout gâché ? Ils étaient si heureux le jour de leur arrivée dans cette maisonnette faite pour eux, qu'ils avaient remplie de leurs passions respectives. Un élancement dans l'auriculaire lui tira un gémissement. Un antalgique lui ferait du bien. Elle esquissa un mouvement pour se relever quand soudain le souvenir jaillit de sa mémoire.

Le déménagement.

Alors qu'ils entreposaient certains meubles surnuméraires à la cave, en attendant de savoir quel sort leur réserver, Erik était arrivé avec un petit coffre blanc. Un cube de soixante centimètres de côté fermé par un cadenas. Quand elle avait voulu l'ouvrir, par curiosité, son mari lui avait saisi un peu brutalement la main : « Il y a eu dedans des produits potentiellement dangereux, il faudra que je le décontamine avant qu'on l'ouvre de nouveau. » Elle avait argumenté sur le fait qu'elle trouvait un peu gênant du coup de garder cette chose à la cave, mais il l'avait rassurée, lui garantissant qu'il allait s'en occuper. Et ils étaient passés à autre chose. *Qu'est devenu ce truc ?* Laura sauta sur ses pieds. Elle ne l'avait plus revu.

Un instant plus tard, armée d'une torche électrique, la jeune femme amorçait la descente de l'escalier de la cave. À chaque marche, son cœur tambourinait un peu plus fort. Le souvenir de son agression lui revint, plan par plan. Elle sentit les cordes autour de ses poignets, le souffle du tortionnaire aux yeux de cochon près de son cou, et sa voix. Cette horrible douleur qui lui avait transpercé le crâne.

Arrivée en bas, elle alluma l'ampoule au plafond. Observa le sac de frappe qui pendait à la poutre centrale comme un mort. Un frisson lui parcourut le dos. *Concentre-toi.*

Elle fit le tour de la pièce encombrée en en balayant chaque recoin du faisceau de sa lampe. Elle poussa deux chaises en plastique et un vieux bahut d'Erik, des cartons de livres et de disques vinyles. C'est derrière une grosse caisse de revues scientifiques qu'elle trouva le petit coffre blanc. La bouche de Laura s'assécha. Elle s'agenouilla, posa la lampe afin d'éclairer le cadenas qui verrouillait la porte. Elle composa le code « 2028# » et, tranquillement, le cadenas céda. La porte se déverrouilla sans difficulté. Le coffre contenait un document relié et une grande enveloppe en papier marron. Avec précaution, Laura ouvrit l'enveloppe et en tira des papiers buvards bleus. Sur l'étiquette en haut de la première page était inscrit « AT37 plasmides ».

26

Mardi 15 juillet, 8 heures

Raphaël se tenait pour la deuxième fois en vingt-quatre heures devant le portail des Hilgarson.

Il avait peu dormi, les cinq cafés qu'il avait bus le maintenaient éveillé, mais il n'était pas pour autant à 100 % de ses capacités. Son esprit réfléchissait à travers des brumes, son cœur battait à un rythme anarchique, comme s'il avait abusé de drogue ou d'alcool. Lorsqu'il sonna, son cœur accéléra encore sa course et fit des bonds. Le manque de sommeil n'était pas le seul responsable de son état fébrile. Le fait de se trouver là, de sonner, qu'elle ouvre la porte. Un mélange d'excitation, de sensation de n'avoir jamais été aussi présent dans sa vie et une timidité qui menaçait de lui faire perdre ses moyens le saisirent et le désemparèrent. *Qu'est-ce que c'est que ces sentiments à la con ?* C'était tellement puéril, insensé et inapproprié à tout point de vue qu'il bougonna et faillit rebrousser chemin pour envoyer Marie à sa place. Mais Laura apparut dans l'embrasure de la porte. Décoiffée, mal fagotée, les traits épuisés, les joues un peu trop rouges et les yeux brillants. En tout point vulnérable. Il plongea ses yeux dans ceux de la musicienne. Le regard de Laura l'emplit tout entier.

Et c'est à ce moment-là que Raphaël Ruis sut que son coup de cœur était plus sévère qu'il ne l'avait présumé.

Il ne pouvait pas lutter. Il se laissa emporter par un sentiment puissant qu'il adora éprouver et détesta tout à la fois.

— Que se passe-t-il ?

La voix de la jeune femme n'était qu'un filet d'air, cassé, à bout de forces.

— Il fallait que je vous voie.

Laura ramena les pans de son gilet sur elle.

— Vous auriez pu prévenir.

— Je voulais être sûr de vous trouver.

Le ton du policier était ferme. Laura fronça les sourcils.

— Que se passe-t-il ? répéta-t-elle.

— Puis-je entrer ?

Elle s'effaça. Quand le capitaine Ruis pénétra chez elle, il remarqua le plaid entortillé sur le canapé, les coussins en désordre, le bureau près de la fenêtre encombré de documents, l'ordinateur allumé. Et aussi le violon posé sur la table basse.

— Vous étiez en train de jouer ?

Laura hocha la tête.

— J'essayais de me détendre un peu, oui.

— Magistrale *Shéhérazade*, hier.

Laura cilla.

— Ah oui, c'est vrai, vous étiez là.

Raphaël se déplaça vers la bibliothèque, jeta un coup d'œil au cadre photo où Erik et Grégoire Forget étaient figés dans leur jeunesse et leur beauté pour l'éternité.

— Vous connaissez Consuela Hatling ?

Laura haussa légèrement les épaules.

— La musicienne de jazz ? De nom.

— Vous devriez regarder ce qu'elle fait en concert.

— Pourquoi ?

Raphaël la fixa un instant sans rien dire, surpris d'avoir tant parlé.

— Vous comprendrez.

Laura le dévisageait avec étonnement. Elle s'éclaircit la gorge.

— Encore merci d'être intervenu pour sauver mon amie.

Raphaël l'enveloppa d'un regard attentif.

— Elle a pris un sacré risque pour vous.

— J'en suis mortifiée.

— Elle a fait preuve de beaucoup de courage.

Il avait l'air tendu, presque énervé. Et en même temps, il avait cette présence rassurante, un roc. *Un bon père de famille.*

— Vous voulez un café ? demanda Laura. J'en ai fait.

— Avec plaisir, s'entendit-il dire alors qu'il était déjà en surdose de caféine.

Laura se déplaça vers la cuisine, où elle avait rempli la cafetière de café italien, ce qui lui laissa le temps de réfléchir. L'AT37 était en bas, dans le petit coffre de la cave. Il suffisait maintenant qu'elle le remette à l'Islandais dès qu'il lui en donnerait l'ordre et l'histoire s'arrêterait là. Il fallait seulement qu'elle gagne un peu de temps, une demi-journée. Elle revint avec deux tasses. Ils s'assirent en silence sur le canapé, chacun à un angle opposé, installés de trois quarts, se faisant presque face.

— Racontez-moi ce qu'il s'est passé depuis que l'on s'est vus à l'hôpital, questionna le policier.

Laura se leva, se dirigea vers la chaîne stéréo installée dans la bibliothèque pour lancer Radio Classique. Une rétrospective de Stravinsky. Elle revint s'asseoir.

— Rien de particulier. Enfin, à part l'état de mon mari qui n'évolue pas et le concert.

— Hum... Votre amie m'a pourtant dit qu'un homme, probablement son agresseur, cherche quelque chose qui appartient à votre mari. Qu'est-ce que c'est ?

Laura fixa le velouté noir de sa tasse.

— Quelque chose que je n'ai pas.

— Quoi ?

— Une molécule.

— Donc cet homme ne va pas revenir vous importuner...

— Non. Je ne crois pas.

Elle osa lever les yeux. Raphaël la regarda fixement, elle soutint son regard. Il savait qu'elle mentait. Elle savait qu'il savait. Mais elle allait devoir résister à l'envie de s'abriter sous son aile car sa maison, son téléphone, son quartier, sa vie étaient sous surveillance. Et son père, Erik et elle, en grand danger... Elle enchaîna :

— Je pense qu'il a trouvé ce qu'il cherchait lors du cambriolage.

Certes, mais l'agresseur avait tout de même traqué Delphine, pensant que c'était elle. Ce n'était pas cohérent avec son récit.

— Il y avait quoi dans ce laboratoire ?

— Je ne sais pas exactement.

En fait si, elle commençait à comprendre. Le congélateur avait dû contenir des virus modifiés, atténués, qui allaient recevoir le plasmide, la séquence d'ADN circulaire codant pour l'AT37. Et les plasmides se conservaient très bien sur un support solide et sec, comme un buvard, à température ambiante. Souvent – avait-elle lu sur des forums – les chercheurs s'envoyaient ainsi des plasmides par courrier. Les voleurs avaient donc dérobé le vecteur – les virus – qui pouvait véhiculer le plasmide jusqu'au cerveau, mais ils n'avaient pas trouvé le précieux plasmide qui contenait le code pour fabriquer l'AT37. Ce code, c'est elle qui le détenait à présent.

Raphaël l'observait, avec curiosité. Il ne semblait pas attacher une grande importance à ses paroles, dans le fond. Il regardait comme à travers elle, essayant de saisir pourquoi elle était obligée de mentir. Il finit sa tasse en silence, la déposa sans bruit sur la table basse, la main un peu tremblante, puis sortit son smartphone de sa poche de jean et afficha la photo de Thor.

— C'est lui ?

Le visage de son tortionnaire, même de trois quarts dos, était reconnaissable. C'était le type de la cave et celui du concert. Laura hocha la tête.

Raphaël poursuivit :

— Il se fait appeler Thor, il est très dangereux.

— Vous savez qui c'est ?

— Oui. Un Islandais, en cavale. C'est pour cela que je suis là ce matin.

— Arrêtez-le si vous savez qui c'est.

— Ce n'est pas aussi simple. Ce monsieur n'a pas l'air très coopératif.

Il rangea son smartphone et se pencha sur Laura, parlant à mi-voix.

— J'aimerais que vous nous aidiez à lui tendre un piège.

Laura regarda le policier sans rien dire, interloquée. Raphaël ajouta :

— Laisser un homme aussi dangereux que lui en liberté, c'est cautionner ses futurs crimes.

Il laissa s'installer un silence de réflexion entre eux. Silence que Laura ne brisa pas. Elle demeura muette, dans ses yeux on pouvait lire la peur d'être épiée, écoutée, et la terreur des représailles.

Raphaël défendit doucement son point de vue pendant quelques minutes encore, mais n'obtint qu'un silence figé.

Il finit par se lever.

— Bien. Vous avez mes coordonnées. Téléphonez-moi si vous changez d'avis.

*
* *

En une minute, le capitaine Ruis avait remonté l'allée privée et sauté sur le siège passager de la voiture garée dans la rue devant chez un fleuriste. Marie finissait un croissant, des miettes partout sur son T-shirt Betty Boop, sa queue-de-cheval perchée au sommet de son crâne lui donnant plus que jamais l'allure d'une étudiante.

— Alors, Don Juan, t'as fait craquer Shéhérazade ?

Raphaël regarda droit devant lui à travers le pare-brise.

— Elle va nous y mener.

— Tu l'as convaincue ? Bravo !

— Non. Mais je te dis qu'elle va y aller. Je l'ai senti, là, quand j'étais à côté d'elle. Elle est prête à l'action. On ne la lâche plus d'une semelle.

— C'est ta femme qui va être contente ! s'esclaffa sa coéquipière.

Raphaël se renfrogna. Ils patientèrent pendant un quart d'heure dans la voiture, chacun plongé dans ses pensées, regardant les clients acheter des bouquets de fleurs. Puis Marie se mit à tapoter sur le volant nerveusement.

— En fait, si je puis me permettre, que se passe-t-il avec cette fille ?

— Rien.

— Prends-moi pour un lapin de quinze jours ! Je sais reconnaître un mec amoureux.

— Mais non.

— Mais si !

Elle dévisagea son chef.

— Qu'est-ce que tu comptes faire ?

— Rien.

— Comment ça, rien ? Tu vas tromper ta femme ? C'est déjà fait ?

Les mâchoires de Raphaël se contractèrent.

— C'est bon, lâche-moi, c'est pas intéressant.

Mais Marie était lancée.

— Au contraire, ça m'intéresse beaucoup. Tu sais, mon ex a mené une double vie pendant un an. Je l'ai découvert par hasard en tombant sur des factures d'hôtels. Et je me suis retrouvée comme une conne.

Raphaël la dévisagea.

— C'était quand, ça ? Je ne savais pas.

— Avant que je sois mutée ici.

— Il a fait quoi ?

— Il a nié. Et puis il s'est barré, avec elle. J'étais enceinte. J'ai avorté.

Ils échangèrent un regard. Marie releva le menton.

— Tu vas faire comme ce clébard ? Te barrer avec une autre en laissant ta femme et ta famille derrière toi ?

Raphaël soupira et se pinça l'arête du nez.

— Non. C'est sordide. Je ne ferais jamais ça.

— Alors tu fais quoi ?

Le capitaine ne répondit pas pendant un moment, mais la barrière était tombée, il acceptait d'en parler.

— Je sais qu'on était trop jeunes avec Fabienne pour se marier, mais on s'aimait et on était bien ensemble. Je n'ai jamais été aussi lié à quelqu'un de toute ma vie. Je l'ai choisie, j'ai construit une famille avec elle et c'est comme une œuvre, que je respecte par-dessus tout. Tu vois ?

Marie pencha la tête.

— Et donc ?

— « Le désir est l'essence même de l'homme », disait Spinoza. J'aimerais que cela n'existe pas, mais cela est. Et oui, Laura Katz me retourne la tête quand je la vois. Mais tu sais quoi, je dois cesser de lutter contre ça et l'accepter. Et puis faire un choix et me donner des limites. Mon choix, c'est Fabienne et mes enfants.

Marie avança la bouche en cul-de-poule.

— Tu m'impressionnes, vraiment.

Raphaël se redressa.

— Ça y est, ça bouge.

Laura franchissait le portail et s'engouffrait dans sa voiture, garée devant.

27

Mardi 15 juillet, 11 heures

Sur la table de la salle de réunion des familles de l'hôpital Arago, il y avait deux thermos de thé et de café, des gobelets, un litre de jus d'orange et une boîte de gâteaux secs variés. Paule entra en premier, vêtue d'une tunique verte sur un pantalon de lin blanc, elle serrait sur son cœur un sac en toile. Ses yeux bleus délavés avaient beaucoup pleuré. Suivaient Tomas, l'air sombre, et Laura, en jean et chemisier bleu à fleurs, ses cheveux roux nattés, les yeux cernés. Elle avait reçu l'appel de Francis juste après le départ du capitaine Ruis et à peine eu le temps de prendre une douche et de s'habiller avant de foncer en voiture jusqu'à l'hôpital.

Francis fermait la marche, en blouse blanche. Il avait lui aussi pris quelques années ces derniers jours. Lorsque les trois membres de la famille eurent devant eux une tasse de café, le professeur s'adressa à eux.

— Je vous ai réunis ce matin car nous avons cessé toute sédation depuis vingt-quatre heures maintenant. Et, malheureusement, Erik ne se réveille toujours pas. Par ailleurs, nous avons procédé à plusieurs tests cognitifs, il ne semble pas conscient de son environnement.

— Il est encore dans le coma alors ? demanda Laura.

— Oui, mais il faut faire des tests supplémentaires pendant une semaine pour identifier de quel type de coma il s'agit. Selon les résultats, nous commencerons à pouvoir envisager un pronostic.

Paule sortit un mouchoir de son sac et se tamponna les yeux, sans regarder personne. Francis but une gorgée de café et fixa son attention sur Tomas, désormais le seul homme de la famille. Il avait encore quelque chose à dire et ce n'était pas facile. Tomas et lui s'étaient parlé la veille. Francis avait confié au frère d'Erik combien il était dur de soigner un proche, qu'on avait doublement peur de faire des erreurs, de passer à côté de quelque chose d'important. Qu'il essayait de garder son sang-froid en toutes circonstances alors que les résultats négatifs des examens tombaient les uns après les autres, mais que c'était impossible. Il se sentait tellement impliqué. « Erik est mon partenaire depuis la première année de médecine, avait-il dit à Tomas. Tu te rends compte ? On a toujours travaillé ensemble. C'est comme si je soignais mon propre frère. » Tomas avait acquiescé. Conscient qu'Erik partageait aujourd'hui avec Francis infiniment plus de choses importantes qu'avec lui.

Le médecin s'éclaircit la gorge pour aborder la véritable raison de cette réunion improvisée.

— Il y a un autre problème. Il semble qu'Erik soit porteur d'une bactérie résistante aux antibiotiques. Un agent pathogène inconnu qui cause une infection rénale. C'est peut-être la cause de sa difficulté à éliminer les produits de sédation.

La mère d'Erik porta une main à sa bouche, les yeux agrandis.

— Où a-t-il attrapé cela ? Ici ? s'écria-t-elle.

— C'est possible. Mais c'est plus probablement dû au fil barbelé lui-même.

Laura ne pouvait plus parler, encaissant ce nouveau coup la gorge serrée. Tomas fut le seul à parvenir à s'exprimer.

— Et que faites-vous pour contrer l'infection ?

— Nous tentons des antibiotiques à très large spectre et à très haute dose. Et surtout nous devons prendre des mesures de précaution, comme dans tout cas similaire qui se présente.

— Je veux le voir ! dit la mère.

— Je l'ai placé en isolement dans le service. Autrement dit, il a été installé dans une chambre en pression négative, empêchant toute fuite d'air. Il y restera en quarantaine jusqu'à ce que le danger soit écarté.

— Comme un pestiféré ?

— C'est la procédure, madame Hilgarson. On fait la même chose en cas de tuberculose par exemple.

— Je veux le voir !

— Oui, c'est possible. Mais dès lors toute visite se fera durant des horaires très stricts et à travers une vitre. Nous ne pouvons vous exposer à un danger et prendre le risque que le germe se transmette à l'extérieur.

*
* *

— Ça va aller, Francis fait tout pour que ça aille.

Tomas s'était glissé derrière Laura et tâchait de la soutenir devant la vitre à travers laquelle ils allaient désormais regarder Erik jusqu'au lever de la quarantaine.

— Il risque de mourir, murmura-t-elle.

Elle se remémorait l'homme superbe et charismatique qu'elle avait aimé et s'efforçait de faire coïncider cette image avec le malade devant elle, bardé de tuyaux, attaqué par un mal mystérieux. Mais aussi avec celui qui dessinait des visages hideux sur ses carnets, qui lui avait menti, qui couchait avec une chimère et rêvait de se transformer en surhomme.

Elle réalisa qu'elle allait peut-être perdre son mari, mais était-ce encore vraiment son mari ? Elle revit les yeux d'Erik lorsqu'ils projetaient de faire un bébé, pouvait-on mentir à ce point ? C'était à des années-lumière. Elle l'avait égaré en chemin ; mais quand ? Encore une fois, la question revint la harceler. Qu'aurait-elle dû faire pour ne pas en arriver là ? Elle n'avait pas su empêcher le drame.

Pour la première fois, et c'était comme une évidence à présent, elle comprit qu'elle n'avait jamais possédé Erik, d'aucune façon.

Bizarrement, cette pensée convoqua une image, celle de l'île de Port-Cros, où la famille Katz aimait faire des excursions l'été. Une réserve protégée, un maquis sauvage, une forêt de chênes verts touffue, des massifs épineux, des sentiers étroits, des plages secrètes, des pitons rocheux plongeant dans le velours sombre de la mer. Comme cette île à la fois accueillante et hostile, Erik l'avait laissée s'approcher, amarrer son bateau dans le petit port de plaisance et emprunter quelques chemins côtiers. Mais jamais elle n'avait pu pénétrer dans les raidillons sombres qui s'enfonçaient dans les terres, interdits au public. Il l'avait toujours tenue à une certaine distance de lui-même.

D'ailleurs, est-ce que, dans un couple, les conjoints se livraient-ils jamais totalement ?

Elle-même avait-elle permis à Erik de voyager hors des sentiers autorisés de son âme ? Ses tourments, sa culpabilité, ses introspections, elle ne les avait jamais réellement partagés. Une certaine pudeur et probablement une envie de cacher sa part d'ombre avaient jeté un voile opaque sur son intimité écorchée.

Lui avait-elle jamais confié la douleur qui pouvait l'éveiller la nuit ? Le souvenir de ce petit matin où son père et sa sœur étaient venus la chercher pour l'emmener à l'hôpital « dire au revoir » à sa mère entre la vie et la mort après sa « chute » volontaire.

Fillette, elle avait compris brutalement la finitude de la vie et n'en était pas ressortie plus forte, mais fragilisée à l'extrême. Désormais, elle aurait tout le temps peur. De l'abandon, de la perte, du coup de fil, de la mauvaise nouvelle. « Laura, il s'est passé quelque chose. » Cette peur était sa tache de naissance, sa tare secrète, qu'elle n'avait jamais pu effacer.

La douleur, pourtant émoussée par le passage des années, pouvait parfois, sans crier gare, l'empêcher de parler, la laissant K.-O. debout, un trou à la place du cœur. Elle pouvait alors s'enliser dans des sables mouvants où l'angoisse ne tardait par à l'engloutir, sans pouvoir lutter.

Laura avait dissimulé l'impact de cette tragédie à son mari. Pour paraître saine, entière, forte. Pas fracassée ni tourmentée, mal cicatrisée, comme elle l'était en réalité. Elle n'avait pas laissé Erik avoir accès à cette part fondamentale d'elle, de peur de le faire fuir. En avait-il fait de même par un accord tacite ?

Laura prit conscience que c'était peut-être ainsi que les couples se construisaient. Non pas en donnant quartier libre à l'autre sur sa *terra incognita*, en disant : « Vas-y, entre, fais comme chez toi », mais en balisant strictement le territoire autorisé, avec des sens interdits et des feux rouges, afin de garder la face et de paraître en tout point aimable. Peut-être était-ce un mal moderne, où le désir de paraître, l'injonction de la performance et du bonheur à tout prix s'insinuaient jusque dans les rapports intimes. Où être soi-même devenait quasiment indécent.

Leur couple avait été magnifique. Magnifique et artificiel.

— Nous étions chacun dans notre monde, isolés, dit-elle tout haut. Ensemble mais séparés. Pas sûre qu'on se soit vraiment compris, finalement. Il y a quelque chose que je n'ai pas su voir, pas su faire.

— Ne dis pas ça, ce n'est pas ta faute.

Laura se souvint brusquement de la présence de Tomas. Il se rapprocha d'elle.

— Si, en partie, fit-elle.

— Non, je t'assure... Faut être forte, je suis là. Tu peux compter sur moi.

Il la serra fort contre lui et lui caressa le dos. Elle accepta l'étreinte, Tomas la berça et déposa un baiser sur ses cheveux.

— Tu es si courageuse, toujours.

Laura se laissa aller à cette tendresse offerte, en savoura la douceur.

— Que vais-je devenir ?

— Rien de moins que ce que tu es aujourd'hui. Une femme exceptionnelle.

Laura, soudain gênée, se dégagea doucement. Tomas lui prit alors délicatement la main et l'entraîna vers la salle d'attente vide de l'autre côté du sas.

— Viens.

*
* *

Marie et Raphaël se garèrent une fois de plus devant l'hôtel particulier de Grégoire Forget. Deux policiers de garde avaient pris la relève devant l'hôpital.

— Ils en ont sûrement pour un bout de temps, avait dit Raphaël. On doit avancer.

— Il va falloir qu'il nous dise la vérité, ce coup-ci, fit-il plus tard en sortant du véhicule.

— Yep, répondit Marie. Monsieur le producteur s'est bien gardé de nous dire qu'il était en bisbille avec son grand ami à propos du film. Il était à la soirée, il est grand et maintenant il a un mobile. Il est donc suspect.

Cinq minutes plus tard, Grégoire Forget les accueillait de nouveau dans sa cuisine.

— Prenez place, je vous en prie. Vous désirez un café ?

Marie et Raphaël s'installèrent autour de la table et déclinèrent la proposition avec une impression de déjà-vu.

— On n'en a pas pour longtemps, attaqua le capitaine Ruis en sortant son carnet.

— Pourriez-vous nous repréciser quels étaient vos rapports avec Erik Hilgarson ?

Les lèvres de Grégoire s'abaissèrent en une moue dubitative.

— *Well*. Je pensais avoir été clair. Le Viking et moi on est les meilleurs amis du monde depuis qu'on a douze ans. Depuis son arrivée à Paris. Il est comme un frère.

— Vous aviez des rapports d'argent tous les deux ?

Grégoire se cala au fond de sa chaise et ramena les mains en coupole derrière sa tête.

— Pas vraiment, on travaillait pas du tout dans la même branche. Lui, il essaie de sauver des vies, moi, je fais du cinéma.

— Vous ne deviez pas faire un film ensemble ?

Les pupilles du producteur se fendirent.

— Comment savez-vous ça ?

— C'est mon travail, nota Raphaël simplement.

— *Well*. OK, c'était encore en pourparlers. Mais Erik m'a vendu les droits de son bouquin.

— Combien ?

— Un chiffre à six zéros. C'est un scénario incroyable. Un blockbuster en puissance.

— En effet, j'ai commencé à le lire.

— C'est de la bombe, hein ?

— Très cinématographique. Et vous aviez conclu un deal ?

— Oui.

— Sans anicroche ?

Grégoire sourit.

— C'est un mot qu'utilisait ma grand-mère. A-ni-croche. Non, sans problème.

Raphaël gratta quelque chose sur son carnet. Entre lui et Pandora, quelqu'un mentait.

— Erik avait-il des raisons de vous en vouloir ?

Grégoire saisit sa tasse à pleine main et en but plusieurs gorgées.

— Mais non ! Vous avez vu la fête que je lui ai organisée ? Vous croyez que j'aurais fait tout cela si on s'était disputés ? Lui et moi, c'est à la vie à la mort.

— Une certaine Katherine Pandore a pourtant déclaré qu'Erik Hilgarson cherchait à dénoncer le contrat d'achat des droits.

Grégoire tapa sur la table du plat de la main.

— Pandora ? C'est une folle !

Le capitaine Ruis ne pouvait lui donner tort, il visualisa une fraction de seconde une confrontation entre la performeuse aux multiples implants et le producteur de cinéma. Marie tiqua, elle ne supportait plus la suffisance de ce gars. Ruis poursuivit :

— Vous aviez des relations intimes avec elle ?

— Jamais de la vie ! Non mais vous avez vu l'engin ? Pardon, mais je joue dans une autre cour.

Marie commençait à bouillir intérieurement.

— Ça n'a pas rebuté votre ami Erik, pourtant, lâcha-t-elle brutalement.

Grégoire sembla soudain se souvenir qu'elle était là.

— Le Viking est quelqu'un de spécial, mademoiselle.

— Lieutenant Richer.

— Lieutenant Richer, si vous préférez.

— Spécial comment ? fit-elle.

— Hyper brillant en classe, propre sur lui, toujours premier, du genre adulé par les profs, mais capable d'être le pire des voyous d'un coup quand ça le prenait. Au fond, ça ne m'étonne pas tellement qu'il ait flashé sur cette créature. Il avait deux visages. Et d'un certain côté, c'était un délinquant.

Raphaël dressa l'oreille.

— C'est-à-dire ?

Grégoire sourit à l'évocation de ses souvenirs.

— Il avait un gars dans le nez en quatrième, l'Anglais on l'appelait, un crétin. Qui avait eu le malheur de le traiter d'attardé consanguin parce qu'en Islande on se marie entre cousins. Erik lui a tendu un véritable traquenard. Il l'a coincé un soir à la sortie des cours, l'a entraîné près de chez lui dans un terrain vague sur un prétexte bidon et l'a forcé à bouffer une mixture qu'il avait préparée, à base de produits toxiques piqués en cours de chimie. Le gars a failli crever. Mais il n'a jamais dénoncé Erik, tellement il a eu la trouille, et il ne l'a plus jamais approché.

Marie secoua la tête. *Délinquant un jour, enfoiré toujours*. Raphaël, lui, pensa à Laura, se demandant une fois encore ce qu'elle avait pu lui trouver.

— Il a eu des problèmes avec la justice ?

— Non, répondit Grégoire. À part ces quelques pétages de plomb, il était *sucessfull* et du genre gendre idéal. Faut dire que sa mère a toujours veillé à ce qu'il file droit. Dès qu'il déconnait, elle le retirait du lycée quelque temps, puis il revenait comme si de rien n'était. Tout beau tout neuf !

— Qu'est-ce qu'elle en faisait ? interrogea Marie.

— Il n'en parlait pas mais, à mon avis, il faisait des petits séjours à l'hosto pour se calmer.

Raphaël releva la tête.

— Il était malade ?

— Oui.

— Il a été interné ?

Grégoire balaya une mouche invisible devant ses yeux.

— C'est toujours ce qu'on a supposé. Mais chez eux c'était l'omerta.

Raphaël regarda Marie avec un drôle d'air. Elle le pratiquait assez pour savoir qu'il venait de comprendre un truc énorme.

— *By the way*, poursuivit Grégoire, c'est pour ça que son geste ne m'a pas tant surpris que cela. Parce que le Viking, il est impulsif et passionné, toujours borderline. Et là depuis quelque temps il était perturbé.

— Pour quelle raison ? demanda Marie.

Grégoire prit un temps de réflexion, puis se leva en repoussant sa chaise. Il ouvrit le grand tiroir du buffet et plongea les doigts dans un fatras de photos. Quelques secondes plus tard, il posait devant eux deux clichés. Le premier était celui qui se trouvait sur la bibliothèque de Laura, le couple d'amis, rayonnants. Sur le second, un troisième larron tout aussi blond les avait rejoints.

— On était en terminale. Là, c'est Erik et là, c'est Tomas.

— Son frère, commenta Marie. La ressemblance est frappante.

— Son frère aîné, oui. On était un trio inséparable. C'étaient les deux frangins que j'ai jamais eus. Ils s'adoraient, tous les deux. Très différents mais complices comme pas permis. Tomas protégeait beaucoup Erik. Malheur à celui qui touchait à son frangin. Et quand il disparaissait pour ses histoires de santé, Tomas veillait à ce que personne ne s'en mêle. Il lui faisait rattraper les cours, il l'épaulait pour le maintenir à flot. C'est grâce à Tomas qu'Erik n'a jamais eu de trous dans sa scolarité.

— Il n'était pas dans la liste d'invités pour son anniversaire pourtant, remarqua Raphaël.

— *No*, fit Greg.

— Pourquoi ? insista Marie.

— Ça fait trois ans qu'ils sont brouillés.

— Pour quelle raison ?

— La femme d'Erik… Laura.

Raphaël s'éclaircit la gorge. Il invita Grégoire à poursuivre. Marie jeta un coup d'œil à Raphaël puis croisa les bras sur sa poitrine.

— Tomas a rencontré Laura le premier, raconta Grégoire. Et quand je vous dis qu'il en est tombé fou amoureux, c'est peu dire. J'ai jamais bien compris pourquoi, du reste. Peut-être son côté musicienne évanescente. Mais trop froide à mon goût, à tous les niveaux, si vous voyez ce que je veux dire, ha, ha !

Raphaël le toisa. *Connard.*

— Pas une fêtarde, pas une rigolote, ça c'est sûr, poursuivit Grégoire sur sa lancée. Une cérébrale. Chiante, quoi. Tomas a toujours été le plus romanesque de nous trois. Il croyait au grand amour qui marque une vie, à ces conneries. Nous non, et surtout pas moi...

— Et donc ? le coupa Marie.

— Bref, le coup de foudre. Ils sont sortis ensemble et Tomas planait. On ne la connaissait pas. Il ne voulait pas nous la présenter, on le charriait. Il avait déjà été marié une fois mais ç'avait foiré. Et à quarante balais il retombait amoureux comme un gosse.

Raphaël sentit une chaleur lui envahir le cou.

— Que s'est-il passé ?

— On a fini par savoir qu'elle était violoniste et qu'elle se produisait à la Salle Pleyel. Alors un soir, on y est allés avec Erik. Pour voir de quoi la demoiselle avait l'air. Et c'est là que c'est arrivé. Tomas nous a présentés à elle. Et dès qu'Erik l'a vue, ç'a disjoncté dans sa tête. Erik n'est pas un tendre, c'est un célibataire conquérant, un prédateur. Et d'un coup, il lui fallait cette femme.

— Et il l'a piquée à son frère... commenta Marie.

— Erik est comme ça. Quand il veut quelque chose, personne ne peut le lui refuser.

Les lèvres de Marie prirent un pli amer.

— Son frère a dû apprécier.

— Il n'a même pas cherché à lutter. Il a simplement coupé les ponts et a disparu. Erik a compris sa réaction au début, puis l'a trouvée exagérée. Et ensuite il a commencé à lui en vouloir.

Raphaël retrouva l'usage de la parole.

— Vous êtes en train de nous dire que Tomas en voulait à mort à son frère de lui avoir piqué sa copine ?

— C'est ça.
— Il fait quelle taille, Tomas Hilgarson ?
— À peu près grand comme moi. 1,90 mètre.

*
* *

Pandora décrocha. Elle venait à peine d'ouvrir un œil.
— C'est Grégoire.
— T'as pas vu l'heure ?
— Tu as parlé aux flics ?
— Je parle à qui je veux.
— Ils viennent de partir de chez moi. Pourquoi t'es allée leur balancer qu'Erik et moi on était en compte ?
— C'est la vérité.
— Tu veux te venger parce que tu n'as pas eu le rôle ? Tu as gagné, maintenant je suis suspect à leurs yeux.
— Aux miens aussi, chéri.
— Garce ! Fais gaffe à toi.
Grégoire raccrocha au nez de la danseuse, excédé.

28

Mardi 15 juillet, midi

Tomas referma la porte de la salle d'attente et invita la femme de son frère à s'asseoir à côté de lui. Il était sombre et solennel.

— Je dois te parler, lui dit-il, prenant ses mains entre les siennes.

— On a déjà discuté de cela Tomas...

— Je n'en aurai pas pour longtemps, mais c'est très important. Je dois te parler maintenant.

Laura se tut. Tomas lui pétrissait les paumes à présent.

— Quand je t'ai rencontrée il y a trois ans, je suis tombé amoureux de toi. Tu représentes tout ce dont je rêve. Si Erik ne s'était pas interposé entre nous, je t'aurais demandé de m'épouser et je sais qu'on aurait été très heureux. On est faits du même bois, tous les deux.

Laura se figea, interloquée.

— Ce n'est vraiment pas le moment pour cela !

— Je m'en rends compte, c'est horrible ce que je fais. Mais ça m'étouffe. J'ai toujours trouvé qu'il ne s'occupait pas de toi comme tu le méritais, comme une grande dame. Il ne pensait qu'à lui. Et là je te vois te morfondre, culpabiliser, te flageller, et il faut que cela cesse. Il est temps que je te parle pour de bon.

Laura sentit des larmes d'épuisement envahir ses yeux. C'en était plus qu'elle ne pouvait supporter.

— Ce n'est pas le moment. Erik est entre la vie et la mort. Tu ne peux pas faire cela. Pas maintenant !

— Il n'était pas fait pour toi !

— Tu m'as déjà tenu ce discours il y a trois ans !

— Et tu n'as jamais voulu m'écouter.

La jeune femme retira ses mains et se leva.

— C'est bon, j'ai compris. Erik est un égoïste et je n'aurais pas dû l'épouser. Tout cela, je le sais, tu me l'as déjà seriné.

Tomas la fit se rasseoir doucement.

— Ce n'est pas d'égoïsme qu'il s'agit.

Les yeux de Tomas étaient sérieux et avaient perdu leur éclat.

— Laura... Erik est malade.

*

* *

La voiture de Marie s'était de nouveau postée en faction en face de l'hôpital Arago. Elle déballa deux sandwichs jambon-beurre et en proposa un à son coéquipier. Raphaël compulsait ses notes sur son carnet, il secoua la tête.

— J'ai pas faim, merci.

— Tant pis pour toi, fit-elle en mordant dans son pain. Bon, nous voici avec une foule de suspects.

— C'est clair. Le médecin, le frangin et le copain ont tous les trois la taille requise, et les deux derniers ont un mobile plus que solide.

— Plus Thor.

— Plus Thor.

Raphaël sortit sa tablette numérique et débuta une recherche. Marie lui proposa une bouteille d'eau, qu'il refusa encore. Au bout d'un certain laps de temps, il retrouva l'usage de la parole.

— Quand le producteur a confirmé le fait qu'Erik était malade, j'ai enfin fait une connexion.

Il sélectionna une application sur son écran et afficha les pages d'un livre.

— Depuis que j'ai commencé à lire le bouquin d'Hilgarson, *Human 3.0,* j'ai une drôle d'impression, une sensation de déjà-vu. Son héros, c'est Karl, un type obsessionnel qui veut devenir un superman, au sens littéral. Un plus qu'humain.

— Et...

Du pouce, il fit défiler les pages sur son écran.

— Écoute ce passage, c'est dans les premières pages du livre : « *Karl était tenaillé par le sentiment d'oppression, par la sensation de vivre sous l'eau, dans des galeries immergées qui ne le laissaient pas respirer. La chimie lui permettait de tenir la tête hors de l'eau, de reprendre son souffle, etc.* »

— Et ? répéta Marie en mâchonnant son sandwich.

— Quand le producteur a décrit la situation au collège, la mère, les probables hospitalisations, etc., c'est là que j'ai fait le lien. J'ai su où j'avais lu ça.

Sur son smartphone, il afficha la couverture d'un autre livre : *Un retour sur moi* d'Yves Lambec.

— C'est un bouquin que m'a conseillé Fabienne. Remarquable. L'auteur est un malade qui décrit sa descente aux enfers. Il faut que je remette la main dessus, mais je suis à peu près certain que ce qu'a écrit Erik est pompé plus ou moins sur celui-ci.

— Hilgarson aurait plagié l'autre ?

— Oui.

— Ça arrive tous les jours.

— On dit toujours que le premier livre qu'on écrit est autobiographique. Et Erik a créé Karl, ce personnage qui emprunte sa psychologie à Lambec.

Marie fronça les sourcils.

— Je ne comprends rien, pardon, Raph. Je n'ai lu ni l'un ni l'autre. Qu'est-ce qu'il a au juste comme maladie, cet auteur ?

— Il est schizophrène.

*
* *

— C'est impossible...

Laura secouait la tête.

— Je suis désolé, répondit Tomas. C'est la triste vérité. Il a un syndrome schizoïde. Diagnostiqué à dix-huit ans. Les médecins ont dit qu'il avait un terrain favorable et le fait de fumer trop de cannabis au lycée a déclenché les premières crises.

— Qu'est-ce que tu racontes ?

— Il avait une prédisposition génétique. Ma mère nous a fait jurer de ne jamais rien dire, personne n'est au courant, mais il est sous traitement depuis plus de vingt ans. On n'avait pas le droit d'en parler. Mais maintenant qu'il est... comme il est.

— Erik ne prend aucun médicament.

— Et ses cachets pour le cœur, tu crois que c'est quoi ?

Laura pâlit et secoua la tête.

— C'est insensé.

— Quand il ne prend pas son traitement, il peut avoir des hallucinations, des troubles de la personnalité, une tendance à l'addiction, à l'enfermement et au suicide... Il est dans un perpétuel état limite.

— Non, nia Laura faiblement.

— C'est pourquoi Paule et moi n'étions qu'à demi étonnés de ce qu'il s'est passé. Ce n'est pas la première fois qu'il se met en danger.

Laura releva le nez.

— Pourquoi ne m'as-tu rien dit avant ?

— J'ai essayé. Je t'ai dit qu'il n'était fait pour personne, qu'il allait te faire du mal. Tu ne voulais rien entendre.

— Tu n'as jamais prononcé les mots de maladie, de schizoïde...

Tomas se rembrunit.

— Tu ne m'écoutais pas, tu ne m'aurais jamais cru... Et puis j'ai eu peur de sa réaction s'il l'apprenait. Il peut être violent.

Laura haussa les épaules.

— Et pourquoi tu me dis cela maintenant ? Parce qu'il ne peut plus rien contre toi ?

— Je n'en peux plus de te voir te torturer à te demander ce que tu n'as pas fait ou mal fait. Erik est malade. Il a déconné, il a menti, il est incontrôlable. Tu n'y es pour rien.

— Mon Dieu...

Tomas se glissa plus près d'elle.

— Je suis là maintenant, et je veux t'aider.

Tomas la serra dans ses bras, mais le corps de Laura demeura raide et froid.

— On espère tous qu'il va s'en sortir, ne te méprends pas. Je suis là en ami.

Il lui caressa les cheveux.

— Donne-moi un peu de ton fardeau, ma douce.

Cette voix et ces mots parvinrent jusqu'à la mémoire de Laura et réactivèrent des sensations agréables du passé, avant qu'Erik ne fasse son entrée et n'emporte tout.

29

Mardi 15 juillet, 13 heures

Paule et Tomas étaient partis ensemble, couple inséparable qu'une névrose et de nombreux secrets liaient serré. Laura laissa le secteur de quarantaine se refermer derrière eux. Elle demeura là, devant la vitre, à regarder respirer son mari, sans trouver le courage de tourner les talons. Un sentiment de désespoir la submergea comme une marée de boue.

Erik, schizophrène.

Ces deux mots ne collaient pas ensemble.

Et en même temps, cela éclairait d'une lumière nouvelle les événements de ces derniers jours, leur donnant une certaine cohérence. En réalité, elle ne savait pas ce qu'était la schizophrénie, ni un trouble schizoïde. Entendre des voix ? Dédoubler sa personnalité ?

La pathologie ne devait pas être si lourde que cela puisque Erik avait réussi une brillante carrière. Elle soupira. De toute façon, peu importait. Il était là, aux portes de la mort. Saurait-elle un jour la vérité ?

Son téléphone émit un signal. Un nouveau message sur Twitter lui était adressé. Elle lut le tweet posté par le compte @at37brainregeneration.

Une photo d'elle, sur le parking de l'hôpital, vêtue comme aujourd'hui. Avec une légende : « Le délai expire. Je vais commencer par ton père. »

Laura fit volte-face et sortit du sas. Son cœur se mit à battre très fort, ses paumes devinrent moites. Le besoin impérieux que ça s'arrête la prit à la gorge. Dans une pulsion, elle rédigea une réponse au compte @at37brainregeneration :

Laura Katz@laurakatz1977. 15 juil.
Paquet trouvé. RDV ?

Elle fit un bond lorsqu'une main se posa sur son épaule. Francis se tenait à côté d'elle.

— Les règles sanitaires sont strictes, je suis navré. Il va être l'heure de partir.

— Je sais.

— Ça va ? Tu tiens le coup ?

— Oui. Mais c'est dur de le laisser ainsi.

— Il n'est pas seul. On est tous aux petits soins pour lui, ne te fais pas d'inquiétude. Et s'il y avait la moindre alerte, tu serais la première que je préviendrais. Tu viendras le voir demain. Entre 11 heures et 13 heures.

— Merci, heureusement que tu es là.

Laura se tut. Francis parla à voix basse.

— Plus personne n'est venu t'importuner ?

La jeune femme osa lever les yeux. Elle avait l'impression que Francis savait tout.

— Non.

— Je peux t'aider ?

— Non. Je dois y aller.

Ils se firent la bise. Francis regarda la femme d'Erik sortir de la chambre d'isolement et ferma la porte de communication à clé.

Laura monta dans sa voiture, traversée de sentiments désagréables. Elle perdait le contrôle sur à peu près tout, ne maîtrisait plus rien. Elle se sentait le jouet de forces extérieures sans pouvoir se défendre et sous surveillance permanente. Son téléphone émit un couinement, un nouveau tweet lui était adressé sur son compte.

AT37@at37brainregeneration. 15 juil.

Dépose le paquet à 16 heures, 156, rue Raymond-Losserand, cave 26.

*

* *

Il fallait qu'elle en finisse, oui. C'est ce que Laura se dit en arrivant devant chez elle. *Je me débarrasse de ce truc et qu'on n'en parle plus*. Elle n'était pas sûre d'avoir été suivie par la police ou par Thor, elle ne les avait pas repérés en tout cas. Il fallait qu'elle soit discrète en ressortant.

Elle observa un instant l'aspect extérieur de sa maison, remarqua que les feuilles du bougainvillée commençaient tout juste à se décolorer et que l'hibiscus explosait en larges fleurs rouges. Cette vision lui procura une sensation de joie aussi intense qu'éphémère. Ses émotions faisaient des montagnes russes sans qu'elle puisse les maîtriser.

Elle rentra chez elle. Il lui restait deux heures avant de se rendre au rendez-vous avec Thor. Et tout serait fini.

Un craquement la fit sursauter. Ce n'était que la maison qui jouait sur ses fondations.

Elle scruta les objets autour d'elle, puis s'assit derrière son ordinateur et se connecta à Internet.

Les vidéos de Consuela Halting étaient faciles d'accès sur le Web. Laura ne s'y était jamais vraiment intéressée, la jazz woman étant trop éloignée sans doute de son univers musical. Elle cliqua sur un lien. Une photo s'afficha. Une splendeur, visage et taille mannequin sous une boule de cheveux afro, en haut moulant et longue jupe droite fendue, sur scène. Ses bras enlaçaient sa contrebasse, plus haute, plus large qu'elle. Elle l'embrassait, impétueuse et sensuelle. Laura cliqua sur un autre lien, dans une interview, la musicienne se confiait : « *Avant la contrebasse, j'ai joué de la clarinette, du piano, du violon. J'aime les sons plus que tout. Je veux les absorber, les faire miens, les comprendre. Je suis née dans le monde de la musique classique, le jazz était une étrangeté pour moi. Le jour où j'ai touché une contrebasse, à 17 ans, tout a été bouleversé. J'ai ressenti ses vibrations uniques. Ma professeure m'a fait alors découvrir comment on improvisait une ligne de blues. J'ai compris que je ne serais plus jamais comme avant. J'avais trouvé la spontanéité. Ma liberté.* »

Laura sentit le sang accélérer sa course dans ses veines. Elle lança une vidéo. Sous ses yeux, la musicienne, enserrant l'instrument entre ses jambes, se mit à vibrer avec lui. Elle l'étreignait, ses doigts pinçant les cordes vigoureusement, une explosion de liberté exubérante, de précision et d'improvisation géniale. La salle était en liesse.

Subjuguée, Laura visionna plusieurs autres vidéos de la contrebassiste tantôt funky, tantôt groovy, qui faisait jaillir du plaisir de son monstre à cordes. La violoniste ne bougeait plus, saisie, le cœur en croix.

Quel lien Raphaël Ruis avait-il établi entre ce sublime talent et elle-même ?

Qu'avait-il voulu lui dire par : « Vous devriez regarder ce qu'elle fait » et : « Vous comprendrez » ? Était-ce une critique déguisée ? Une mise en abyme objective ? Un sentiment d'insignifiance l'envahit.

Elle saisit son violon, le cala sous son menton, là où la mentonnière laissait une tache ombrée sur la peau, et tourna les pages de la partition jusqu'au troisième mouvement, où Shéhérazade emporte le cœur du maharadjah. Le solo le plus technique et le plus expressif aussi. Elle prit une inspiration et se lança.

Telle une vocalise, la mélodie s'éleva. Courbe sinueuse, portée par des notes conjointes qui tourbillonnèrent sur elles-mêmes comme une danseuse. Laura s'évertua à bien jouer, malgré la douleur de son auriculaire qui se rappela à elle, malgré l'angoisse au ventre. Elle donna tout ce qu'elle avait pour que s'exhalent autour d'elle tous les parfums de l'Orient.

Mais soudain, l'archet retomba le long de sa jambe, elle cessa de jouer, bouche serrée. Son coude droit était raide, bien trop raide. Sa tension intérieure ne parvenait pas à se transformer en énergie créatrice. Elle demeurait prisonnière de ses muscles. Elle jouait avec son cerveau, son intelligence, pas avec son corps, encore moins avec ses tripes.

Depuis ses premiers cours, avec Aaron, revenait cette même injonction : « Libère ton geste. » D'abord dit d'une voix relativement douce par un père soucieux de transmettre à sa fille la passion qui rythmait son existence. Puis le ton, au fil des ans, s'était durci, jusqu'à devenir brutal. « Veux-tu toute ta vie rester un deuxième ou troisième violon ? Tu en prends le chemin ! Il faut travailler, Laura, travailler ! » Et tous les week-ends, et toutes les vacances, et tous les mercredis n'avaient plus été consacrés qu'à l'étude de la musique, en famille. Uniques, précieux et douloureux moments. Mais malgré toutes ces heures de labeur, de répétition sans relâche, telle une athlète de haut niveau, elle n'était pas parvenue à faire naître de ses doigts autre chose qu'un jeu parfait, non dépourvu d'aspérités mais trop calibré, dans les clous, désespérément propre.

Consuela Halting faisait corps avec sa contrebasse, la chevauchait comme un pur-sang, un amant. Et elle ? Comment considérait-elle son violon ? Comme un compagnon bienveillant, sûr, fidèle. Un bon chien. Était-ce suffisant ? Elle déclenchait certes des applaudissements nourris, mais point de cris, d'interpellations débridées. Évidemment, leurs styles et leurs instruments n'avaient rien à voir. Mais que voulait-elle au fond ? Une écoute compassée ?

Les notes dansèrent devant ses yeux et elle fut prise d'un vertige. Pour la première fois, elle prit conscience que son jeu, techniquement habile et maîtrisé, était dénué de cette passion bouillonnante qui transportait les foules. C'était cela que Raphaël Ruis avait voulu souligner. Était-elle capable de passion ? Oui ! Elle avait désiré, voulu Erik, de manière impétueuse et folle, bravant les convenances. Oui, elle en avait été capable. Et même si aujourd'hui ce choix ne lui apparaissait plus forcément comme le meilleur de son existence, elle ne pouvait le regretter car il avait fait naître un goût d'absolu inédit chez elle. Si seulement elle avait trouvé le moyen de transmettre ses sentiments puissants à ses mains !

Laura redressa son violon, ferma les yeux et allongea son expiration. Le constat était amer, mais pas tout à fait juste. Elle avait vécu un état de grâce où son être profond avait fusionné avec l'expression de son art lors des trois dates avec Higelin au Casino de Paris. Le public n'était pas là pour elle, loin d'être acquis, et, pour une fois, le défi s'était déplacé. Il ne s'agissait plus de virtuosité mais d'émotion. La mélodie n'était pas difficile en soi, mais le challenge était pourtant immense. Elle devait se livrer. Les yeux de l'artiste, son sourire de vieux sage l'avaient guidée sur d'autres sentiers que les chemins habituels maintes fois empruntés. Elle s'était laissé mener en ses terres inconnues et avait lâché prise.

Laura persévéra un moment. Puis reposa son violon sur son chevalet, déçue. Plus tard, il lui faudrait réfléchir à ce que tout cela signifiait, car elle pressentait qu'elle venait de toucher un nœud crucial à dénouer. Mais, pour l'instant, elle avait quelque chose à régler.

*
* *

La musicienne redescendit l'escalier de la cave, d'un pas plus affirmé cette fois. Elle s'agenouilla devant le petit coffre et composa le code du cadenas. La porte s'ouvrit aussi aisément que le matin. Le brevet et les buvards estampillés AT37 étaient toujours là. Elle fut de nouveau surprise que l'objet tant convoité soit juste là, à portée de main.

Très délicatement, elle souleva l'enveloppe chargée de plasmides. Est-ce que ces trucs-là se décollaient ? Aucune idée. À l'intérieur se trouvaient des gènes capables, une fois intégrés dans un virus, puis le virus injecté dans n'importe quel cerveau, de faire produire aux neurones de l'AT37. La molécule qui augmentait les potentialités cérébrales. À la naissance, le bébé cessait de produire cette molécule qui fixait les neurones là où ils étaient nécessaire. Erik avait découvert le moyen de rendre au cerveau adulte cette capacité qu'il avait eue *in utero*.

Elle remonta dans le salon, et déposa l'enveloppe et le brevet dans un porte-documents. Elle prit alors pleinement conscience de la gravité de son geste et de ses conséquences. La recette d'Erik pour redonner une forme de jeunesse au cerveau allait être lâchée dans la nature. Et personne, surtout pas elle, ne pouvait prévoir par qui et comment ces composants allaient être utilisés. Les plasmides codants pour l'AT37 pourraient probablement s'avérer redoutables en donnant des pouvoirs augmentés à des gens dangereux. Et si, comme l'avait soulevé Luc Grosjean, la protéine entraînait, de plus, des effets secondaires, alors ce qu'elle s'apprêtait à faire était un crime. Erik l'avait trahie. Elle allait à son tour le trahir et commettre un délit. Tout ça n'était qu'un terrible et grand gâchis. *Ai-je le choix ?* Elle pensa à son père.

*
* *

— Ça bouge, observa Marie.

Raphaël leva les yeux pour voir Laura Hilgarson sortir de chez elle et se diriger vers eux. Elle dépassa la voiture banalisée sans les voir, regardant droit devant elle, direction le métro Pernety.

— Démarre ! lança Raphaël.

— On est en sens interdit, remarqua Marie, à propos.

— Je descends et toi tu fais le tour, fit son coéquipier.

Il compta jusqu'à dix et sortit du véhicule.

30

Mardi 15 juillet, 15 h 50

Le 156 de la rue Raymond-Losserand était dans le secteur le plus mal famé du XIVe arrondissement. Laura avait fréquenté le lycée de la porte de Vanves, non loin de là, à l'époque où la guerre des clans débutait. Elle passa devant le numéro 50. La très longue rue offrait encore sur quelques mètres un visage bucolique.

Elle parvint à la hauteur du métro Pernety. Peu d'immeubles haussmanniens, des façades en plâtre, des ruelles pavées, des maisons individuelles avec des jardinets, beaucoup de verdure, des ateliers d'artistes. Elle traversa la rue verdoyante des Thermopyles, aux maisonnettes charmantes mais vétustes. Chaque année, les résidents y organisaient une fête de village, avec ciné en plein air, buvette et chansonniers. Et toujours cette nonchalance des badauds qui prenaient leur temps pour faire leurs courses dans les petits commerces de bouche.

En quelques enjambées, Laura atteignit le métro Plaisance puis la rue d'Alésia, le début de la métamorphose. Tel un cours d'eau, la grosse artère séparait les deux rives. En traversant le passage piéton, on passait « de l'autre côté » de la ligne de démarcation, vers le XIVe le moins engageant. À droite, l'hôpital Saint-Joseph, à gauche, les cités « sensibles ». On pénétrait petit à petit dans le quartier dit « de la porte de Vanves », du sud-ouest de l'arrondissement, enclavé entre le boulevard périphérique, les voies de chemin de fer de la gare Montparnasse et les hôpitaux. Un quartier chaud.

*
* *

— On dépasse Plaisance, prévint Raphaël dans son oreillette.

Il se hâtait, prenant soin de laisser cinq ou six personnes entre Laura et lui.

— Je m'approche, répondit Marie, qui roulait dans la rue parallèle.

— Elle continue.

— Tiens-moi au jus.

— Je suis presque au 156, lâcha le capitaine.

— Que fait-elle ?

— Elle est devant le portail.

Laura se trouvait en effet devant le porche d'une barre d'immeubles en brique rouge donnant sur une impasse sombre. À vingt mètres d'elle, Raphaël épiait le moindre de ses gestes, priant pour qu'elle ne franchisse pas la haute grille. Perdu.

Il la vit consulter son portable, marquer un temps d'arrêt. Elle semblait hésiter, réfléchir. Puis elle entrebâilla le portail juste assez pour pouvoir passer.

Marie retrouva Raphaël de l'autre côté de la rue.

— Elle vient d'entrer, annonça-t-il.

— *Fuck !*

— Thor savait qu'on ne pourrait pas la suivre. On est connus comme le loup blanc là-dedans.

— L'alerte sera donnée à la seconde où on se pointera.

— Je demande du renfort en civil, fit Raphaël en lançant un appel. Samira et Yanis.

— Des stagiaires ?

— Ils ne seront pas identifiés, eux. On n'a pas le choix. Faut pas la laisser dans ce coupe-gorge.

Marie sortit un paquet de cigarettes de la poche arrière de son jean et en alluma une.

Raphaël donna ses ordres au téléphone, puis il taxa une clope à sa consœur et tira une longue bouffée avec soulagement.

*

* *

Six barres d'immeubles s'alignaient le long de l'impasse, tels des dominos de brique rouge. Devant le premier hall d'entrée, une grappe de jeunes discutait, dos au mur. Laura avala péniblement sa salive, serra son porte-documents contre elle et avança droit devant. Les conversations se turent. Douze gaillards la dévisagèrent.

— Bonjour, lança-t-elle. Je cherche la cave 26.

Un grand type en débardeur blanc et bermuda trop large d'où dépassait l'élastique de son slip darda sur elle un regard suspicieux.

— T'es d'où toi ?

Elle soutint son regard.

— J'habite plus haut.

— Où ?

— Vers Gaîté.

— Tu veux branler quoi dans la 26 ?

Un plus petit, bandana rouge sur le crâne et barbe mal taillée, enfonça les poings dans ses poches de jean baggy et se gratta ostensiblement les testicules.

— Tu veux que j't'accompagne ?

— Ouais, on t'accompagne, si tu veux ! s'esclaffa un grand sec tatoué dans le cou.

Les poils de Laura se hérissèrent. Un freluquet aux longs cheveux et dents gâtées, en short et maillot de basket, se tenait en retrait. Elle pointa le menton vers lui.

— Vous, vous voudriez bien me montrer la cave 26, s'il vous plaît ?

Des sifflets retentirent.

— T'as la cote, Luigi !

Le jeune homme regarda une fraction de seconde la pointe de ses baskets puis releva le nez.

— Vous cherchez quoi ?

— J'ai rendez-vous avec Thor, répondit Laura avec tout l'aplomb dont elle était capable.

Le nom fit son effet. La meute sembla se calmer et le freluquet lui lança : « Suivez-moi. »

Laura fendit la foule de garçons qui se referma derrière elle. La lumière du soleil fut happée brutalement par la pénombre de la cage d'escalier. Ses yeux mirent un instant à s'adapter. Petit à petit, elle distingua des silhouettes assises sur les marches à côté d'une rangée de boîtes aux lettres délabrées et d'une plante rachitique qui perdait ses feuilles. Ça sentait le joint, l'after-shave et la sueur. Laura avança en évitant de croiser les regards. Elle avait la sensation de n'être qu'une paire de fesses et de seins. Quelqu'un siffla.

— Elle est bonne, Luigi !

Laura demeura dans les pas du freluquet, regardant devant elle, essayant de se composer un visage neutre qui ne révélait rien de sa terreur. Ils s'arrêtèrent face à une porte grise où était peint le mot « caves ».

*
* *

— Bordel de Dieu, mais qu'est-ce qu'ils foutent ! pesta Raphaël, qui faisait les cent pas sur le trottoir d'en face en tirant sur sa cigarette.

— Laisse-leur le temps d'arriver, répliqua Marie.

— Elle va se faire agresser…

— T'es casse-couilles. Il ne lui arrivera rien.

— Tu te fous de moi ? Et cette fille qui s'est fait prendre dans une tournante le mois dernier ?

Marie observa son chef qui perdait son sang-froid, encore une fois.

— Je vais entrer, rétorqua-t-il.

La policière le fusilla du regard.

— Pas question, tu ne bouges pas. On doit coincer ce type. Si on donne l'alerte, il disparaît. Tu le sais aussi bien que moi. Bordel, ressaisis-toi !

*

* *

Laura s'agrippa à son porte-documents, une rigole de sueur dégoulinait le long de sa colonne vertébrale. Son chemisier lui collait au corps. Le freluquet ouvrit la porte et ils s'engagèrent dans un couloir. C'était bas de plafond, à demi éclairé par une ampoule verdâtre. La porte claqua dans leur dos. Laura sursauta. Ils passèrent devant des placards techniques et des gaines de tuyaux, puis se retrouvèrent face à un escalier de ciment en colimaçon qui s'enfonçait dans l'obscurité.

— C'est en bas, grogna le gars.

— Et la cave 26 ?

— C't écrit d'ssus.

— Y a quoi dans cette cave ? insista Laura.

— J'sais pas.

Le freluquet tourna les talons. Laura se retrouva seule, en haut des marches. Elle chercha un interrupteur et l'actionna. D'horribles dessins de faces haineuses lui sautèrent au visage, des pénis barrés d'énormes *fuck you*, des têtes de mort bariolées et des graffitis ésotériques. Une giclée d'adrénaline inonda son cerveau. Son sang se mit à pulser dans ses oreilles, derrière ses orbites et dans sa gorge. Ses muscles se bandèrent. Sa vision se rétrécit. Elle serra les mâchoires à les briser.

Des fourmis plein le corps, elle franchit une marche. Et puis deux, trois, quatre. Son ouïe percevait tous les sons amplifiés. Le chuintement d'une chaudière, des voix au-dessus, un bruit de gargouille. Elle descendit, un pied après l'autre, pétrie de peur.

En bas de l'escalier, elle découvrit un couloir sombre percé de portes en bois cadenassées. Au plafond couraient des tuyaux pleins de poussière. Tout à coup, elle sentit de nouveau ses bras enchaînés au-dessus de la tête, son corps écartelé, ses articulations distendues. La main métallique de Thor se referma sur sa gorge, la douleur fendit son crâne et son bras, l'os de son doigt craqua. Laura plaqua les mains sur ses yeux.

— Putain ! s'écria-t-elle.

Elle rouvrit les paupières et sa terreur se mua en rage. Son dos se raidit, son regard vira au noir et sa voix sortit forte et timbrée.

— Alors Thor, tu te caches !

Seuls les crachotements de chaudière lui répondirent. Elle releva le menton et marcha droit devant elle, prête à en découdre. Sur chaque porte était tracé un numéro à la peinture blanche. Elle se mit à compter tout haut.

— 1, 2, 3, 4, 5... t'es où ?

Son taux d'agressivité grimpait de seconde en seconde.

— 8, 9, 10. Montre-toi ! T'as peur ou quoi ? 13, 15. Les hommes ne sont que des lâches ! Et les Islandais sont les pires. Les Vikings ! Peuh, tu parles ! S'attaquer à une femme, seule, dans le noir. Bravo. Beau courage. 18, 20, 22. Mais tu vois, je suis encore là. Et j'ai assuré pendant le concert. J'ai même été excellente. Tu ne m'as pas vaincue ! Et maintenant je viens solder mes comptes avec toi. Tu vas en faire quoi de cette molécule, hein ? Te rendre intelligent ? Allez, sors de ta planque. Je suis là !

La porte 26 ressemblait à toutes les autres.

Sauf qu'elle n'avait pas de cadenas.

Et la porte était entrouverte.

Laura eut un mouvement de recul. Son muscle cardiaque pulsa à grands coups contre sa cage thoracique.

— Montre-toi !

Pas de bruit. Elle se mit à tambouriner à la porte.

— Je suis là !

Rien. Elle saisit le battant de bois et le tira brusquement à elle.

Ses yeux fouillèrent l'obscurité, en vain.

Elle attrapa son téléphone et balaya l'intérieur de la petite pièce du faisceau de la lumière, avec un sentiment de déjà-vécu.

La lueur bleutée accrocha quelque chose, elle s'avança, éclaira mieux, deux pupilles brillèrent dans le noir.

*
* *

Dans un état second, Laura détala à toutes jambes, droit devant elle. Un croisement. Elle prit à gauche, au pifomètre, cherchant un escalier qui allait la ramener à la surface. Elle courait, serrant le porte-documents contre elle. Le couloir n'en finissait pas. Les caves défilaient, 111, 113, 115. Encore un croisement. Et bientôt quelques marches, une porte. Elle fonça dessus et se projeta dans une cage d'escalier déserte. La porte du hall. Le grand jour. La délivrance. Elle était devant la quatrième barre d'immeubles. Un attroupement s'était formé au pied de la première.

*
* *

Un brassard orange « police » au bras, Raphaël parlementait, au milieu d'une vingtaine de jeunes, devant le hall A. Marie se tenait prête à intervenir, la main sur son arme. À peine entrés dans la cité, Samira et Yanis, les deux bleus, avaient été repérés et chahutés. Le capitaine Ruis et son adjointe avaient dû intervenir.

— On cherche un grand gars qui se fait appeler Thor, expliqua Raphaël.

— Jamais vu, fit un brun costaud.

— Et la femme qui est entrée ici, où est-elle ?

— Dans les caves, dit le freluquet.

Raphaël se retourna vers Marie et fit signe aux deux jeunes policiers de rester en faction.

*

* *

Laura rasa le mur opposé aux entrées d'immeuble, et se faufila derrière l'attroupement devant le hall A sans que personne fasse attention à elle. Soudain, elle perçut des bruits de voix en provenance des caves. Il y eut un mouvement de foule, tous se précipitèrent à l'intérieur du bâtiment. Elle accéléra le pas. Déguerpir.

Dès qu'elle fut de nouveau dans la rue Losserand, elle rebroussa chemin en direction de la rue d'Alésia et se mit à marcher très vite, puis ses jambes se mirent à courir. Arrivée au métro Plaisance, elle dévala les marches en s'accrochant à la rampe pour soutenir ses genoux qui flanchaient. Elle avisa un usager qui avançait vers les portillons.

— Pardon, monsieur, je peux passer avec vous ?

Elle se colla à lui et franchit le tourniquet. Une seule chose importait, mettre de la distance entre la cave et elle. Le métro arrivait à quai, elle sauta à bord. La rame était peu bondée. Elle s'assit sur un strapontin, les jambes en coton, le feu aux joues, la poitrine sifflante. La ligne 13 traversait tout Paris. Des mouches noires devant les yeux, elle lut les stations sur le panneau indicateur. Montparnasse, Invalides, Champs-Élysées, Porte de Clichy... Où descendre ? Où serait-elle en sécurité ? La rame s'arrêta à la station Pernety. Laura laissa se refermer les portes après que l'alarme eut retenti. Le métro roula encore puis entra dans la station Gaîté. Laura se leva d'un bond et sauta du train. Elle courut, grimpa les escaliers, prit la sortie du centre commercial et se retrouva dans l'avenue du Maine. La chaleur était encore forte, sa chemise lui collait aux omoplates. À droite, elle s'engouffra dans la rue de l'Ouest et, quelques instants plus tard, elle sonnait chez Aaron Katz.

*
* *

— Toi ici ? s'alarma M. Katz. Je t'ai dit que j'allais bien, pas besoin de te faire tant de souci, ma chérie.

Il était habillé de manière plus soignée qu'à l'ordinaire, un pantalon de lin gris et une chemisette de la même matière. Ses cheveux lissés en arrière.

— Tu sortais ? demanda Laura.

— Non, je lisais. Entre donc. Que se passe-t-il ?

Laura posa son sac dans l'entrée, pénétra dans le living et se laissa tomber sur le divan.

— Tu as l'air en forme, dis donc...

Les yeux d'Aaron avaient perdu ce voile opalescent qui les recouvrait depuis quelques mois. Cet air distrait aussi. Il semblait plus présent et lucide. Laura éclata en sanglots.

*
* *

Raphaël ouvrait la marche, pistolet et lampe au poing, prêt à l'assaut. Marie suivait. Tous deux évoluaient dans le réseau de caves tandis que Samira et Yanis contenaient la meute de jeunes en haut avec interdiction à quiconque de descendre. Si Thor était encore dans ces murs, il ne devait pas leur échapper. Ils avançaient l'un derrière l'autre, parfaitement coordonnés dans l'action, se déplaçant à pas de loup. Seul le ronronnement d'une chaudière quelque part rompait le silence épais. Ils remontèrent le long des caves, l'une d'elles avait sa porte ouverte. La 26. Raphaël fit signe à Marie qu'il s'engageait. Elle se posta dos au mur pour le couvrir. Le capitaine Ruis approcha encore, puis du bout de sa chaussure rabattit complètement la porte contre le mur, jambes fléchies, arme pointée.

— Putain !

En un bond, Marie fut à ses côtés. Raphaël éclairait de sa lampe le visage torturé de Thor, pendu avec un fil de fer barbelé.

31

Mardi 15 juillet, 17 h 30

Les bras autour de ses genoux, assise sur le canapé, Laura avait pleuré tout son soûl. Maintenant, les larmes s'étaient taries et elle reniflait sans parler, écrasée par le poids de tout ce qui venait de lui arriver. Et aussi par les scrupules à devoir accabler son père fragilisé.

— Vas-tu enfin me dire ce qu'il se passe ? tonna Aaron qui l'entourait de ses bras.

Laura se moucha dans un mouchoir en papier que lui tendait son père.

— Je ne voulais pas te stresser avec cela, je suis désolée. Je n'aurais pas dû venir.

Elle esquissa un mouvement pour se lever. Mais Aaron, avec une poigne surprenante, l'en empêcha.

— Ça suffit maintenant ! Ça fait des jours que tu me prends pour un imbécile. J'ai traversé des épreuves bien plus rudes que tu ne peux l'imaginer et ne suis pas encore mort, au cas où tu ne l'aurais pas remarqué. Je suis capable d'entendre bien des choses. Alors parle !

La jeune femme regarda son père avec étonnement. Quelle vigueur inattendue. Cela faisait longtemps qu'il ne lui était pas apparu aussi prompt à la réplique. Elle hésita une fraction de seconde et puis la digue lâcha.

Et elle raconta tout, en vrac, Erik, sa maladie, le laboratoire clandestin, les virus, les plasmides, la tentative de suicide de son mari qui n'en était peut-être pas une, et puis aussi Pandora, Thor, la menace qui pesait sur eux... Elle passa seulement sous silence la relation amoureuse que son mari avait eue avec la danseuse – par pudeur, par honte peut-être aussi – et édulcora la séquence de la cave.

Elle n'acheva son récit qu'au bout d'une demi-heure. Son père ne l'avait pas interrompue une seule fois, mais petit à petit la commissure de ses lèvres s'était abaissée.

— Je vais t'épargner le couplet « Erik n'était pas fait pour toi », d'accord ? finit-il par dire à mi-voix.

— Papa ! Si c'est pour entendre ça, je m'en vais !

— Bon, bon. Pardonne-moi.

— Et je croyais que tu l'appréciais, en plus !

— Oui, beaucoup, mais vous appartenez à deux mondes trop différents. Je te l'ai dit dès le départ. Quelqu'un de plus doux t'aurait mieux convenu. J'ai toujours trouvé qu'il avait quelque chose d'à part qui ne pouvait pas coller avec toi. Qu'importe. Qui a fait ça au type que tu appelles Thor, à ton avis ?

Laura secoua la tête.

— J'en sais rien.

— Tu n'as pas une idée ?

— Aucune. Je n'y comprends rien. Pour moi, c'était lui qui était commandité par la firme islandaise pour reprendre l'AT37.

— Tu dois aller voir la police pour témoigner. Mais d'abord, tu vas régler ce problème de... « plasmides », tu dis ?

— Oui.

— Tu ne peux laisser circuler un produit aussi redoutable. Une fois qu'il aura été détruit, ils cesseront de s'entretuer autant qu'ils sont ? Tu n'aurais jamais dû entrer dans ce jeu.

— Thor menaçait de s'en prendre à toi, à Erik et à moi si je ne le lui donnais pas !

— Erik est entre la vie et la mort et moi, ma vie ne vaut plus grand-chose. Quant à toi, ils ne sauront jamais que tu as détruit ce qu'ils cherchent. Où sont ces plasmides ?

— Dans l'attaché-case.

— Détruis-les. Tu n'as pas le choix.

Aaron tapota légèrement la main de sa fille.

— Tu as été très courageuse. Ce qui est arrivé à ton mari est horrible. Quant à l'autre, bon débarras. Mais maintenant, c'est à toi d'agir.

Son père désigna le porte-documents.

— Détruis ça. Immédiatement.

— Tu le penses ? Vraiment ?

— Sans hésitation. Ton mari a créé quelque chose de dangereux. Je ne nie pas que cette découverte puisse être utilisée pour une bonne cause, ça l'est toujours au début. On te fait croire qu'on va sauver des vies, guérir des gens, et peut-être que c'est vrai. Mais après ? Tu trouveras toujours quelqu'un pour essayer de détourner le traitement pour son propre intérêt. De s'en faire injecter alors qu'il va très bien, juste pour devenir supérieur aux autres. L'AT37 est une bombe à retardement.

Laura regarda son père fixement.

— Tu as l'air de bien connaître l'affaire, dis-moi.

Aaron ne cilla pas.

— En effet.

Il se leva et marcha jusqu'à une de ses étagères surchargées de bibelots et de photos encadrées. Laura, Sarah et leur mère. Aaron et sa femme à Jérusalem.

— Il y a trois mois, en sortant de la salle de bains après ma douche, je suis passé devant ces photos que je contemple tous les jours depuis trente ans. Et là, j'ai eu une véritable absence. Je me suis demandé qui était là avec moi au mont des Oliviers.

Le vieil homme soupira.

— Pendant un instant, j'ai oublié ta mère, ma chérie. Ta merveilleuse, ton adorable mère. La femme que j'ai aimée le plus au monde et à qui je pense chaque jour.

Je ne l'ai pas reconnue. Il m'a fallu quelques minutes pour me rappeler qui elle était.

Laura écoutait son père avec attention.

— Alors j'ai appelé ton mari, parce que c'est son rayon. Et il m'a conseillé tout de suite de voir le professeur Chelles.

— Oui. Je t'y ai emmené, papa.

— Je sais que tu m'y as accompagné, je ne suis pas gâteux ! Mais tu m'y as laissé la journée et, dans l'après-midi, ton mari est repassé me voir.

*

* *

Deux mois plus tôt

Erik entra dans la chambre d'hospitalisation de jour où Aaron somnolait. Son beau-père ouvrit les yeux.

— Tu es revenu ? Il ne fallait pas.

— Aaron, puis-je vous parler franchement ?

Aaron Katz hocha la tête.

Erik prit place sur le lit.

— Les résultats des examens ne sont pas fameux. L'imagerie cérébrale montre que certaines zones de votre cerveau, impliquées dans la mémoire, comportent quelques lésions qui portent à croire que vous auriez probablement un début de maladie d'Alzheimer.

Aaron Katz avança les lèvres en cul-de-poule et ses yeux s'étrécirent.

— Combien de temps avant que je ne reconnaisse plus mes filles ? que je me perde dans les rues ? que j'allume le gaz sans m'en rendre compte ?

Erik secoua la tête.

— La progression est lente, mais elle est inéluctable. Nous avons des moyens de la retarder, c'est pourquoi plus tôt on la diagnostique, mieux c'est.

— La retarder, mais pas la guérir.

— En effet. Aaron, vous avez traversé des épreuves au-delà de l'imaginable quand vous étiez enfant. Vous êtes solide et volontaire, c'est pour cela que je vous parle, car vous êtes de ceux qui ont le courage de regarder la vérité en face.

— Où veux-tu en venir ? Tu me conseilles quoi ? Le suicide ? l'euthanasie ? C'est interdit en France, malheureusement.

Erik se pencha vers son beau-père.

— Je vous propose bien mieux que cela.

*
* *

Aaron revint s'asseoir à côté de sa fille, qui le regardait, les yeux pleins de questions.

— Erik a...

— Il m'a parlé de ses découvertes. Il m'a expliqué ses difficultés, qu'il avait été forcé de lancer ses propres essais, avec Chelles. Il n'a pas évoqué l'histoire du concurrent ni le fait qu'il avait monté un labo clandestin. Il m'a affirmé qu'il cherchait des volontaires atteints d'Alzheimer qu'ils pourraient inclure dans un protocole de vaccination.

Les yeux de Laura s'embuèrent. Son père poursuivit :

— On a fait ça la semaine suivante.

— Ce n'est pas possible...

— Il est venu me chercher et m'a emmené à la clinique. Ç'a été très rapide et indolore. Il m'a injecté un virus désactivé porteur d'un gène par un micro-orifice dans les fosses nasales. Sans même m'endormir. Il a injecté ça dans la structure impliquée dans la mémorisation et détruite en premier dans l'Alzheimer, l'hippocampe.

Laura, époustouflée, dévisageait son père. Aaron dévidait son récit.

— Il m'avait dit qu'il fallait au moins trois semaines pour que le cerveau intègre le nouveau gène et se mette à fabriquer la protéine. Et ensuite les quelques rares nouveaux neurones que je fabrique allaient être attirés par cette molécule à l'endroit où il me l'avait implantée. Dans ce fameux hippocampe. Et ils viendraient remplacer les neurones détruits. Mais pour cela, il fallait que je stimule cette capacité, c'est-à-dire la mémoire. Alors j'ai beaucoup, beaucoup lu.

Laura écoutait fascinée. Son mari avait fait un essai sur son propre père et ça marchait. Erik avait sauvé son père du déclin inéluctable, lui avait peut-être guéri le cerveau. Une bouffée d'affection pour son père et de reconnaissance pour son mari l'envahit.

— Il t'a sauvé, papa.

— Sauvé, je ne sais pas, mais, je dois l'admettre, je sens une amélioration progressive depuis quelques jours. Tu ne trouves pas ?

— C'est indéniable...

— J'ai de gros coups de fatigue et des migraines, nuança son père, ça veut peut-être dire que ce n'est qu'une embellie passagère, mais, tu vois, aujourd'hui, je me sens mieux que jamais, l'esprit vif.

— Papa... depuis des jours je me demande qui est vraiment Erik. Et quand j'entends ça, je me dis que c'est tout de même quelqu'un de bien. Un génie. Et généreux.

— C'est un chercheur redoutablement intelligent et efficace, c'est certain.

— Mais si ça marche sur toi, pourquoi veux-tu que je détruise cette molécule fabuleuse ? D'autres pourraient en bénéficier.

— Parce que le jour où cette chose sera détournée de son but premier, nous verrons apparaître des hommes avec des capacités augmentées. J'ai pu discuter avec ton mari de sa vision. Il imaginait des hommes qui voient la nuit, qui entendent mieux qu'un animal, qui ont une mémoire décuplée, et pourquoi pas une surintelligence grâce à l'enrichissement en nouveaux neurones. Ce truc, c'est le ticket d'entrée pour une humanité à deux vitesses. Les surhumains, qui y auront accès parce qu'ils en auront les moyens, et les autres, les sous-hommes que l'on asservira. C'est la fin de la notion d'égalité.

La fille regardait le père, subjuguée. Elle était projetée vingt ans en arrière, lorsqu'il exposait à table, avec passion, ses thèses politiques.

— Tu sais, j'ai vécu à une époque où des hommes avaient décrété que nous, les juifs, mais aussi les homosexuels ou encore les Tziganes, étions des sous-hommes qu'on pouvait exterminer comme des cafards, en nous écrasant. J'ai vu ce que cette idéologie pouvait engendrer comme abomination. Comment veux-tu que je puisse accepter que cela recommence, par un autre biais, tout aussi pervers et efficace ?

— Tu ne t'es pas dit tout ça au moment où Erik t'a injecté l'AT37 ?

— Non, je l'avoue, j'ai cédé à la panique. J'ai considéré que j'en avais besoin, car on venait de m'apprendre que j'étais malade et j'étais terrifié. Avec du recul, je me dis que sans lois éthiques fortes, l'AT37 est une bombe atomique. Et tu sais ce que je pense de l'éthique dans ce monde...

Il se leva.

— Ce n'est pas tout.

Il se déplaça jusqu'à l'imprimante qui jouxtait son ordinateur sur le bureau, prit une feuille imprimée et la tendit à sa fille.

— J'ai lu ça sur l'AT37. L'article est paru ce matin.

Laura le parcourut en diagonale. Elle en connaissait déjà la teneur.

— Mon Dieu... après ça, ses concurrents n'ont plus de souci à se faire. Et Erik n'est même pas là pour leur répondre.

Aaron pointa le porte-documents du menton.

— Tu as lu ce qu'ils disent ? Les effets secondaires possibles ?... Brûle tout, te dis-je.

— Elle ne brûlera rien du tout !

Aaron et Laura levèrent le nez. Deux intrus se tenaient devant eux.

*
* *

La pince coupante de Raphaël sectionna les bouts de barbelé, qui atterrirent dans un sac plastique. Au fond de la cave, ils avaient trouvé un véritable campement, avec tout le nécessaire pour tenir un siège. Ainsi que du matériel de laboratoire dernier cri. Mais Raphaël était revenu bredouille de l'inspection minutieuse des couloirs du sous-sol. Laura s'était volatilisée.

— Celui-là n'a pas eu la chance d'Erik Hilgarson, remarqua Marie.

— J'appelle le magistrat, qu'on l'envoie chez le légiste, déclara Raphaël. Tu as réquisitionné son téléphone ?

Marie lui tendit une poche plastique dans laquelle figurait un smartphone. Les mains gantées, Raphaël saisit l'objet et passa en revue les derniers numéros appelés et textos échangés, qu'il consigna.

— Bingo.

— Qu'y a-t-il ? demanda Marie en levant les yeux.

— Regarde qui l'a appelé en dernier.

— Encore elle !

*
* *

Pandora occupait le centre du salon d'Aaron Katz, un flash-ball dans la main droite. Elle portait un legging rose et un débardeur turquoise. Ses cheveux avaient aujourd'hui une couleur rouge feu. Un pas derrière elle, Alec, son régisseur, en pantalon thaï et T-shirt noirs, patientait, une trousse à outils à la main.

— Comment êtes-vous entrés chez moi ? tonna Aaron Katz.

Il voulut se lever. Pandora tourna vers lui le canon du flash-ball.

— Reste où t'es.

— Que faites-vous ici ? s'inquiéta Laura.

— On vient chercher l'AT37, dit la danseuse.

Laura gronda.

— Vous étiez de mèche avec Thor ? Depuis le début ?

— On devait récupérer le lot à la cité. On est tombés sur les flics. Ils ont trouvé Thor dans la cave. Mort.

— Vous m'avez suivie ?

Pandora se contenta de sourire.

— Où est l'AT37 ?

— Dans l'attaché-case, répondit Laura en désignant du menton le sac dans l'entrée.

— Laura, non ! s'écria Aaron.

— Qu'ils en fassent ce qu'ils veulent et nous laissent tranquilles !

Alec se saisit du porte-documents et l'ouvrit. Il montra l'enveloppe à la danseuse.

Pandora s'adressa à Laura :

— Tu te fiches de moi ? Où sont les éprouvettes ?

— Tout est dans l'enveloppe.

— C'est impossible.

Laura se redressa, bravache.

— Faut réviser vos cours de biologie, les plasmides se conservent ainsi.

— C'est quoi, un plasmide ?

— Un matériel biologique qui contient le gène de l'AT37.

Pandora jeta un coup d'œil à Alec.

— Demande validation.

Le regard d'Aaron Katz allait de sa fille à l'étrange femme aux cheveux rouges dont le visage immobile n'était traversé d'aucune expression.

Alec revint dans la pièce et glissa quelques mots à l'oreille de sa comparse. Les traits figés de Pandora tressaillirent un peu, ses yeux se fendirent puis devinrent vitreux. Aaron, qui analysait les moindres détails de la scène, saisit ce qu'il se passait. Il lança un coup d'œil à sa fille et désigna de manière imperceptible l'angle opposé du canapé.

Laura regarda subrepticement dans la direction indiquée. Le système d'alerte portable relié au service privé d'ambulanciers, qu'Aaron refusait de porter autour du cou, était à moitié caché sous un coussin. Elle vit le fil bleu du petit boîtier qui dépassait à quatre-vingts centimètres d'elle.

Aaron fit mine de se lever.

— Restez assis, ordonna Pandora. Alec, amène ce qu'il faut.

Laura se pencha en avant, faisant mine de se gratter la cheville, et se redressa en se déplaçant légèrement sur sa droite.

Alec revint dans la pièce avec des attaches en plastique. Il s'approcha d'eux, son œil gauche était plus proéminent, avec une large pupille fixe.

— Rapprochez-vous.

Aaron se leva à demi et vint s'asseoir plus près de sa fille. Celle-ci en profita pour se glisser encore vers la droite. Le boîtier d'alarme n'était plus qu'à vingt centimètres.

— Qu'est-ce que vous cherchez avec ces plasmides ? questionna Aaron.

Pandora s'assit sur la table basse, pointant sur eux son flash-ball. Elle croisa ses jambes chaussées de sandales à talons compensés.

— Nous allons dépasser la loterie génétique qui nous a été imposée. C'est ce qu'Erik nous a proposé de faire.

— « Nous » a proposé ? demanda Laura.

— Ses recherches ont rendu tangible ce qui n'était qu'une théorie.

— C'est-à-dire ?

— Ne plus soigner mais augmenter, améliorer.

*
* *

Un mois plus tôt

Erik se lavait les mains consciencieusement dans la cuisine de la villa de Luka, rue des Roissys. Il avait commandé le matériel nécessaire à l'intervention et tout avait été très bien préparé. Une table opératoire moderne, des moniteurs de contrôle et même un réfrigérateur très basse température, ainsi que tous les instruments stérilisés.

Luka More avait fait son entrée, vêtu d'une blouse en papier, le crâne rasé de près, frotté au gel de Bétadine.

Deux heures plus tard, Erik jetait ses instruments usagés dans une cuve en inox et s'adressait à Luka, qui n'avait subi qu'une anesthésie locale au niveau des yeux.

— Voilà. J'ai introduit le virus porteur du plasmide au niveau des nerfs optiques. Dans trois semaines environ, il faudra que tu exerces tes yeux de manière intensive. Dans toutes les conditions et surtout dans l'obscurité. En théorie, les nerfs optiques et le cortex visuel devraient s'enrichir en neurones surnuméraires et ta vue devrait s'améliorer, jusqu'à devenir bien supérieure à une vue parfaite.

— Je verrai dans le noir ?

— Probablement. Et ton acuité visuelle devrait considérablement s'améliorer. Comment te sens-tu ?

Luka avait posé les mains de chaque côté de son crâne.

— J'ai mal à la tête.

— Ce n'est pas étonnant. Il faut du repos. Pas d'écran pendant plusieurs jours. Et je propose que l'on soit tous connectés vingt-quatre heures sur vingt-quatre pour que je puisse suivre votre évolution.

— Avec nos mobiles, rien de plus simple, fit Luka. David va programmer tout cela.

Erik et Luka s'étaient mis d'accord : pour la somme de un demi-million d'euros, Erik opérerait de la sorte trois volontaires. Un jeune homme fit son entrée dans la cuisine.

— Je te présente Lioris, dit Luka. Il est volontaire pour tester aussi ta molécule. Que lui proposes-tu ?

Après avoir effectué des tests et un examen clinique, Erik se prononça.

— Son ouïe n'est pas fameuse. On peut travailler sur ses nerfs et cortex auditifs.

*

* *

— Et il a fait ça sur combien de personnes ?

Laura tremblait. Pandora haussa les épaules.

— Luka, Lioris, Thor et moi.

— Pour quels résultats ? demanda Aaron.

— Une meilleure vision nocturne ou une ouïe améliorée. Ce n'est qu'un début. Lorsqu'on sera parvenu à garantir la régénération continue des neurones, mais aussi des autres types cellulaires, cardiaques notamment. Alors on envisagera de vivre plusieurs centaines d'années. Voire l'immortalité.

— Mais, mademoiselle, s'enquit Aaron, ne vous êtes-vous jamais dit que l'immortalité signerait la disparition du sens de la vie, qui est fondamentalement fondée sur la mortalité, sur la succession des générations ? Vouloir figer les choses dans l'immortalité serait profondément mortifère. Je vous trouve bien naïve.

— Cela ne sera pas obligatoire pour tous ! intervint Alec.

Laura bougea, ses mains palpèrent discrètement le tissu du canapé, cherchant la ficelle du boîtier d'alarme.

— Nous y voilà ! s'exclama Aaron. Et l'humanité sera composée d'au moins deux types d'hommes, les augmentés et les normaux.

— Chacun fera son choix, affirma de nouveau Alec. Un choix qui devra être financé par les pouvoirs publics pour qu'il n'y ait pas de barrière entre riches et pauvres.

Laura sentit sous ses phalanges le bout de la ficelle.

Aaron secoua la tête avec un sourire navré.

— Et vous croyez vraiment à ce que vous dites ?

— Pour les jeunes générations nées avec un ordinateur entre les mains, la fusion avec la technologie n'est que la juste logique des choses, souligna Pandora. Il n'y a pas de risque de disparition de l'humanité, au contraire, elle devient plus résiliente, plus résistante.

— Je crois surtout que vous voulez supprimer tout ce qui fait de nous des êtres humains, martela Aaron. Vous engagez là un processus de déshumanisation. Les technologies veulent en finir avec l'homme, le rendre remplaçable.

— Ne croyez pas qu'on n'y réfléchit pas, répliqua Pandora.

Laura essayait de tirer le boîtier à elle, mais il était coincé dans la fente du canapé. Son père poursuivait sur sa lancée, prenant Pandora et Alec dans ses filets.

— Étonnant comme vous vous pensez rebelles alors que vous ne vous dirigez que vers un esclavage technologique volontaire. Je ne vois là aucune liberté supplémentaire, mais une forme d'asservissement.

Laura attrapa le boîtier dans son dos et appuya sur le bouton d'appel. Pandora eut un sursaut, comme si elle avait reçu une décharge électrique.

— Qu'est-ce que t'as fait ?

Elle bondit sur Laura et lui arracha le boîtier des mains.

— Elle a envoyé un appel ! Alec, annule-moi ça. Et débarrasse-moi de ces deux-là !

Le jeune homme avait tout préparé. Il sortit des seringues de sa trousse.

— Ça va aller vite !

Laura se leva pour se défendre, mais elle fut saisie d'un vertige, ses jambes la trahirent. Elle tomba évanouie.

*
* *

La tête de Samira s'encadra dans la porte de la cave.

— Capitaine Ruis, William, du service informatique, cherche à vous joindre en urgence.

Accroupi dans la cave, à côté du cadavre de Thor, Raphaël releva la tête.

— J'arrive.

En quelques enjambées, il gagna le hall du bâtiment. Une escouade de policiers avait tendu un ruban jaune pour tenir à distance les habitants de la cité.

Raphaël se connecta à Skype. Le visage de l'ingénieur informatique s'afficha en gros plan.

— On vient de trouver Thor pendu, expliqua Raphaël sans préambule. Même mode opératoire que pour Hilgarson.

— Vache.

— On a loupé quelque chose. On s'est plantés. Thor n'était pas le tueur. On reprend tout à zéro. Mets tous tes efforts sur la récup de photos et de vidéos de la soirée du 11. Il y a un meurtrier en série qui se balade. Faut l'identifier.

— J'ai commencé à récupérer des fichiers vidéo, répondit William. Et j'ai déjà un truc intéressant. Je te transfère la vidéo. Elle a été prise à 1 h 27, avant l'heure présumée de la pendaison.

La vidéo s'enclencha. On y voyait la cuisine de Grégoire Forget.

Un couple en gros plan tenait le portable à bout de bras pour se filmer. Ils parlaient islandais en riant, éméchés, peut-être un message pour Erik.

Raphaël sentit une présence derrière lui, Marie s'était glissée contre son épaule pour voir de quoi il retournait.

William commenta :

— Si vous zoomez et observez derrière le couple, on voit l'escalier qui mène aux combles. Regardez bien à la 37e seconde, ça va assez vite.

Raphaël zooma sur l'écran. À la 36e seconde, une silhouette entrait dans le champ derrière les deux amoureux. À la 37e, elle montait l'escalier. À la 38e, elle avait disparu.

— Tu as pu améliorer la résolution ?

— Oui, je vous renvoie la séquence. J'ai agrandi l'image au max, mais la qualité est pourrie.

Raphaël et Marie se concentrèrent de nouveau sur la vidéo. À 36 secondes, la silhouette se profila. Raphaël appuya sur pause. On voyait un visage, pixellisé.

— C'est Hilgarson ! affirma Marie.

Raphaël hocha la tête.

— William, concentre-toi sur toutes les vidéos prises à partir de 1 h 28. Traque tout ce qui te paraît suspect, et surtout les vidéos de la cuisine.

— C'est fait. Et j'ai déjà repéré autre chose.

Un nouveau fichier demanda à être téléchargé.

— Celle-ci a été prise à 1 h 30.

Cette fois, on voyait le même couple, mais qui se filmait sortant de la cuisine.

— À 12 secondes, dit William, ils croisent quelqu'un. On peut voir qu'un bras frôle celui de la fille.

— Une chemise blanche, constata Marie.

— Grand, ajouta Raphaël. On a donc un suspect de grande taille et en chemise blanche.

— Vous pensez à qui ? demanda William.

— Ça peut être le toubib, Chelles. Le copain, Forget.

Un mouvement derrière eux les fit se retourner. Un officier en tenue les interpella.

— On a un double homicide rue de l'Ouest, l'alerte a été donnée par le gardien.

32

Mardi 15 juillet, 18 heures

Luka quitta son écran des yeux. Les trois hommes de LifeCorp s'étaient introduits dans son bureau aux stores baissés, guidés par Daphné. Luka avait suivi leur entrée sur les moniteurs de la vidéosurveillance.

— Où est l'AT37 ? demanda le premier, le plus râblé des trois.

Luka recula dans son grand fauteuil en cuir et leur fit face.

— Nous avons les virus modifiés. Ils sont là, dans les congélateurs. On n'attend plus que les plasmides chargés d'AT37 et on pourra mettre au point l'intervention.

— Dans combien de temps ?

— Ce soir. Mes équipes sont sur le terrain.

Le deuxième homme, le plus grand, sortit son portable et enclencha la vidéo.

— Comment vous sentez-vous ?

— Remarquablement bien.

— Et la vision ?

— Excellente de jour. Et j'ai acquis une vision nocturne.

— Dans l'obscurité complète ?

— Oui.

L'homme avisa un interrupteur, qu'il actionna pour plonger la pièce dans le noir complet.

— Dites-nous où nous sommes à présent.

Les trois hommes se déplacèrent, aussi agiles et silencieux que des chats.

Luka tourna la tête à droite puis à gauche.

— Vous êtes tout à gauche, près du lit ; vous, près de la baignoire ; et vous, vous n'avez pas bougé.

Au rez-de-chaussée, Daphné ferma la porte de la cuisine. Elle entrouvrit alors celle du cellier, où Lioris gisait sur un matelas par terre, la tête enfoncée dans un oreiller. Il se tenait les oreilles mais ne gémissait plus. Le jeune ingénieur bougea imperceptiblement. Daphné s'accroupit et l'appela doucement. Il remua les doigts pour toute réponse.

— Je vais te faire une piqûre de morphine, tu veux ?

— Ce truc est en train de me bouffer le cerveau, murmura-t-il. Les sifflements sont de plus en plus aigus.

— Je suis sûre que ça va aller.

— Où est le médecin ?

— Il va venir.

— Je vais mourir.

La jeune femme sortit une seringue de sa veste et lui fit une injection de morphine.

— Ça va passer.

Le corps de Lioris se détendit. Une fois hors de la pièce, Daphné refoula ses larmes.

Deux semaines auparavant, Erik Hilgarson la rassurait.

— C'est normal ce genre de réaction au début.

— Il ne va vraiment pas bien. Il souffre beaucoup des oreilles, il a de fortes migraines et des acouphènes.

Erik avait observé la petite cicatrice, impeccable, derrière l'oreille du jeune homme. Les constantes n'étaient pas si mauvaises.

— J'ai pu constater une réaction importante chez certaines souris après l'injection. Le temps que les nouveaux neurones s'intègrent au réseau. Il faut patienter.

— Je devrais l'emmener à l'hôpital, non ?
— J'ai vu des souris en mauvais état après l'opération. Et puis après ça se stabilise. Ne vous inquiétez pas.

Les mots du chercheur repassaient en boucle dans la tête de Daphné. À présent qu'il était hors circuit, à qui s'adresser ? Luka avait tout bonnement interdit qu'on fasse sortir Lioris de la maison, arguant que la discrétion était leur seule arme contre les autorités. Que si la police s'en mêlait, il perdrait ses financements de LifeCorp et n'aurait plus qu'à mettre la clé sous la porte. C'était inconcevable.

*
* *

La porte en verre du hall d'entrée rue de l'Ouest était maintenue ouverte par un plot jaune. Marie suivait Raphaël, qui se frayait un passage entre les curieux et les policiers en tenue. Il avait laissé la relève poursuivre l'enquête sur la pendaison de Thor dans la cité Losserand en attendant que la Crim déboule. Il ignora l'ascenseur et s'engagea dans les escaliers. Sur ses talons, Marie grimpait en silence. Le capitaine était sombre et mutique depuis que la radio leur avait annoncé que l'homicide se trouvait dans l'appartement de M. Katz. Marie pouvait tout à fait imaginer ce qui se tramait dans la tête de son chef. Il n'avait plus qu'une obsession : savoir. Il monta les cinq étages quatre à quatre, sans desserrer les dents ni s'essouffler, comme s'il s'apprêtait à monter sur un ring.

À l'étage, la lourde porte palière était entrouverte, gardée par un policier en faction. Raphaël salua son collègue et enfila des gants de latex. L'entrée desservait quatre pièces. La cuisine à droite, le salon en face, la chambre et enfin une pièce fermée à gauche. Il fit un pas vers le séjour, éclairé par la lumière d'une fenêtre.

Des rayonnages étaient chargés de bibelots et de collections de toutes sortes, de livres et de partitions. Un secrétaire ancien, un violon sur son pupitre, plusieurs tapis persans, des plantes grasses bien lustrées. Un canapé de velours rouge. Un homme assis dessus, la tête rentrée dans les épaules, écoutant un policier en tenue. L'agent fit un rapport rapide, précis.

— Monsieur est le concierge de l'immeuble. Il s'est inquiété de voir la porte ouverte sans réponse. Il a découvert les corps. Il nous a appelés. Le doc est en route. C'est par là.

Le policier se dirigea vers la porte fermée à gauche dans l'entrée. Celle que Raphaël n'avait pas encore identifiée. Marie enfila des gants à son tour.

— C'est la salle de bains. L'électricité a été coupée de l'extérieur, expliqua l'agent. On a réquisitionné EDF.

— La porte a été forcée ?

— Apparemment pas.

L'agent tendit à Raphaël une torche puissante. Un tic nerveux lui fit cligner de l'œil.

— Je n'ai jamais rien vu de tel.

Le capitaine ouvrit la porte de la salle de bains, sans respirer. Le faisceau de la lampe balaya la petite pièce, le lavabo, une armoire vitrée dans laquelle la torche se refléta. Le flux lumineux éclaira le carrelage clair, le pied de la baignoire dans le fond de la pièce. Un rideau de douche grand ouvert. Une main. Une autre. Deux corps enchevêtrés. Deux têtes tournées vers lui, visages méconnaissables. Bouches grandes ouvertes dans un atroce cri muet.

Marie porta la main à son nez.

Raphaël ne sentait rien, il engrangeait les informations comme un disque dur, coupé de ses émotions. Il n'entendait plus que son pouls battre contre ses tympans, ne voyait plus qu'à travers un tube, celui du faisceau lumineux de la torche. Il s'approcha, éclaira l'amas de chair.

La tête qui appartenait à un corps vraisemblablement féminin était brûlée à l'acide à 90 %. Le nez, les pommettes, les yeux, les lèvres avaient fondu. L'autre, masculin, avait les paupières au niveau des joues. Une face boursouflée. Et sa bouche en lambeaux découvrait ses gencives et ses dents.

— Put... murmura Marie.

Raphaël inspira un peu d'air. Avec d'infinies précautions pour ne pas polluer la scène, il avança vers la baignoire et à deux doigts chercha le pouls à la base du cou de ce qu'il restait des deux têtes. Telle était la procédure, et Raphaël s'y accrochait. Son esprit fonctionnait par étapes, suivant à la lettre le protocole. Ne surtout pas penser. Exécuter. Il éclaira les corps, ce qu'il leur restait d'habits, puis revint au cou. Lentement, il examina la peau autour des clavicules des deux cadavres.

Il sortit son dictaphone.

— La femme a des cheveux... roux, et le visage et le corps brûlés par des produits chimiques. Tous deux ont des traces de piqûres au niveau du cou, de la glotte.

Il éclaira ce qui restait du visage défiguré de l'homme. Son œil gauche n'était plus qu'une masse globuleuse blanchâtre. L'orbite droite était vide. Raphaël préleva dans le pli d'un reste de vêtement l'œil duquel pendouillaient de fins fils électriques. Marie, écœurée et fascinée à la fois, lui présenta un sachet de plastique.

— Punaise...

Raphaël plaça la torche entre ses dents de manière à éclairer la femme et saisit sa main gauche. Il fouilla ses poches de pantalon pour en tirer une piécette de cuivre de 5 centimes. La pièce vint se coller à un doigt du cadavre. Raphaël fit une apnée de quelques secondes, puis ses épaules s'affaissèrent. Il marqua une longue pause ; pour recouvrer ses esprits. Puis s'adressa de nouveau à son microphone.

— L'homme possédait une prothèse oculaire électronique. La femme présente au bout des doigts des aimants implantés. Ce genre de pratique se retrouve chez des adeptes d'une mouvance posthumaniste qu'on appelle les Extreme Body Hackers – voir le rapport précédent. La femme porte une perruque, ce pourrait être Katherine Pandore, dite Pandora.

33

Mardi 15 juillet, 19 h 30

L'ambulance stoppa au feu de la place Denfert-Rochereau, très encombrée en cette fin de grand week-end.

— Papa ! Papa !

Laura secouait son père allongé sur la civière à l'arrière du véhicule.

— Aaron, restez avec nous ! interpella de sa voix forte Francis Chelles, assis de l'autre côté de M. Katz. Il vérifia le débit d'oxygène du masque qu'il lui avait posé sur le nez et la bouche.

Le vieux monsieur dodelinait de la tête, les yeux mi-clos, ne répondant plus aux sollicitations depuis quelques minutes. Il avait quitté le monde des conscients. Soudain, il rouvrit plus largement les paupières et son regard sembla accrocher celui de sa fille, penchée sur lui.

— Papa ! Oui, reste avec nous, ne t'endors pas, on arrive à l'hôpital, on va s'occuper de toi. Tu m'entends ?

Aaron hocha la tête et esquissa un rictus. Laura soupira de soulagement et lui embrassa fougueusement la main.

— Plus de blagues, hein ?

— C'est mieux, dit Francis en réajustant le masque à oxygène. Que s'est-il passé exactement ?

Laura lui raconta le peu dont elle se souvenait.

— Cette femme – Pandora, la maîtresse d'Erik – et un homme nous menaçaient. J'ai déclenché le boîtier de secours, mais la femme l'a ressenti et me l'a arraché des mains. Je me suis alors sentie très mal et suis tombée dans les pommes. Papa aussi, visiblement.

Francis Chelles l'écoutait tout en surveillant les constantes d'Aaron. L'ambulance s'engouffrait dans l'accueil des urgences réservé aux pompiers.

— Quand je me suis réveillée, papa essayait de se relever. Il avait l'air très faible, mais il répondait quand même. Je t'ai appelé et tu es arrivé très vite.

— Et les agresseurs ?

— Je ne sais pas, répondit Laura en regardant son père.

Ils s'étaient faits assassiner. Ce qu'elle avait deviné dans la pénombre de la salle de bains la hanterait à jamais. Mais elle devait se taire devant son père.

— Il va bien, n'est-ce pas ?

— Sûrement.

— Merci. Je ne sais pas comment tu as fait pour arriver si vite, mais merci.

*
* *

Luka tirait sur sa cigarette électronique de plus en plus nerveusement. D'après Pandora, Thor avait été retrouvé pendu dans la cité Losserand. Et à présent, c'était Alec et elle qui ne donnaient plus signe de vie. Ils avaient appelé pour confirmer qu'ils détenaient les plasmides d'AT37 et depuis, plus rien. Les signaux GPS de leurs téléphones portables s'étaient éteints.

Au bras de Luka, le capteur intradermique affichait des battements anormalement rapides. Quelque chose tournait mal.

Un soupçon aiguillonna sa paranoïa. Et s'ils étaient partis avec la molécule, essayant de le doubler ? De la revendre à d'autres à meilleur prix ?

Luka toucha son mobile pour envoyer un signal à Daphné.

La jeune femme apparut à la porte, sanglée dans une salopette rouge.

— On a un problème. J'ai leurs dernières coordonnées GPS. Emmène David et Dora et ramène-les-moi avec la molécule. Les soldats de LifeCorp ne vont pas tarder. Et on a intérêt à avoir quelque chose à leur donner.

Daphné hocha la tête.

— Et on amènera Lioris à l'hôpital ?

— Je te le promets.

*
* *

Agenouillé devant la baignoire, le médecin prit encore une série de clichés en rafale. La lumière avait été rétablie dans la salle de bains et Raphaël achevait de rédiger ses notes. La brigade criminelle allait se pointer d'une seconde à l'autre.

— Alors ?

Le docteur se releva.

— Un poison a paralysé leur gorge, au niveau des piqûres sur le cou que tu as remarquées. Ç'a bloqué leur système respiratoire. Ils ont étouffé, petit à petit. Particulièrement atroce comme mort.

— Quel poison ?

— Genre puissant... Botox.

Raphaël marqua un temps d'arrêt.

— Du Botox... T'as déjà vu ça ?

— Sur un couple sado-maso en détresse respiratoire la dernière fois. Ils en avaient abusé, testant jusqu'où ils pouvaient augmenter la dose.

Marie pénétra dans la salle de bains, un porte-documents à la main.

— On a retrouvé ça. C'est pas celui que ta violoniste portait tout à l'heure pour sa petite virée dans les caves ?

Le docteur jeta un regard interrogateur aux enquêteurs.

— « Ta » violoniste ?

Le capitaine ignora la question.

— Ça y ressemble.

— Il est vide.

— Elle est donc passée par ici après s'être échappée de la cité.

— Et où est-elle maintenant ? demanda Marie avec un peu d'agressivité dans la voix. Son mari, Thor, les deux gus... envoyés au ciel. Toujours au premier rang sur les lieux des crimes. Elle ne commence pas à te paraître louche, la miss ?

Raphaël jeta à Marie un œil peu amène.

— Franchement, tu la vois soulever un type comme Thor ou maîtriser deux gabarits comme ces deux-là ? Tu dérailles. C'est forcément quelqu'un de balaise.

Le docteur interrompit leur joute verbale.

— Ils ont été endormis d'abord.

Raphaël et Marie se retournèrent vers lui.

— Ah bon ?

— Oui, avec du Fentanyl. Un gaz qui a pu être pulvérisé dans l'atmosphère, à travers la porte par exemple. Il faut attendre l'équipe du labo.

Le médecin leur montra un bâtonnet coloré en orangé.

— Le test de Marquis est positif. Ils en ont plein la bouche et les cavités nasales.

— Tu veux dire qu'ils ont été endormis, puis tués ?

— Vraisemblablement.

Marie haussa les épaules.

— Alors il est possible que la violoniste ait pu les maîtriser.

— Je n'y crois pas un instant, rétorqua Raphaël. Qui a accès à de la toxine botulique ? à du vitriol ? au Fentanyl ?

— Un chimiste, un médecin... un vétérinaire.

— Le toubib... murmura Marie.

Raphaël voulut abonder dans son sens, mais l'agent de police les interrompit.

— Une voisine est là. Elle s'est présentée spontanément. Elle a vu quelqu'un.

Raphaël et Marie sortirent de la salle de bains en toute hâte, laissant le docteur à ses conclusions. Une jeune femme brune, portant un bébé de six mois sur la hanche, patientait sur le seuil de la porte.

Quelques minutes plus tard, ils s'installaient tous les trois de l'autre côté du palier, autour de la table de sa salle à manger, dans un petit deux-pièces propret qui sentait le détergent.

— C'était il y a une heure, déclara la voisine en s'asseyant. Je remontais avec le petit dans le porte-bébé et les courses dans les bras. C'était lourd. Avant d'arriver à ma porte, j'ai fait une pause. Et c'est là que j'ai croisé un homme. Il sortait de chez M. Katz et descendait.

— Comment était-il ?

— Un grand blond, bien habillé. Il descendait tranquillement.

Raphaël et Marie échangèrent un regard circonspect.

Le capitaine sortit son mobile, fit une recherche Internet et lui montra une série de photos trouvées dans Google Images.

— Est-ce que vous reconnaissez un de ces hommes ?

La jeune femme fronça les sourcils. Marie tendit le menton. Raphaël avait sélectionné des portraits de Grégoire Forget, Tomas Hilgarson et Francis Chelles. La jeune mère pointa le doigt sur l'un d'eux.

— C'est lui.

*
* *

L'aide-soignant poussait vigoureusement le brancard sur lequel Aaron Katz reprenait peu à peu ses esprits, serrant la main de sa fille qui marchait au petit trot à ses côtés. Laura jura en silence. *Je déteste les hôpitaux. Celui-ci en particulier.* Francis donna ses recommandations. Dans l'ascenseur, l'aide-soignant appuya sur le bouton du sixième étage.

— On ne va pas dans ton service ? s'étonna Laura.

— Il est saturé. Je vais vous installer dans une des chambres en rénovation. C'est ça ou on devra le transférer.

Laura ne moufta pas.

— Il n'a pas l'air si mal en point, la rassura Francis. Si ça se trouve, dans quelques heures, vous êtes sortis. Je vais faire le nécessaire.

Ils s'engagèrent dans un couloir désert. Les ouvriers avaient laissé quelques outils et deux gros pots de peinture. Francis désigna la première chambre. Elle venait d'être repeinte dans une couleur jaune-beige. Dans l'air flottait encore une très légère odeur de peinture. Il manquait seulement les stores aux fenêtres et du mobilier en sus du lit. L'aide-soignant installa Aaron, qui avait repris quelques couleurs. Il lui brancha au bras une perfusion d'eau sucrée et un scope pour surveiller ses battements cardiaques. Puis il sortit avec Francis dans le couloir.

Laura embrassa son père sur le front.

— Ça va mieux ?

— Que s'est-il passé, au juste ?

— On a été drogués, je crois. On est tombés comme des mouches tous les deux. Tu m'as fait une belle frayeur.

— Et les deux lascars ?

— Aucune idée.

Elle passa sous silence la vision du carnage. Aaron se redressa, plus vigoureusement qu'elle ne s'y serait attendue.

— Ils avaient l'air totalement dingue. Elle en particulier. Intelligente et dingue à la fois.

— Qui est dingue ? interrogea Francis en entrant de nouveau dans la pièce et en prenant soin de refermer la porte derrière lui.

— Les agresseurs, ils avaient l'air dingue, commenta Aaron.

En l'absence de chaise, Laura vint s'asseoir sur le lit de son père et caressa ses belles mains élégantes. Les yeux de Laura s'égarèrent. Aaron serra la main de sa fille et sans rien dire lui sourit en retour.

— Ne t'inquiète pas.

— Ça m'a l'air d'aller bien mieux, déclara Francis. Je vais vous donner quelque chose pour vous reposer. Vous allez rester un peu en observation tous les deux et vous rentrerez chez vous.

Le vieux monsieur se laissa faire sans rechigner.

— Merci, Francis. Au fait... je lui ai tout dit. Laura sait tout.

Laura releva la tête, Francis tiqua.

— À quel propos ?

— De votre essai, sur moi, avec Erik.

La mâchoire de Francis se crispa.

— Vous lui avez révélé nos petits secrets de jouvence alors, je vois.

— Ça semble ne pas trop mal fonctionner sur mon père, commenta Laura. Je le retrouve aussi alerte qu'avant. Vous auriez dû m'en parler, Erik surtout, mais je comprends. Et quoi qu'en pense papa, c'est une avancée fantastique.

Elle s'assombrit néanmoins.

— Cette femme a évoqué d'autres essais avec l'AT37, prétendant qu'Erik avait testé son procédé sur des gens non malades. De quoi s'agit-il ?

Laura était calme, presque détachée. Elle parlait de son mari comme d'un étranger. Francis pinça les lèvres.

— C'était notre point de désaccord.

Il croisa les bras.

— Il s'est acoquiné avec une bande de scientifiques de garage. Ceux-là étaient adeptes de la transformation humaine, à ce que j'ai compris. Ils ont passé un accord avec Erik. Il acceptait de tester sur eux l'AT37 en échange de financements. Erik avait besoin de beaucoup d'argent pour ses recherches. Et puis ça lui faisait une base d'études. Il a accepté.

— Tu étais d'accord ?

— Non. Je lui ai soutenu que c'était une folie. J'ai décidé de ne pas m'occuper de ce versant-là de l'histoire et de me consacrer uniquement à l'aspect médical, point barre.

— Que sont devenus ces gens ? questionna Aaron.

— Je n'en sais rien. Je ne voulais pas en entendre parler.

— Tu n'as pas cherché à le raisonner ? demanda Laura.

— Si, mais tu connais ton mari. Une tête de mule. Ces gens le fascinaient. Quand il s'est implanté les aimants dans la jambe, j'ai su qu'il avait franchi le Rubicon.

Les yeux de Laura s'agrandirent.

— Il s'est implanté quoi ?

— Tu n'étais pas au courant ?

— Non.

— Il s'est implanté des aimants au niveau de la cheville, pour « devenir une boussole humaine », comme il disait. Il pouvait se diriger sans GPS, selon lui.

— C'est vrai ?

— Je n'ai pas vérifié. C'était juste avant son anniversaire. On n'en avait pas reparlé.

Laura secoua la tête lentement. Un bourdonnement d'insecte la tira de son étourdissement.

— Ce n'est pas mon portable, je n'ai plus de batterie, fit-elle.

Francis porta la main à la poche de sa blouse. Il décrocha.

— Oui, elle est là. Je te la passe.

Intriguée, Laura prit le téléphone. Elle fit un signe d'excuse à son père et Francis et sortit dans le couloir.

— Tomas ?

Il y avait dans ce nom plus de soulagement qu'elle ne l'aurait cru.

— Laura ! Je te cherche partout, je t'ai laissé des messages, tu ne réponds pas. Où es-tu ?

La voix profonde de son ancien amant l'enveloppa comme une couverture duveteuse. Laura sentit toute la fatigue, la terreur ressentie ces dernières heures, lui tomber dessus d'un coup. Et elle éprouva le désir de se réfugier dans les bras de cet homme qui n'attendait que cela, pour se sentir protégée et ne plus rien avoir à gérer. Se laisser aller. Elle s'adossa au mur et ferma les yeux.

— Mon téléphone est à plat. On a eu des problèmes, avec mon père.

— Quels problèmes ?

La voix de Laura se cassa.

— On a cherché à nous tuer… Tomas, j'ai eu si peur !

— Où êtes-vous ?

Laura inspira un grand coup pour faire refluer les larmes qui gonflaient ses paupières. Elle sentit la présence de Francis à côté d'elle.

— À Arago.

— Où exactement ?

— Dans le service de Francis, mais au sixième, l'étage en réfection.

— J'arrive.

— C'est vrai ?

— Oui. Bien sûr.

— C'est tellement gentil. Appelle Francis quand tu seras là, il te guidera.

— Tout va bien se passer. Je vais m'occuper de toi, j'arrive.

*
* *

Raphaël et Marie se retrouvèrent sur le palier de M. Katz alors que la brigade criminelle venait de prendre possession des lieux.

— Alors, ce serait le frangin... conclut Raphaël.

— Ça tient la route, dit Marie. Il est fou amoureux, il veut récupérer Laura. Il se glisse dans la maison de Forget le soir de la fête et « suicide » son propre frère qu'il détestait. Puis il poursuit tous ceux qui menacent sa belle, Thor, Pandora et son complice. Comment il les trouve ? Aucune idée, mais il les trouve et les élimine. Un par un.

Une ride barra le front de Raphaël.

— Vu la violence des attaques, c'est un dangereux sociopathe.

Marie fronça le nez.

— Viens, on va mettre les collègues au parfum.

La main de Raphaël sur son bras l'immobilisa.

— Laissons-les bosser sur la scène du crime, je leur transfère mes constatations et nous on lui met la main dessus. On a une longueur d'avance, on connaît le dossier par cœur.

— Tu ne veux pas leur filer l'info ?

Raphaël baissa d'un ton.

— Tu sais bien qu'à la minute on sera dessaisis du dossier et on pourra retourner courir derrière les voleurs de téléphone dans le métro. C'est notre enquête. On garde juste la main quelques heures.

— T'es pas encore à la Crim, Raph.

— Justement. On va leur montrer ce qu'on sait faire.

— En gros, tu me demandes de te suivre et de me taire.

Il y avait à présent dans les yeux amusés de Marie une certaine excitation.

— Je te demande quelques heures, oui. On sera plus efficaces qu'eux. On chope Tomas Hilgarson, on l'interroge. Seulement ça. Il est à nous, celui-là.

Marie dégagea doucement son bras.

— C'est bien parce que c'est toi et que ça m'amuse de doubler ces machos.

Elle marqua une pause.

— Elle vous rend tous dingos, cette fille, hein ?

Raphaël souffla par le nez.

— Dis pas de bêtises. Je te revaudrai ça.

34

Mardi 15 juillet, 20 h 45

Marie avait pris le volant, Raphaël rameutait William au téléphone.

— Trouve tout ce qui est possible sur Tomas Hilgarson. Et tout d'abord son adresse.

Il patienta une demi-minute puis hocha la tête.

— 150, boulevard Saint-Germain. OK, merci, on y va.

Marie démarra tandis que Raphaël rappelait le magistrat pour lui signaler un nouveau témoin. Quelques instants plus tard, il raccrochait.

— C'est bon, il m'envoie l'autorisation de perquis au domicile.

Raphaël essaya une nouvelle fois d'appeler Laura.

— Ça ne sonne pas. Mais qu'est-ce qu'elle fiche ?

— Si c'est bien le frère Hilgarson, amoureux transi, elle n'est pas en danger, rassura Marie.

— Sauf si elle se refuse à lui, bougonna Raphaël. Ce type est un fou.

— On va les retrouver.

Raphaël se retourna vers sa collègue.

— T'es toujours cool, toi !

— C'est un compliment, ma parole ?

Elle rigola légèrement.

— J'aime bien bosser avec toi.

Raphaël secoua la tête.

— Moi aussi. Appuie.

*
* *

— Vous ne pouvez pas aller plus vite ? demanda Tomas au chauffeur de taxi.

— C'est l'été, y a des travaux partout, rétorqua le conducteur.

Tomas tapota nerveusement la vitre de ses ongles. Il prit son smartphone et cliqua sur l'icône « photos ». De son pouce, il fit défiler les clichés et son stress s'évanouit. Il sourit, le cœur transporté. Depuis combien d'années n'avait-il pas ressenti ce sentiment d'allégresse, d'espoir, de joie pure ? Il s'arrêta devant la photo de Laura prise lors du concert à la tour Eiffel. Elle ne le savait pas dans le public, il l'avait mitraillée. Quelle beauté concentrée, quelle âme. Ses yeux la détaillèrent avec passion. *Tu vas de nouveau m'aimer, enfin. Ma chérie, mon aimée. La roue tourne. Bientôt, nous serons réunis.*

Sa jambe droite tressauta, son cœur bondissait dans sa poitrine comme un faon. Il l'avait senti au téléphone : elle était heureuse de l'entendre, elle l'attendait. Elle s'était trompée, elle avait enfin compris la vérité. Il lui pardonnait. *Qu'Erik brûle en enfer.*

*
* *

Les mains mouchetées d'Aaron étaient sagement posées sur le drap. Il somnolait à présent, détendu par l'anxiolytique que lui avait administré Francis. Laura borda le lit et se leva. Dépourvue de téléphone et de montre, elle n'avait plus la notion de l'heure. Cela devait faire trente minutes qu'ils étaient installés. Elle jeta un coup d'œil par la fenêtre, des familles se promenaient dans le patio en contrebas. Pas de Tomas.

Elle sortit de la chambre. Son père se portait bien, il était en sécurité et au moindre problème les appareils alerteraient le bureau des infirmiers.

Elle franchit le couloir désert, marcha sur une bâche et contourna des pots de peinture. La laque rouge de l'ascenseur était encore fraîche. Elle appuya sur le bouton du troisième. Tomas ne tarderait pas, elle allait peut-être tomber sur lui.

Quand les portes du service de neurologie s'ouvrirent, elle se retrouva nez à nez avec l'infirmière en chef, des dossiers dans les bras.

— Les visites sont de 11 heures à 13 heures, madame Hilgarson, dit l'infirmière.

Laura se passa nerveusement une main dans les cheveux.

— Le professeur Chelles m'a dit que je pouvais aller voir mon mari quelques minutes, mentit-elle.

— Ça m'étonnerait qu'il vous ait dit ça. Les règles sont strictes pour la quarantaine. Aucune dérogation possible.

— S'il vous plaît, mon père est hospitalisé au sixième et j'ai besoin de voir mon mari.

Si elle pensait l'amadouer, c'était raté.

— Je ne peux pas faire d'exception à la règle, madame, si tout le monde fait comme vous, c'est la désorganisation la plus totale.

L'infirmière était campée au milieu du couloir, sans intention de bouger. Laura murmura une excuse et battit en retraite. Elle emprunta les escaliers et descendit au deuxième étage, dans le service de pneumologie. Se postant devant le panneau des médecins, elle fit mine de l'étudier, le temps de réfléchir. Elle n'avait plus de solution.

Bien sûr. Elle avait cru qu'il lui suffisait de trouver l'AT37 pour qu'on la laisse en paix. Elle s'était trompée. Tout au contraire, cela avait déclenché une cascade d'événements encore plus dramatiques. C'était l'heure du choix. Il fallait qu'elle sache enfin la vérité.

Elle devait voir Erik, elle avait besoin de voir Erik et elle verrait Erik. Elle ne savait plus qui il était. Il avait fait de bonnes choses en traitant son père. Il en avait commis d'épouvantables en opérant des cobayes humains, en se transformant lui-même. Il était instable et l'avait mise en danger. Il était double.

Si Francis disait vrai, si son mari s'était implanté des aimants sous la peau pour devenir un autre homme, alors celui qu'elle avait désiré et épousé, l'amoureux des terres minérales d'Islande, des paysages naturels et impétueux, de la voix nostalgique d'Asgeir, des couleurs sauvages et franches, des mystères et des elfes imaginaires serait définitivement mort pour elle. Remplacé par un inconnu terrifiant, au mental dérangé, aux valeurs eugénistes et fascistes.

Laura sut qu'au fond d'elle-même elle était enfin prête. Si Erik était devenu ce monstre, alors elle préférait qu'il meure. Un frisson lui parcourut le corps. Il lui fallait être fixée.

La jeune femme regarda autour d'elle, avisant un placard. Elle en ressortit une minute plus tard portant une blouse rose d'aide-soignante et une charlotte sur la tête. Elle attrapa au vol un masque et des surchaussures, les enfila et reprit les escaliers jusqu'au troisième.

Plus d'infirmière en vue. Laura marcha d'un pas décidé droit devant elle. Elle dépassa les chambres, jusqu'au secteur d'isolement. Elle pénétra dans le couloir de quarantaine occulté par un store baissé. Contrairement à ce matin, elle ne pouvait voir Erik allongé. Elle ne percevait aucun bruit. Elle franchit les quelques mètres menant à l'affichette « Danger de contamination » flanquée d'un sens interdit.

Laura hésita à peine. Ce ne serait pas long. Elle soulèverait le drap, tâterait ses chevilles. Si elle découvrait un implant, elle saurait.

Laura pénétra dans la chambre. Les volets étaient clos, la pièce obscure. Elle effleura le mur pour trouver l'interrupteur et s'avança de quelques pas. Le plafonnier grésilla puis éclaira la pièce et le lit, vide.

35

Mardi 15 juillet, 21 heures

Marie se gara sur une place de livraison et sauta sur le trottoir. Raphaël la talonna de près. Le 150, boulevard Saint-Germain s'avérait être un petit immeuble sur une charmante place. La concierge ne fut pas d'un grand secours pour localiser Tomas Hilgarson. Oui, elle connaissait le professeur du troisième, très courtois, propre et poli. Mais non, elle ne savait pas s'il était là, ne l'ayant pas croisé depuis plusieurs jours. Peut-être en vacances, car il enseignait à l'université, mais ça l'aurait étonnée. Elle avait un double des clés pour arroser les plantes et nourrir le chat en son absence et il ne lui avait rien dit.

La plaque de police nationale eut l'effet escompté. Marie et Raphaël grimpèrent les étages avec la concierge en échangeant des coups d'œil.

Elle parlait encore lorsqu'elle tambourina à la porte blindée.

En l'absence de réponse, elle mit la clé dans la serrure, Raphaël porta un doigt à ses lèvres et la main droite à son arme. D'un geste, Marie ordonna à la brave dame de rester sur le seuil, puis poussa doucement le battant.

Ils pénétrèrent directement dans un petit séjour lumineux, au centre duquel se trouvait une table ronde en bois et quatre chaises. De belles plantes vertes encadraient une double fenêtre qui ouvrait sur un balcon. Les murs supportaient des étagères jusqu'au plafond remplies d'ouvrages parfaitement alignés, un modèle d'ordre. Un chartreux dormait dans son panier sur le rebord intérieur de la fenêtre. Il souleva sa tête grise et fit clignoter ses billes bleues.

Marie et Raphaël firent le tour du propriétaire, un trois-pièces bien agencé. Personne.

Chacun fouilla rapidement la chambre, le bureau, le salon, la cuisine. Marie finit par rejoindre son coéquipier près de la bibliothèque principale. Il s'était arrêté devant des albums reliés.

— Quelque chose ?

Raphaël se retourna, le visage tendu. Il tenait dans les mains un album photo.

— Elle est en danger.

*

* *

Laura mit plusieurs minutes à bouger, à se secouer, à réagir. Elle s'approcha du lit, dont les draps étaient propres et repassés. Elle palpa la poche de liquide accrochée à la perfusion, vide. Elle ouvrit le tiroir de la table de chevet, vide aussi. Elle fit un tour sur elle-même, saisit le dossier accroché au pied du lit, des feuilles quadrillées, vierges. Elle arracha la charlotte rose qu'elle avait sur la tête et le masque sur le nez, les jeta par terre. Sa poitrine se souleva plusieurs fois avec effort.

— Je t'avais mise en garde !

Elle fit volte-face. La haute stature de Francis Chelles s'encadrait dans la porte, les poings enfoncés dans les poches de sa blouse, une expression courroucée sur le visage. Laura recula d'un pas.

voie. Quelqu'un est bien monté dans les combles après la victime. Et cette fois, on a un visage.

Raphaël fixa la barre de téléchargement avec fébrilité. Il lança enfin la vidéo et frappa sur le tableau de bord.

— Putain, Marie, c'est le toubib !

*

* *

Laura jeta des regards désespérés autour d'elle. Elle était dehors, sans savoir quoi faire ni où aller. Elle ôta la blouse rose, qu'elle jeta dans la première poubelle venue, et prit la direction du café du Lion. Elle entra dans la grande brasserie et chercha des yeux le jeune serveur basque sympathique avec qui elle avait échangé quelques mots la veille. Elle le reconnut grâce à son bandana rouge.

— Re-bonjour… dit-elle en souriant.

— Vous devenez une habituée ! répondit-il, le regard malicieux. Qu'est-ce que je vous sers aujourd'hui ?

— Je n'ai pas un centime, fit Laura. J'ai besoin de recharger mon téléphone. Auriez-vous de quoi ?

Elle montra son modèle de portable. Le serveur s'exclama :

— Je vais vous trouver ça, bougez pas.

Laura s'assit à une table de bistro, dans un renfoncement de la salle d'où l'on ne pouvait pas la voir de l'extérieur.

Quelques minutes plus tard, le serveur revint avec un câble et brancha l'appareil de Laura. Elle attendit que sa batterie soit un minimum regonflée pour s'en servir. Elle chercha alors le numéro du capitaine Ruis et lança l'appel.

— Laura, où êtes-vous ?

— Je sors de l'hôpital Arago, je suis dans un café. Et ça ne va pas du tout.

— Restez là où vous êtes.

— Envoyez quelqu'un à l'hôpital tout de suite, je vous en prie, mon père y est hospitalisé, au sixième, dans le département de neurologie. Je ne sais pas ce que Francis Chelles a fait à mon mari, mais son lit est vide. Chelles était menaçant. Je vous en prie, faites quelque chose, mon père est là-bas, à l'hôpital, il a fait un malaise. Il est en danger lui aussi, faut le sortir de là !

— Laura, calmez-vous, s'il vous plaît. Redites-moi tout cela dans l'ordre. On est en route. Je n'ai pas tout compris. Qu'a fait Francis Chelles ?

— Il a fait disparaître Erik. Son lit est vide dans la chambre d'isolement. Il m'a menacée. Et mon père est dans son service parce qu'il a fait un malaise, mais à un étage en réfection, au sixième, il est tout seul, il dormait quand je l'ai quitté. Envoyez quelqu'un tout de suite.

— Dites-moi où vous êtes exactement. Je viens vous chercher.

— Je suis au café du Lion, place Denfert-Rochereau. J'ai peur qu'il me retrouve.

— Ne bougez sous aucun prétexte, d'accord ? On arrive, avec ma collègue.

— Allez d'abord chercher mon père, capitaine, je vous en supplie !

— On va y aller, c'est promis.

*

* *

Raphaël raccrocha, les mâchoires serrées.

— On va place Denfert.

— Que se passe-t-il ?

— Laura dit que son père a fait un malaise et a été hospitalisé. Et que Chelles a fait disparaître son mari.

Marie tapa sur le volant.

— Ça confirme ce qu'on voit sur la vidéo de l'anniversaire, merde ! Ils sont tous coupables.

— Fonce.

*
* *

Le grand verre de citronade que posa le serveur devant elle fut une bénédiction.

— C'est moi qui vous l'offre.

Laura lui lança un regard éperdument reconnaissant.

— Vous ne pouvez pas savoir comme ça tombe bien. Merci.

— Vous voulez un petit quelque chose à grignoter ? Une part de tarte ? Vous êtes toute pâle.

La jeune femme sourit.

— Non, c'est parfait.

— Vous attendez quelqu'un ?

— Oui. Deux personnes.

Laura but le breuvage frais puis elle ferma les yeux quelques secondes, *Francis a voulu voler la découverte d'Erik et l'a mis hors circuit. Il nous manipule depuis le début.* Laura ressassait ces phrases, incrédule. Elle était terrifiée. Si le capitaine Ruis n'arrivait pas dans les dix minutes, elle retournerait à l'hôpital pour faire sortir son père. *Papa.*

— Madame ?

Laura rouvrit les yeux. Le serveur au bandana rouge lui souriait toujours.

— Je crois que les personnes que vous attendez sont là.

Il s'effaça devant un homme et une femme que Laura n'avait jamais vus.

36

Mardi 15 juillet, 21 h 30

Daphné prit place en face de Laura. Ses lèvres écarlates révélaient des dents blanches parfaitement alignées.

— Il va falloir que tu nous suives.

La musicienne les dévisagea.

— Qui êtes-vous ?

David s'assit à côté de Daphné. Chemise et pantalon noirs, le regard fixe.

— On est des amis de Thor.

— Et de ton mari aussi.

Les yeux de Laura passèrent de l'un à l'autre.

— Que me voulez-vous ?

— Que tu nous suives.

— Pour quoi faire ?

— Juste pour parler, répondit Daphné.

— Parlons ici. Je dois retourner à l'hôpital.

Le ton de Daphné se durcit.

— Tu n'as pas le choix.

— Comment m'avez-vous trouvée ?

Daphné sortit son smartphone protégé par une coque en plastique décorée d'un drapeau anglais et le posa sur la table.

— On te suit à la trace avec ça. Ça marche bien. Sauf quand tu le débranches.

David croisa les bras. Laura soutint leur regard.

— Je vous dis que je vais me lever et me rendre à l'hôpital. Point barre. Je n'ai plus ce que vous cherchez.

Laura jeta un rapide coup d'œil vers l'entrée du café. *Bon sang, mais qu'est-ce que vous fichez...*

— Tu attends quelqu'un ? demanda Daphné.

— Je n'ai rien à vous dire. Partez.

Daphné se pencha vers elle, Laura sentit son parfum.

— Je n'ai pas peur de vous, dit-elle.

Daphné tendit une main vers Laura et lui caressa les cheveux, puis elle enfonça les doigts dans la masse rousse.

— Mets ta main là...

Laura obtempéra, fit glisser la main vers sa nuque jusqu'à ce que ses doigts rencontrent ceux de Daphné.

— Tu sens ?

Ses doigts palpèrent quelque chose sous sa peau, pas plus grand qu'un grain de riz, à la base de son crâne. Daphné retira sa main.

— Thor t'a injecté une puce médicale lors de la séance dans ta cave.

Le froid s'insinua dans les membres de Laura. Daphné cliqua sur une application de son portable. Un tableau de bord avec un curseur et un chronomètre s'afficha.

— C'est « Med delivery », une application de délivrance de médicaments à distance que l'on a créée. On implante dans ton organisme une puce qui contient certaines molécules dans un mini-réservoir. La puce et sa microbatterie sont connectées à un téléphone. Il suffit ensuite de pousser le curseur et tu délivres les molécules au moment le plus opportun, tu vois ?

David hocha la tête.

— Le plus intéressant est de programmer la délivrance des molécules à certaines heures de la journée en adéquation avec ta chronobiologie. C'est très simple. Et pratique pour les traitements au long cours.

Laura fixa l'écran de l'appareil, puis les yeux des deux énergumènes qui s'adressaient à elle. Sa voix se fit tranchante.

— Et que contient la puce qu'on m'a implantée ?

David jeta un coup d'œil à Daphné, qui rangea son téléphone dans sa poche.

— Un neurotoxique. Ça fusille les neurones un à un...

Une rigole de sueur dégoulina le long des omoplates de la musicienne.

— Pourquoi avez-vous fait cela ?

— On aime bien tenter des expériences...

La jeune femme à la bouche écarlate sourit.

— Tu viens ?

Laura se leva comme un automate, suivit le couple tout en saluant le serveur au passage. Le jeune Basque les regarda sortir, perplexe.

Dora patientait dans une Autolib' en double file.

Daphné s'installa sur le siège passager. Laura monta à l'arrière avec David.

— Où va-t-on ?

— Tu verras.

*
* *

À peine la voiture électrique en libre-service eut-elle dépassé les hauts murs du cimetière du Montparnasse que le véhicule des policiers stoppait devant le café du Lion. Raphaël bondit, laissant Marie en double file. Il en ressortit quelques instants plus tard comme un diable de sa boîte.

— Elle est partie avec un couple. Le serveur n'en sait pas plus.

— Dans quelle bagnole ?

— Une Autolib'.

Marie pianota sur le volant.

— On est cuits.

— Viens, on passe à l'hôpital, elle a peut-être dit quelque chose à son père.

*

* *

Il fallut un quart d'heure à la voiture électrique pour atteindre son point de ravitaillement en bas de la rue des Roissys. Dora coupa le moteur et sauta sur le trottoir. Daphné ouvrit la porte pour que Laura descende, brandissant ostensiblement son téléphone, le doigt sur l'application « Med delivery ».

Laura s'extirpa du véhicule sans broncher, et se retrouva dans la rue, nauséeuse, les jambes faibles. Durant le court trajet, elle avait retourné les données dans tous les sens et n'avait rien trouvé d'encourageant. Elle avait livré l'AT37 à Pandora et à son compère. Mais ils avaient été massacrés. Où était passée la molécule ? Disaient-ils vrai quant à la puce qu'elle avait dans le crâne ? Si c'était le cas, leur intention ne faisait aucun doute. Aussitôt l'AT37 remise, il appuierait sur le bouton pour lui cuire le cerveau et ne pas laisser de témoins derrière eux. Il fallait qu'elle trouve un moyen de les convaincre de cesser ce chantage et de la libérer. Qu'elle puisse aller s'occuper de son père. Le capitaine Ruis devait être à son chevet à l'heure qu'il était. *Faites qu'il y soit.* Elle n'avait plus de possibilité d'entrer en communication avec lui. Elle ne pouvait que suivre et obéir à ces dingues, jusqu'à trouver un moyen de leur échapper. La tête lui tourna, elle se sentit très fatiguée, abattue et plus seule que jamais.

Daphné lui fit signe d'ouvrir la marche. Ils remontèrent ainsi en procession la rue sur cinquante mètres. Le ciel se chargeait de nuages gris-noir. Les coquettes maisons aux massifs de crocus et de géraniums, aux trottoirs propres et aux poubelles de tri sélectif bien alignées, se paraient d'ombres inquiétantes. Devant eux s'éloigna un monsieur en bermuda et chemisette qui promenait un dalmatien, un parapluie à la main. Il ne se retourna pas.

La maison devant laquelle le groupe s'arrêta était l'une des plus imposantes de la rue, un bloc sur deux étages. Le haut portail sécurisé s'ouvrit dès que Daphné s'en approcha. Ils franchirent les quelques pas qui menaient au perron. La porte métallique se referma derrière eux avec un bruit de porte de prison. Laura était prise au piège.

Encadrée par les trois jeunes gens, elle monta les marches du perron et pénétra dans la demeure. L'intérieur était, rénové, design, sentait le produit pour parquet et la Javel. Un escalier s'enfonçait vers un sous-sol, plus loin un autre montait. Daphné fit signe à Laura de la précéder.

Ils montèrent deux étages. Daphné actionna un panneau coulissant. Dans la pénombre, Laura devina un loft de par ses volumes. Derrière un grand bureau se trouvait quelqu'un qui pivota dans un fauteuil à roulettes.

— Chère madame Hilgarson, je fais enfin votre connaissance.

La voix était impérieuse. Laura ne distinguait pas le visage de son interlocuteur. Elle patienta, les joues en feu.

— Prenez donc un siège.

Seule une chaise design en plastique courbe faisait face au bureau. Elle s'y assit.

— J'apprécie l'art en général et la grande musique en particulier, reprit l'homme. Votre *Shéhérazade* fut d'une rare qualité.

Laura enregistrait tous les détails de la situation pour réfléchir à un moyen de prendre la fuite. L'homme déplaça son fauteuil et saisit un objet. Un nuage de vapeur à l'odeur suave s'éleva au-dessus du bureau.

— Je suis Luka More.

Il marqua une pause, s'attendant peut-être à ce que Laura réagisse à l'énoncé de son nom. Mais elle ne broncha pas.

— J'ai rencontré votre mari il y a quelque temps, nous avons fait affaire ensemble.

Laura fouillait l'obscurité autour d'elle. La lumière baissait chaque seconde, elle n'y voyait quasiment plus rien. Elle rompit le silence.

— Il vous a opéré des yeux… n'est-ce pas ? Il vous a donné une vue nocturne, comme à Thor.

Le petit silence qui suivit lui indiqua qu'elle avait marqué un point.

— En effet. Vous êtes bien informée, je vois. Une vue nocturne comme à lui-même, du reste. Votre mari était très doué.

Laura cilla.

— C'est l'avenir de l'humain, poursuivit Luka More.

— Pourquoi suis-je là ? le coupa sèchement Laura.

— Parce que votre mari n'a pas rempli sa part du marché.

— Quel marché ?

— Il devait nous donner des échantillons d'AT37 dès que les essais réalisés sur nos volontaires seraient concluants. Or, quand il a fallu nous les confier, il s'est défilé.

— Comment ça ?

— Il a biaisé. Et puis il a fini par nous donner rendez-vous le soir de son anniversaire. Thor était présent pour réceptionner les échantillons et… la suite, vous la connaissez.

Laura hocha la tête.

— Vous avez donc envoyé Thor chez nous pour remettre la main dessus.

— Oui. Mais il n'a pas trouvé l'AT37.

— Je sais.

— Je suis navré qu'il vous ait malmenée. Ce n'était pas mon intention. Mais Thor avait ses méthodes et elles étaient plutôt efficaces, alors je lui faisais confiance.

Laura se passa une main dans le cou.

— Que me voulez-vous ?

— Vous deviez confier l'AT37 à Thor dans un lieu sécurisé cet après-midi. Or il a été tué. Nous avons retrouvé votre trace. Pandora et Alec sont allés chez votre père, mais ils sont morts à leur tour ! Qui massacre mes amis les uns après les autres, chère madame ? tonna Luka.

— Je ne sais pas.

Et Laura comprit soudain ce qu'elle faisait là, dans cette demeure, face au chef de toute cette bande de fous. *Ils n'ont toujours pas la molécule, je suis leur dernière cartouche. Ils ne me relâcheront pas.*

— Dans quoi était contenue l'AT37 ? reprit-il d'une voix plus sèche.

— Une enveloppe.

— Qu'est-elle devenue ?

— Je n'en sais rien.

— Vous êtes la dernière à l'avoir vue, pourtant.

— Nous nous sommes évanouis, mon père et moi, pendant un certain laps de temps. Je ne sais pas ce qu'il s'est passé après.

— Qui est venu vous chercher chez votre père ?

— Le professeur Chelles, fit Laura.

— Il a pris l'enveloppe ?

— Non. Je ne crois pas.

— Il a pu la glisser sur lui ?

— C'est possible.

— Et ensuite, vous êtes allés à l'hôpital.

— Oui.

Luka More pivota sur sa chaise et s'adressa à Daphné :

— Retournez immédiatement à l'hôpital, dans le bureau du médecin, pour le fouiller de fond en comble jusqu'à retrouver cette enveloppe. Tu emmènes madame avec David et Dora. On ne peut plus attendre.

Le cœur de Laura fit un petit bond. *Retourner à l'hôpital, alerter le capitaine Ruis.* La chance lui souriait enfin.

— Et après vous me laisserez tranquille ?

— Je m'y engage.

— Vous désactiverez la puce que Thor m'a implantée ?

— Oui.

Luka tira sur sa cigarette électronique.

— Je sais que vous n'y êtes pour rien. Et j'attache une grande importance à la justice. Vous devez régler la dette de votre mari, et après vous n'entendrez plus parler de nous. Jamais.

Luka semblait sincère. Laura se leva.

*
* *

Marie et Raphaël firent leur entrée dans l'hôpital Arago après avoir fait un tour du quartier en voiture pour essayer de repérer l'Autolib' qui avait enlevé Laura.

Raphaël précédait sa coéquipière d'une foulée. Dehors, le tonnerre commençait à gronder au loin et décourageait les promeneurs nocturnes.

Raphaël avait enregistré la géographie des lieux, et en particulier le chemin pour rejoindre le bureau de Chelles, au bout du couloir au troisième étage. Mais, quand ils montèrent dans l'ascenseur, il appuya sur le six.

— On va voir le père de Laura, d'abord. Il sait peut-être quelque chose.

Marie ne pipa mot.

Arrivés au sixième, ils étaient seuls. Leurs narines identifièrent l'odeur de chantier. Peinture, colle, dissolvant. Ils débouchèrent sur un couloir bâché, jonché de sacs de plâtre et de pots de peinture.

— C'est bizarre d'avoir fichu un patient là, non ? nota Marie.

— J'aime pas ça.

— Tu entends ?

— On y va.

Les deux policiers suivirent le son des voix qui se fit de plus en plus précis à mesure qu'ils avançaient. Il provenait d'une chambre, la seule occupée du couloir. Deux infirmiers discutaient avec animation sur le seuil.

Raphaël sortit sa carte de police.

— Nous aimerions voir un de vos patients, s'il vous plaît, M. Katz.

Le plus grand des deux infirmiers ouvrit des yeux ronds.

— Vous avez fait vite ! On vient à peine de vous appeler !

— Comment ça ? fit Marie.

— Vous ne venez pas pour M. Katz ?

Raphaël fronça les sourcils.

— Si.

— Il est là. On l'a trouvé il y a dix minutes. C'était trop tard. On n'a rien pu faire.

*

* *

Raphaël s'introduisit dans la chambre, une pierre dans le ventre. Un drap avait été jeté pudiquement sur le corps du père de Laura.

— Pourriez-vous allumer le plafonnier ? demanda-t-il aux infirmiers en enfilant ses gants de latex. Qui a décidé de le placer dans cet étage en travaux ?

Le néon clignota, puis la pièce s'illumina.

— Le professeur Chelles lui-même, répondit l'infirmier, son service étant plein à craquer, il ne voulait pas qu'on le transfère. M. Katz était un proche, je crois. Nous avons prévenu le professeur, il va arriver.

— Pourquoi avoir appelé la police ? interrogea Marie.

— Ses constantes étaient bonnes lorsque je suis passé il y a une heure, répondit le grand infirmier. Et puis il a fait un arrêt.

— Vous ne nous appelez pas à chaque arrêt cardiaque, que je sache...

L'infirmier se déplaça jusqu'au lit et désigna un oreiller blanc rejeté aux pieds de la victime.

— C'est à cause de l'oreiller. On l'a dit à vos collègues au téléphone.

Raphaël leva sur lui un regard interrogateur.

— M. Katz allait bien tout à l'heure et il ne voulait pas d'oreiller supplémentaire. Alors, je l'ai pris et mis sur la chaise au-dessous de la fenêtre. Quand je suis revenu, il y a quinze minutes environ, il était décédé et l'oreiller était à côté de sa tête.

Avant même que Raphaël amorce un mouvement, Marie avait enfilé à son tour ses gants de caoutchouc et saisi l'oreiller.

— Regarde, fit-elle.

Elle désigna une légère trace brune au milieu de la taie.

— M. Katz saignait ?

L'infirmier secoua la tête.

— L'oreiller était propre et neuf, M. Katz n'en voulait pas, je vous ai dit.

Ruis souleva le drap délicatement et son cœur se pinça en découvrant le visage du vieillard. *Je suis tellement désolé, Laura.* Il s'approcha du nez d'Aaron Katz, puis sortit de sa poche un sachet plastique et une pince. Il préleva quelque chose d'invisible sur ses narines.

— Des fibres de coton.

Il se redressa et murmura entre ses dents à l'adresse de sa consœur :

— Il a été étouffé.

37

Mardi 15 juillet, 22 h 30

L'Autolib' stationna près de la sortie des ambulances, sur une place réservée aux handicapés. Laura et ses trois cerbères en descendirent et contournèrent le bâtiment au pas de course. David désigna une porte de service accessible seulement par un passe. Il approcha sa tablette informatique du lecteur de badge, qui cliqueta comme par enchantement. Ils s'engouffrèrent dans l'escalier de service et gravirent rapidement trois étages. Laura suivait, essoufflée. Parvenue en haut des marches, elle saisit Daphné par la manche.

— S'il te plaît, laisse-moi aller voir mon père d'abord. Il a fait un malaise.

Daphné se dégagea doucement mais fermement.

— Luka te l'a dit, tu feras tout ce que tu voudras une fois l'enveloppe récupérée. Après, tu n'entendras plus parler de nous.

Laura hocha la tête.

— Comment voulez-vous qu'on entre dans le bureau sans se faire prendre ?

David consulta sa tablette, sur laquelle il avait affiché les retours des caméras de vidéosurveillance.

— Y a personne devant le bureau.

*
* *

La carrure du professeur Chelles s'encadra dans la porte de la chambre. Raphaël recouvrit pudiquement le visage d'Aaron Katz avec le drap blanc.

— Qui a été étouffé ? Que faites-vous là ? interrogea le professeur.

Raphaël désigna l'oreiller.

— Voici l'arme du crime. Où étiez-vous cette dernière heure ?

— Au troisième, dans mon service.

— Qui a pu monter ici ? Qui savait que M. Katz y était installé ?

— Moi, un aide-soignant et ces deux infirmiers.

— Comment se fait-il que vous ayez transporté M. Katz ici ?

Le ton du policier n'avait rien de bienveillant.

— C'est le beau-père de mon ami Erik, je voulais qu'il reste ici sans devoir être transféré dans un autre service.

— Monsieur Chelles, je vous demande de ne toucher à rien. Dès que les renforts arriveront pour sécuriser cette pièce, vous nous conduirez dans la chambre d'isolement où se trouve Erik Hilgarson. Pour le moment, veuillez vous asseoir et répondre à nos questions.

*
* *

Laura et les trois body hackers s'immiscèrent dans le bureau de Francis Chelles. La pièce tenait plus du salon que du bureau d'un médecin. Deux canapés de cuir se faisaient face autour d'une table basse en verre nue, derrière lesquels deux portes étaient peintes couleur taupe. Dans le fond, près de la fenêtre, une table de travail tout en verre également soutenait un ordinateur dernier cri et une pile de dossiers parfaitement rangés. Une étagère en acajou servait d'écrin à des rangées de livres de neurologie et de neurochirurgie, ainsi qu'à des cadres contenant des diplômes.

En trois bonds, David se propulsa jusqu'à la fenêtre et occulta le store. Puis il alluma la lampe de bureau.

— Ça ressemble à quoi, ce qu'on cherche ?

— Une enveloppe kraft banale, expliqua Laura. Dedans, il y a des feuilles buvards bleues avec une grande étiquette jaune « AT37 ».

— Allez, on s'y met.

Daphné posa son téléphone sur la table, en évidence, avec un coup d'œil entendu à Laura. Puis David et elle se mirent à passer le bureau au crible. Le caisson était composé d'un classeur horizontal dont ils fouillèrent chaque compartiment. Pendant ce temps, Laura passa en revue la tranche des livres de la bibliothèque en glissant la main sur les interstices, espérant y découvrir quelque chose. Daphné désigna les deux portes derrière les canapés.

— Va voir.

La première donnait sur une petite salle d'eau carrelée de gris, avec des affaires de toilette, un lavabo et une douche fermée par un rideau opaque. La seconde était un placard de rangement aussi large qu'un dressing, où s'empilaient des dossiers sur des rayonnages en bois. Laura poussa un interrupteur, qui alluma une ampoule nue, et pénétra complètement dans la petite pièce. Elle commença à tirer des dossiers, cherchant des yeux tout ce qui pouvait ressembler à une enveloppe kraft. Il y en avait des dizaines. Le temps filait. Elle se força à prendre quelques secondes de réflexion. Elle devait se concentrer sur des enveloppes neuves, sans poussière. Si c'était bien Chelles, il avait dû la ranger là. *Mais où ?* Elle souleva les enveloppes qui lui paraissaient les plus neuves, les ouvrit, en examina le contenu puis les remit en place. Absorbée par son investigation, elle ne faisait plus attention à ce qui l'entourait.

Tout à coup, elle redressa la tête, l'ampoule venait de s'éteindre. Elle chercha l'interrupteur à tâtons et l'actionna. Rien. Elle patienta quelques secondes, gestes suspendus, sens aux aguets, attendant que la lumière revienne. Ses oreilles perçurent comme un feulement de l'autre côté.

Laura poussa avec précaution le battant du placard. Le bureau était dans le noir et silencieux. Son pied gauche heurta quelque chose. Elle tâta du bout de sa chaussure. Une jambe. Mains en avant, elle se dirigea vers la sortie, ses doigts rencontrèrent le dossier d'un canapé. Elle trébucha sur un autre corps à terre. Atteignit un mur, le longea à tâtons, la délivrance au bout.

— Tu ne vas nulle part sans moi, lui souffla soudain une voix à l'oreille.

Une forme massive venait de se coller contre son dos. Elle sentit un bras lui entourer le cou et une pointe s'enfoncer dans ses reins.

— Ouvre doucement et avance.

Laura s'exécuta.

Dans le service régnait une belle pagaille. La lumière s'était éteinte dans la moitié du couloir et des chambres de l'étage. Le personnel courait partout, équipé de lampes torches. Les infirmiers allaient et venaient d'une chambre à l'autre pour rassurer les malades et prendre de leurs nouvelles. L'homme derrière Laura la maintenait serré et l'entraîna vers l'escalier de service.

— Au parking.

*

* *

Le professeur Chelles, suivi de Raphaël et de Marie, se fraya un passage parmi les patients et le personnel désorientés dans les chambres sans lumière. Et soudain, l'éclairage se rétablit, dans un grand soupir de soulagement général.

Raphaël laissa le professeur s'assurer que tout rentrait dans l'ordre, puis lui demanda de les conduire dans la chambre d'isolement d'Erik Hilgarson. Ils dépassèrent son bureau et franchirent le couloir de la quarantaine.

Francis Chelles ouvrit la porte barrée du panneau « Danger de contamination » sans rien dire et les laissa entrer. Ils découvrirent le lit d'Erik, vide.

— Où est-il ? questionna Marie.

— Il a été transféré.

— Où cela ?

— Dans un autre hôpital, à Garches.

— Pourquoi ?

— Son cas s'est aggravé.

Raphaël observa un moment le professeur, puis commença à examiner la chambre.

— Quand a eu lieu le transfert ?

— Vers 17 heures.

— Et vous n'avez pas prévenu la famille ?

Le professeur Chelles releva le menton.

— C'était une décision urgente à prendre, en raison de son état contagieux.

Raphaël s'adressa à Marie :

— Va me vérifier ça.

*

* *

Laura et l'homme débouchèrent sur le parking des urgences. L'orage avait éclaté, un déluge s'abattait sur le bitume. De violentes rafales de vent sifflaient entre les voitures. Il fit avancer Laura devant lui jusqu'à une Twingo noire de location. Il déverrouilla la porte et la poussa derrière le volant, puis vint s'asseoir à la place du passager. Il ferma les portières. Laura put enfin le regarder. L'homme, habillé et cagoulé de noir, tenait un scalpel à la main.

— Regarde devant toi et démarre.

Les mains gantées, il programma le GPS de la voiture.

« Dans cinquante mètres, tournez à droite », ordonna la machine.

Laura démarra. Enclencha les essuie-glaces. Cette voix. Ces yeux.

— Tomas ?... Je t'en supplie. C'est toi ?

— Roule, fit Hilgarson. Et il ôta sa cagoule, libérant son crâne blond.

*

* *

Raphaël avait prié le professeur Chelles de s'asseoir sur la seule chaise de la chambre.

— Le lieutenant Richer est parti vérifier votre histoire de transfert à Garches, à laquelle je ne crois pas. Depuis le début, vous mentez.

Le professeur le gratifia d'un regard méprisant.

— De quoi m'accusez-vous, au juste ?

— Le soir de l'anniversaire d'Erik Hilgarson, quand êtes-vous monté dans les combles ?

Chelles cala son large dos contre le dossier de la chaise.

— Pour la énième fois, je suis monté avec sa femme, nous l'avons découvert pendu.

— Vous n'êtes pas monté dans les combles avant ?

— Non.

Raphaël brandit son smartphone et lança la vidéo de William, qu'il rapprocha des yeux du professeur.

— Vous diriez que c'est qui, là, sur la vidéo ?

Chelles pâlit.

— Je n'ai pas à vous répondre, je veux téléphoner à mon avocat.

— OK. Eh bien, je vais vous dire, moi. C'est vous qui montez derrière Erik Hilgarson. Juste avant qu'on le retrouve pendu avec un fil de fer barbelé. C'est uniquement un gars de votre taille qui a pu faire ça. Tout seul, il n'y serait jamais parvenu. Vous redescendez ensuite, puis faites semblant de le découvrir, avec sa femme. Vous le décrochez, lui faites un massage cardiaque alors qu'il n'en a pas besoin, soi-disant pour qu'il respire. Puis vous le droguez pour le placer en coma artificiel. Il est à votre merci. Enfin, alors qu'il est dans votre service, il est soustrait à sa famille et, pouf, il s'évapore dans la nature.

Raphaël claqua des doigts et poursuivit :

— Vous savez bien que votre version ne tient pas la route. La mienne est beaucoup plus sensée. Pourquoi vous acharner à nier ?

— Je veux parler à mon avocat.

Chelles demeurait droit, l'œil fixé sur un point en face de lui, mais un tic nerveux trahissait son état de stress. Le mobile bipa, un SMS de Marie.

« Aucun transfert à Garches. Mais je reviens avec quelque chose de très intéressant. »

Raphaël lut le texto deux fois, se retourna vers Chelles, le corps tendu, les poings serrés. Les yeux du capitaine n'étaient plus que deux fentes obscures et sa voix une lame aiguisée.

Il s'approcha encore davantage du médecin, jusqu'à ce que leurs visages se touchent.

— Arrêtez de me mentir, maintenant. Où est passé Erik Hilgarson ? Et où est passée sa femme ? Ils sont en danger. Parlez, et vite !

Chelles soutint son regard cette fois.

— Je veux parler à mon avocat.

Raphaël voulut rétorquer, mais Marie fit son entrée dans la chambre.

— Cette histoire de transfert est fausse ! Et regarde qui j'ai trouvé errant dans les couloirs du service. Entrez, cher monsieur.

Tomas Hilgarson pénétra dans la chambre.

— Où sont Laura et Erik ? s'écria-t-il à l'adresse de Francis.

38

Mardi 15 juillet, 23 heures

Des cernes violacés ombraient ses paupières et un large pansement couvrait son cou jusqu'à la pomme d'Adam, ce qui changeait quelque peu son apparence. Mais c'était bel et bien Erik. Laura suffoqua, son cœur pilonna sa poitrine et elle n'arriva plus à articuler une phrase cohérente. Quelque chose avait disjoncté dans son cerveau. La pluie redoubla d'intensité, lessivant le pare-brise.

« Au rond-point, tournez à gauche », ordonna la voix artificielle du GPS.

Laura braqua dans le rond-point, les pneus crissèrent, chassant une gerbe d'eau. Elle prit à gauche, trop rapidement, et dut piler au feu rouge suivant. La pluie drue martelait les vitres comme des impacts de balles.

— Qu'est-ce que tu fais là ? cria-t-elle enfin.

Elle haletait. Le feu passa au vert.

— Démarre, fit Erik, brandissant un scalpel dans la main droite.

— Tu n'étais pas dans le coma ?

— Tais-toi et conduis.

Laura démarra.

— Mais pourquoi ? Pourquoi as-tu fait ça ?

— Ne t'en mêle pas.

— J'y suis mêlée, bon sang !

— Je dois finir le boulot. À Châtillon, et vite.

Laura évita de justesse un passant sous un parapluie qui traversait en courant. Elle s'engagea dans la rue de l'Ouest sous un rideau de flotte. L'homme qui était à côté d'elle avait l'apparence et la voix d'Erik, mais son regard et sa façon de parler lui étaient étrangers. Elle respira à fond pour tenter de maîtriser son intonation.

— Explique-moi, je t'en supplie. Tu n'étais donc pas dans le coma ?

— Si, fit Erik. Les vingt-quatre premières heures, c'était prévu.

— Comment ça, prévu ? Prévu par qui ? Pourquoi ? Comment ?

La voiture roula dans une flaque, éclaboussant le trottoir.

— Prévu par moi.

— Tu ne t'es pas suicidé ?

La voix de Laura se brisa. Elle inspira un grand coup, la tête lui tournait.

— Non. Pas vraiment, fit Erik. C'était un subterfuge.

— Tu t'es pendu !

— Oui, mais de telle sorte que je ne me mette pas en danger. Mes pieds touchaient le tabouret et les barbelés m'ont aidé à respirer.

Laura encaissa l'information.

— Et les messages à cette fille ? Tu voulais te tuer pour elle !

— Ah ! s'exclama Erik. Laura, grands dieux, je t'en prie ! Tu l'as vue ? Comment as-tu pu croire une seconde que j'aie voulu me suicider pour elle ?

— Les textos...

— C'était faux ! J'ai voulu leur faire croire que c'était un passage à l'acte passionnel, mais enfin ! Jamais je n'ai cru que tu tomberais dans le panneau, pas toi !

— « Leur » faire croire ? Mais à qui ?

— À Luka More et sa clique, les Extreme Body Hackers.

— Tu n'avais pas d'histoire avec elle ? répéta Laura d'une voix plaintive.

— Non ! Juste une passade pour pouvoir m'intégrer à leur groupe et trouver des volontaires pour mon expérience. Il n'y a que cela qui m'importait. Puis après ç'a dégénéré.

Nouveau feu rouge, Laura s'arrêta plus progressivement cette fois, rétrogradant les vitesses. Erik posa le scalpel sur le tableau de bord et tendit la main vers la joue de sa femme qui était glacée, la caressant du bout des doigts.

— Comment as-tu pu croire une seule seconde que mon cœur s'était détourné de toi ? Tu es la plus extraordinaire, la plus belle, la plus exquise et talentueuse des femmes. Toi et moi, c'est une histoire éternelle. Je t'avais dit de me faire confiance, quoi qu'il advienne, ce soir-là, non ?

Laura ferma les yeux et sentit des larmes poindre au bord de ses cils.

— Mais pourquoi ? Pourquoi, Erik ?

Erik désigna le feu redevenu vert. Elle enclencha la première.

— Il me fallait un alibi inattaquable. Que je sois au-dessus de tout soupçon pendant plusieurs jours.

— Pourquoi ?

— Pour régler mes affaires.

— Quelles affaires ?

Erik se renfrogna.

« À cinquante mètres, tournez à droite », dit la machine.

— Ils ont voulu m'entourlouper.

— Qui ?

— Les EBH.

— Tu as passé un marché avec eux, non ?

Erik lui lança un regard aigu.

— Comment le sais-tu ?

— Aujourd'hui, j'ai rencontré leur chef. Ils me traquent pour que je leur donne l'AT37.

Son mari sembla réfléchir.

— Très bien.
— Comment ça, très bien ! Un des leurs, un malade mental, m'a torturée !
Erik caressa sa main blessée.
— Je sais. Francis m'a prévenu que tu avais rencontré un problème. Mais ça va nous aider.
— Je ne comprends rien à ce que tu racontes. Si tu avais un marché avec eux, donne-leur ce qu'ils veulent, et on n'en parle plus.
— Sauf que, Laura, j'ai découvert que le deal était truqué. Je m'étais engagé à leur donner l'AT37 pour leur usage personnel afin que l'on développe ensemble des protocoles d'augmentation des sens et qu'ils s'en servent dans leur exploration de l'être humain. Mais Luka More a décidé d'en faire un tout autre commerce.

*
* *

Trois semaines plus tôt

Erik et Luka se faisaient face de part et d'autre du bureau de More. Celui-ci, faussement impassible, tirait avec nervosité sur sa cigarette électronique. Erik avait les mâchoires serrées et le regard noir.
— Qu'es-tu en train de me chanter là ?
— Ta molécule intéresse une société privée.
— Quelle société ?
— LifeCorp.
— C'est quoi ?
— Une société militaire privée, créée après la guerre froide. Les plus efficaces et les plus demandés sur le terrain des conflits actuels, en Syrie, en Libye... Je les connais bien, nous travaillons ensemble depuis deux ans.
— Des militaires ! Tu ne m'en as jamais parlé.
— Je t'en parle maintenant. Tout ceci est absolument confidentiel. Ils cherchent tout ce qui peut aider

leurs employés à moins dormir pendant les opérations, à être vigilants, plus efficaces, plus rapides. J'ai un contrat avec eux.

— Leurs employés, tu veux dire des soldats ?

— Des corps d'élite, oui.

Le visage d'Erik s'allongeait au fur et à mesure que le colosse au crâne glabre et luisant déroulait sa logique.

— Le deal, c'est que nous testons des nouveautés, pour lesquelles ils nous rémunèrent très largement. Et lorsque cela les intéresse, ils passent commande.

Erik se pencha vers Luka, lèvres serrées.

— Il est hors de question que mon invention serve à des mercenaires. C'est contre mes principes. Je travaille pour la santé des gens, leur bien-être, pas pour fabriquer des machines à tuer. C'est bien compris ?

Luka More posa sa cigarette électronique et fit craquer sa mâchoire vers la droite.

— Mais que crois-tu ? Que tes avancées vont rester cantonnées à un seul champ ? Tu es aussi naïf que cela ? Mais non. Tu le sais très bien. Pas de fausse pudeur. Les soldats du futur seront des humains génétiquement modifiés, capables d'exploits. Ils courront plus vite qu'Usain Bolt, n'auront besoin ni de nourriture ni de sommeil pendant des jours, ils régénéreront leurs blessures, soulèveront des poids inimaginables, communiqueront par télépathie... Ces soldats verront la nuit, entendront et sentiront mieux les choses qu'un animal. Et leur mémoire ainsi que leur vitesse d'analyse seront décuplées. Et ça peut-être en partie grâce à tes découvertes.

— Cela ne m'intéresse pas.

Luka haussa les épaules, incrédule.

— Je ne crois pas ce que j'entends. Toi ! Erik ! Le plus ambitieux et visionnaire des chercheurs ! Toi ! Allons ! Et en plus, ça va nous rapporter un paquet.

Erik se pencha encore un peu plus sur Luka.

— Quel mot tu n'as pas compris dans ce que je viens de te dire ? J'ai développé l'AT37 pour aider les malades d'Alzheimer et autres affections neurodégénératives. J'espère en plus qu'elle nous aidera à augmenter certains de nos sens pour améliorer notre bien-être. Mais il est hors de question de vendre quoi que ce soit pour améliorer les capacités de tueurs.

Il avait appuyé sur les quatre derniers mots.

— Je te trouve soudain bien précautionneux et scrupuleux... siffla Luka en plissant les yeux. Tu faisais moins de manières lorsqu'il s'agissait de nous injecter tes gènes dans le cerveau.

Erik recula et croisa les bras.

— C'était un projet de recherche et vous étiez d'accord.

Luka recula à son tour.

— Le problème, c'est que je ne te laisse pas le choix. Nous avions un marché. Tu dois me remettre l'AT37. Ensuite, ma foi, j'en fais ce que je veux. J'ai préféré jouer l'honnêteté en te mettant dans la confidence. Tu te rangeras bientôt à mon avis. Et tu auras ta part, bien entendu.

Erik se leva en repoussant sa chaise.

— Je ne te donnerai rien du tout !

— D'accord. Comme tu veux.

Luka chaussa ses écouteurs et se mit à écrire sur son compte Facebook.

— Je vais diffuser les séquences de l'intervention sur Lioris et son état actuel. En un clic, la planète entière sera au courant de ce que tu lui as fait. Adieu ta carrière...

Lorsque Erik sortit de la maison des Roissys, les bras et les jambes lui démangeaient, comme si une procession de fourmis grimpaient le long de ses membres et attaquaient ses os. La gorge en feu, les yeux secs, il se retint de hurler. Il envoya un coup de pied dans une poubelle verte qui chancela. « *Fuck!* » Son monstre le rongeait de l'intérieur. Il avait généré un énorme problème. Il allait le régler. Il marcha, sans but, d'un pas vif, jusqu'à ce que la sensation d'urgence s'apaise dans ses veines. Il revint alors lentement à sa voiture. Sa redoutable intelligence s'était remise en ordre de marche. Il avait prétendu accepter l'offre de Luka. À présent, il commençait à entrevoir comment résoudre la question. Il manquait seulement quelques éléments à sa stratégie, et surtout un alibi inattaquable. Lorsqu'il mit le contact et passa la première, une idée germait déjà. Diabolique.

*

* *

Mardi 15 juillet, 23 h 15

— Tu veux dire que c'est toi qui as tué Thor, Pandora et les autres pour les empêcher de vendre l'AT37 et de te dénoncer ? s'exclama Laura, même si elle avait déjà compris de quoi il retournait.

Son esprit luttait contre la vérité qui était en train d'éclore.

— En effet, répondit calmement son mari. J'avais tout prévu dans les moindres détails. Et quand j'ai appris par Francis qu'ils t'avaient agressée, j'ai été encore plus déterminé. Il ne fallait pas que Thor ou un autre touche à un de tes cheveux. Pas si difficile de les approcher, je sais tout d'eux. Je peux suivre tous leurs déplacements par GPS, les tiens aussi. C'est simple. Les trois derniers n'étaient pas prévus au programme. Mais j'étais dans la salle de bains de Francis lorsque vous êtes rentrés dans son bureau. Je me préparais et m'apprêtais à sortir pour la dernière expédition punitive.

— Je ne t'ai pas vu !

— Je me suis caché dans la douche. Il a suffi d'un coup de scalpel dans les fils du plafonnier pour créer un court-jus et faire sauter la lumière. Facile.

Laura se passa une main sur le visage.

— Et Pandora aussi, c'est toi ?

— Oui ! Lorsque j'ai vu cette folle se diriger vers chez ton père, j'ai compris qu'elle te traquait aussi. J'avais prévu ce qu'il fallait pour elle. J'ai projeté du gaz anesthésiant à travers la porte et elle a eu droit comme son copain à une cure de Botox ! Et j'ai demandé à Francis de se tenir prêt à venir vous chercher.

La jeune femme fut traversée d'un tremblement.

— Il savait tout alors... Erik, tu les as...

— Au vitriol. En effet.

— Ton plan était de tous les faire disparaître, c'est ça ?

— En trois jours. Comme une Saint-Barthélemy transhumaniste. Ah ! J'ai tout organisé. Plus de traces, plus de preuves. Et ç'a fonctionné jusqu'à présent.

— Et moi qui croyais que c'était Genetic-Tech qui me harcelait.

— Non. Olovna a cherché à me détruire d'une autre façon. Tu as vu l'article infâme qu'elle a commandité ? Son heure viendra aussi. Elle crèvera comme les autres.

La voiture s'engageait dans la rue Vercingétorix, longeant la voie ferrée. Laura ralentit l'allure. Tout son corps était secoué de spasmes incontrôlables.

— Erik... c'est une folie. Retourne à l'hôpital, joue encore le coma pendant deux jours, si tu veux, et puis tu te réveilles et... on verra.

— Non. Je dois finir le travail. Sinon je ne serai jamais tranquille. Ils me voleront ma découverte et ruineront ma carrière. Il ne doit plus en rester un seul.

Laura baissa d'un ton, sa voix se fit douce.

— Tu es en train d'exterminer des gens... Il faut que ça s'arrête. Ce n'est pas toi.

— Laisse-moi mener les choses comme je l'entends, répondit-il, la voix plus agressive. Je finis ce que j'ai à faire ce soir, comme c'était prévu. Tu connais la morale des sagas islandaises ?

— Erik...

— Elle consiste à ne jamais se débarrasser du passé, à ne jamais pardonner tant qu'on ne s'est pas vengé.

— D'accord, Erik, mais ensuite ? Que devenons-nous ensuite ?

— J'ai pris deux billets pour le Brésil la semaine prochaine. Un laboratoire est prêt à me signer un gros contrat là-bas. Je finis le travail, je me réveille officiellement du coma et on s'en va. Tu as tout découvert, tant mieux. J'allais venir te chercher, de toute façon. Francis nous couvre jusqu'au départ.

Laura serra le volant violemment entre ses mains, mais elle s'efforça de continuer à parler d'une voix calme.

— Et si je ne peux pas te suivre ? Mon père est là, je dois m'en occuper.

— Ce n'est plus un problème, murmura Erik.

— Pardon ?

— Nous sommes mariés. Nous allons faire un bébé. Tu vas me suivre.

— Écoute, Erik. Tu as besoin de repos. Il faut que tu te soignes. Tomas m'a dit que...

— Ah ! s'écria Erik. Nous y voilà ! Ce toquard en a profité pendant que j'étais HS, hein ? C'est ça ? Il n'a jamais été qu'une fouine jalouse, sournoise. Il t'a fait du rentre-dedans ?

— Non, Erik, je n'ai pas dit cela.

— Tais-toi, conduis. Il ne perd rien pour attendre, celui-là.

Laura se tut tandis qu'en elle s'insinuait un sentiment de terreur indicible. Erik était devenu incontrôlable. Elle sortit de la ville de Malakoff et dépassa le panneau de Châtillon.

— Gare-toi là, ordonna-t-il au bout d'une centaine de mètres.

Elle fit un créneau dans le boulevard principal, coupa le moteur et posa les mains sagement sur ses genoux.

— Que comptes-tu faire maintenant ?

— Descends. On doit finir le travail, je t'ai dit.

— Je préfère rester dans la voiture.

— Descends !

Elle affronta son regard.

— Non, je ne viens pas. Je ne veux faire de mal à personne. Tu es médecin, tu soignes des gens, tu ne peux pas tuer. Ce n'est pas toi. Ce n'est pas l'homme que j'aime. Je t'en supplie.

— Tu ne comprends donc pas ? Une fois Luka More abattu, le groupe se disloquera, n'existera plus. Et ils ne rendront pas invincibles une bande de mercenaires sans scrupules, et ils ne me dénonceront pas à la justice.

— Si, je comprends, Erik, c'est très noble et éthique de ta part et je te reconnais bien là. Mais tu peux sûrement faire cela autrement. Détruis ta molécule et on n'en parle plus.

— Mon œuvre ? Jamais ! Descends.

Erik avait les lèvres fines et pâles et les yeux exorbités. Le corps de Laura pesait une tonne, ses muscles ne répondaient plus. Elle jeta un œil sur le scalpel, qui était à portée de main sur le tableau de bord.

— Je ne peux pas, Erik. Je ne peux pas.

Erik la dévisagea lentement. Les muscles de son visage se durcirent. Il plongea alors la main dans la poche de son blouson noir. Et en sortit un smartphone à la coque de protection rouge avec un drapeau anglais. Laura reconnut l'appareil, qu'elle avait vu dans les mains de Daphné plus tôt dans la soirée, et elle sut ce qui allait se produire. Elle secoua la tête doucement.

— Erik, non.

Son mari fit glisser son pouce sur l'écran et cliqua sur l'application « Med delivery ».

— Je sais ce qu'ils t'ont implanté, Laura. Thor était satisfait de me le dire avant que je le pende, dans la cave. Ce neurotoxique est surpuissant. Ne m'oblige pas à m'en servir.

Sa voix se fit soudain de nouveau tendre. Il la caressa du regard.

— Allez, viens avec moi, ma douce.

39

Mardi 15 juillet, 23 h 30

Les policiers avaient réquisitionné la salle d'attente du service de neurologie. Francis Chelles et Tomas Hilgarson s'étaient tous deux tassés sur des chaises en plastique, face à face, de part et d'autre de la fenêtre. Entre les deux hommes, Raphaël se tenait debout, ses poings nerveux enfoncés dans les poches de son pantalon. Il essayait de maintenir sa voix à un niveau raisonnable, mais c'était difficile.

— Vous avez intérêt à nous dire où il est allé, siffla-t-il. Des vies sont en jeu.

Après s'être caché derrière son avocat, Francis Chelles avait fini par accepter de parler et s'était mis à table. Le faux suicide, la quarantaine. Pendant sa confession, Tomas le toisait méchamment, il se taisait, sa jambe droite tressautait.

— Il m'a seulement demandé de le couvrir avec un alibi imparable pendant cinq jours, balbutia Chelles. C'était son idée, pour qu'il puisse être tranquille d'aller et venir. Il n'avait besoin d'être présent que pendant les heures de visite, très restreintes. Il ne m'a pas dit ce qu'il comptait faire.

— Tu as laissé un fou en liberté, gronda Tomas. Tout ce qui arrive est ta faute.

— Il n'était pas dangereux ! rétorqua Chelles.

— Il est MALADE ! s'écria Tomas. Un malade qui ne prend pas de traitement depuis des jours !

— Je n'en savais rien.

Tomas sortit de ses gonds.

— Je me demande où tu as dégoté ton diplôme de médecin !

— Ça suffit, s'interposa Raphaël, qui se tourna vers Chelles. Vous pensez qu'il a pu tuer M. Katz ?

— Comment le saurais-je ? se défendit le professeur. Je l'ai prévenu que sa femme et son beau-père avaient été admis au sixième. Point. Il m'a dit vouloir leur parler. Et après il s'est volatilisé.

— Où est-il maintenant ?

— Je n'en ai aucune idée.

— Tu as mis Laura en grand danger ! attaqua de nouveau Tomas. Il peut la tuer, la torturer.

Raphaël le coupa.

— On se calme.

Un bruit de pas précipités attira leur attention. Ils tournèrent tous la tête. Un policier fit son entrée.

— On a trois nouvelles victimes, capitaine.

*

* *

L'averse avait redoublé. Erik et Laura remontèrent la rue des Roissys. Avant d'atteindre le portail de Luka, Erik sortit de dessous sa chemise une enveloppe kraft.

— Je ne pensais pas qu'il exigerait cela de toi, mais mon plan va en être facilité. Allez, ne me déçois pas. Va lui remettre ce qu'il t'a demandé.

Erik renfila sa cagoule et se tapit dans la nuit. Laura se présenta devant la caméra de vidéosurveillance, trempée, tremblante de froid et de peur, serrant l'enveloppe contre son sein.

*
* *

Le service de neurologie était à présent barré de ruban jaune de toutes parts et le bureau du professeur sous haute surveillance. Une troupe de policiers allait et venait. Marie sortit de la salle. Dans ses mains gantées de latex, elle tenait un carnet noir et un sac plastique contenant deux téléphones.

— Travail chirurgical, un coup de scalpel à la base du cou. Radical. Ce type est un grand malade. On n'a retrouvé que deux téléphones pour trois cadavres.

Elle jeta un coup d'œil à son carnet.

— Ils appartiennent à un certain David Marchal et à une Dora Quentin. On cherche l'identité de la troisième victime.

— Tu crois que c'est la même personne qui a tué M. Katz ?

— On relève les empreintes. Je vois bien Erik Hilgarson en pleine crise paranoïaque en train de dégommer tous ceux qui se mettent en travers de son chemin.

Raphaël planta son regard dans celui de sa consœur.

— Tu crois qu'elle est avec lui ?

Marie hocha la tête.

— Oui.

Raphaël serra les dents. Il saisit son téléphone.

— William, fit-il dès que la communication fut établie, c'est urgentissime. Va sur le compte Facebook d'Erik Hilgarson et tu me trouves le lien entre Thor, Luka More, Katherine Pandore et aussi...

Il tourna le carnet de Marie pour déchiffrer son écriture.

— David Marchal et Dora Quentin.

— Pour quand ?

— Immédiatement.

Les cinq minutes qui suivirent furent très longues. Raphaël était entré dans le bureau de Chelles pour examiner les corps à son tour. À l'aide d'un trombone, il vérifia son hypothèse.

— Ils ont tous les trois un implant dans les doigts, fit-il à l'adresse de Marie. Ils font partie du même groupe que Pandora et l'autre victime de la baignoire.

— Les Extreme Body Hackers.

— C'est par là qu'il faut chercher.

Son téléphone vibra enfin.

— Tous font partie des EBH, le groupe de Luka More, l'adepte des suspensions, confirma William. Ils ont tous participé à son dernier show, où vous étiez.

— OK. Trouve-moi où crèchent ces dingues, s'il te plaît. Le plus vite possible.

*

* *

Facebook

William : Hé ! quelqu'un peut me rencarder sur le groupe des EBH ?

Nancy : Tu veux savoir quoi ?

Mike33 : Quelqu'un a vu Pandora ? Elle ne s'est pas présentée au Globo ce soir.

Kim : Hello Will, tu veux savoir quoi ?

William : J'ai une annonce incroyable à leur faire. C'est très urgent. Quel est leur point GPS ?

Kim : Trop bien. Je t'envoie le lien Google Map.

William : *Fantastic !*

40

Mardi 15 juillet, 23 h 45

Le portail s'entrebâilla. Laura pénétra pour la deuxième fois de la journée dans le QG des Extreme Body Hackers. Elle avança à pas comptés. La caméra pivota et suivit sa progression. Erik, plus discret et furtif qu'un animal nocturne, se glissa dans l'angle mort. Laura monta les marches du perron et entra. Personne dans le hall. On percevait des basses en provenance du sous-sol. Les oreilles bourdonnantes, elle emprunta l'escalier en colimaçon, consciente de l'ombre qui la suivait déjouant le système de vidéosurveillance. En finir. Puis s'enfuir. Elle ne savait plus qui lui faisait le plus peur, les habitants de cette maison ou son mari. Sa gorge était sèche, ses jambes raides, son cœur martelait sa poitrine à petits coups secs comme pour lui dire : « Va-t'en, tu es folle. »

Parvenue au deuxième étage, elle frappa au panneau de bois, qui coulissa dans un bruit de roulement à billes. Elle ne vit rien dans la pièce, parfaitement obscure.

— Entrez, fit Luka More.

La voix fusait de quelque part au-dessus de sa tête.

— Posez l'enveloppe sur mon bureau.

— Je ne vois rien, répondit-elle.

— Allumez.

Laura se dirigea à tâtons vers le mur, cherchant un bouton. Elle appuya sur un interrupteur, un lampadaire faiblard éclaira la pièce. Elle leva la tête, ses pupilles s'arrondirent.

Torse nu, les bras en croix, Luka More était suspendu à la poutre centrale du plafond au-dessus d'un grand lit noir. Laura se déplaça de manière à mieux le voir.

— Que faites-vous ?

— Je me détends.

— Comment faites-vous ça ?

— Des crochets, dans ma peau.

Une expression fugace de dégoût traversa le visage de la jeune femme.

— Chacun son art, ma chère. Posez l'enveloppe à vos pieds et vous pourrez vous en aller, merci. Mes clients ne vont pas tarder.

Laura se pencha pour déposer le dossier par terre.

Luka More ferma à demi les paupières. Il se balançait imperceptiblement, l'épiderme dorsal hérissé, tendu à se rompre. Les bras pendants, son capteur de rythme cardiaque indiquait 60. À l'autre poignet, une large Smart Watch affichait de multiples données, l'activité de ses comptes Facebook, Twitter. Elle émettait de temps à autre des alertes.

— Vous n'êtes pas encore affranchie de votre enveloppe corporelle, ma chère. Mais un jour viendra. Le corps ne sert à rien. Seul l'esprit mérite d'être sauvé. Le corps doit être dominé.

— Plus pour longtemps ! glapit Erik, qui venait de se projeter au milieu de la pièce.

Il arracha sa cagoule. Luka More eut un mouvement brusque de torsion qui fit cisailler les câbles. Il tendit le bras pour saisir un boîtier suspendu, presque à sa portée.

En un bond, Erik fut sur le système de commande des poulies posté au mur, une sorte de tableau électrique à plusieurs boutons. Il enfonça l'un d'eux. Le boîtier de commande descendit juste avant que Luka ne l'attrape. Erik s'en empara.

Laura assista à la scène, tétanisée. Luka grimaça, son corps s'arc-bouta.

— Fais-moi descendre !

Erik saisit la molette centrale du boîtier et la tourna vers la droite.

— C'est gentil de m'avoir montré comment ça marche la dernière fois !

Les poulies enroulèrent le câble et tractèrent le corps de Luka vers le plafond.

— Arrête !

Prisonnier de sa peau, Luka s'éleva jusqu'à ce que l'arrière de son crâne touche la poutre.

Erik l'observa ainsi quelques secondes sans ciller, puis il tourna la molette à fond vers la gauche. Les poulies lâchèrent les freins. Les câbles se déroulèrent d'un coup. Le corps de Luka plongea. Sa masse l'entraîna vers le lit. Erik écrasa alors le bouton arrêt. Les poulies se bloquèrent, les câbles se raidirent et Luka stoppa sa chute juste avant d'atterrir. Il cria. Les deux anneaux rivés à ses omoplates cédèrent, emportant de larges lambeaux d'épiderme. Le capteur implanté dans son bras s'affola. Il n'était plus suspendu que par dix anneaux fichés au niveau des reins, et pendu comme une pièce de boucherie. Ses épaules saignaient abondamment.

Erik tourna lentement la molette vers la droite. Les poulies grincèrent et les anneaux crochetèrent de nouveau Luka vers le haut. Il se mit à agiter les bras, les jambes, de manière désordonnée, jusqu'à ce que sa tête touche une nouvelle fois la poutre du plafond. Erik joua avec la molette, et, brutalement, le câble dégringola d'un coup. Luka chuta en hurlant. Cinq anneaux arrachèrent la peau de son dos.

Horrifiée, Laura ne pouvait plus faire un geste.

— Arrête, Erik, je t'en supplie, articula-t-elle.

— Tu le défends ?

Elle parvint à tendre en tremblant une main vers son mari.

— Viens avec moi. Mon chéri, je t'en prie. On va rentrer à la maison. On va prendre l'avion. On va partir. Viens. Suis-moi. On doit sortir d'ici. Il a été assez puni.

Un borborygme sortit de la gorge du chef des EBH. Erik observa Luka, puis sa femme. Ses yeux sans expression allaient de l'un à l'autre. Puis brusquement il brandit le smartphone rouge au drapeau britannique.

— Vous êtes de mèche tous les deux ! Vous vous êtes entendus pour me rouler, pour vous faire un paquet de blé et vous débarrasser de moi.

— Erik...

— Tomas t'a retournée. Il t'a dit que j'étais schizophrène. Il t'a convaincue de pactiser avec les EBH pour te faire une fortune tandis que j'agonisais.

Laura secoua lentement la tête.

— Qu'est-ce que tu racontes...

— Si ça se trouve, tu as toujours été complice de mon frère !

Mains en avant en signe d'apaisement, Laura fit trois pas vers lui.

— Mais pas du tout, Erik.

— Je ne suis pas fou.

Laura fit un pas de plus.

— Non, Erik, tu n'es pas fou. Tu es fatigué. Tu dois arrêter ce massacre et te reposer. Ça ira mieux après. On va reprendre notre vie d'avant. On était bien. Laisse cet homme, il ne te fera plus rien.

Erik regarda sa femme et caressa doucement du pouce le curseur de l'application.

— Tu es dans leur camp. Contre moi.

Laura sentit soudain une brûlure fuser dans sa nuque, puis une lame de feu s'enfoncer dans son orbite droite. Elle se mit à voir flou. Ses jambes se dérobèrent, elle tomba à genoux, ne put prononcer un mot, la tête dans les mains.

Erik la regarda, impassible, puis revint à Luka. Dépecé, le pantin écorché vif gémissait à présent sans discontinuer.

Laura mit la tête entre ses genoux.

— Arrête, je t'en prie.

Erik poussa un peu plus le curseur de l'application, l'observant comme il observait ses souris d'expérimentation. Laura tomba au sol de tout son long.

Elle ne sentait plus son corps. Les bruits se mêlèrent dans son cerveau en une cacophonie assourdissante. Les couleurs explosèrent derrière le rideau de ses paupières. Laura vit du rose et un beau rouge carmin. Elle entendit une plainte atroce, quelque part au-dessus d'elle.

Et puis elle sentit qu'on la soulevait. Elle se mit à flotter sur un tissu très doux et aérien, toute douleur envolée. Elle perdit pied. On la déplaçait. On la portait. On la descendait. On la posait sur un support froid. On la manipulait. On lui soulevait la tête. Quelque chose s'insinuait dans son nez. Mais tout lui était égal. Erik s'occupait d'elle... Elle perdit connaissance.

Et puis soudain, le visage de Raphaël fut proche du sien et sa voix réconfortante la tira de sa torpeur. Une voix amoureuse, libératrice, qu'elle aima de toute son âme comme on aime son ange gardien d'un amour confiant. Elle sentit ses bras l'entourer, ses lèvres l'embrasser, lui dire des mots d'amour. Rêvait-elle ? Elle eut envie de s'enrouler autour de cette voix, de se lover dans le creux de son être, réel ou imaginaire. Elle voulait être protégée.

Ou mourir.

Elle ne pensa plus à rien qu'à cette sensation de paix. Qu'à un long ruban blanc, un électroencéphalogramme comme un horizon lointain. Une mélodie de violon qui s'éteint. Puis plus rien.

Épilogue

Un an plus tard

Sa robe en velours pourpre fendue épousait ses formes, ses hauts talons rouges galbaient ses jambes. Laura monta sur scène pleinement consciente de la sensualité insolente qu'elle dégageait ce soir-là. Ses cheveux roux lâchés en boucles épaisses sur ses épaules, les yeux à peine maquillés, les lèvres pleines et écarlates. La salle Pleyel retint son souffle. La violoniste salua puis cala son instrument sous son menton. Un silence, une profonde inspiration et *Shéhérazade* prit possession de la salle.

Les notes s'élevèrent, émouvantes, brillantes, exceptionnelles. Libérée, Laura pénétra son rôle en un instant, sans plus de retenue, s'abandonnant à l'envoûtement des *Mille et Une Nuits*.

Les muscles de son buste épousaient l'instrument, ses articulations lui imprimaient un mouvement fluide et naturel, ses doigts en tiraient la quintessence.

Laura ferma à demi les paupières, touchée au cœur par la beauté céleste de la musique qui l'enveloppait. Derrière elle, elle laissait les débris de son ancienne vie. Erik, qui avait fini encadré par une escouade d'infirmiers psychiatriques et hospitalisé pour un temps indéterminé, reconnu non responsable de ses actes. Francis, radié de l'ordre des médecins pour ses expérimentations illégales, accusé de complicité de meurtre, attendait son procès. Tomas, envolé pour d'autres horizons lorsqu'il avait compris qu'elle ne retournerait pas avec lui. Et puis son père, qu'elle avait enterré au cimetière du Montparnasse, le cœur brisé.

Des larmes perlèrent au bord de ses cils. Elle serra son archet un peu plus fort et son chagrin coula dans les trilles.

Au quatrième rang de l'auditoire, Raphaël ne perdait pas une note, une expression, un geste de la musicienne. Bouche entrouverte, il n'avait d'yeux que pour elle. Il aimait croire qu'elle ne jouait que pour lui.

Ce qui avait été le plus difficile, cette année écoulée, avait été le choix. Grandir, c'était renoncer, bien sûr. La ville de Vannes était agréable, la mer proche et la famille à quelques kilomètres seulement. Le travail au commissariat n'était pas trépidant tous les jours, mais il avait décroché le poste central d'officier de police judiciaire et les quelques rares affaires criminelles passaient par lui. Les enfants étaient plus calmes, Fabienne heureuse. Il avait obtenu la paix. Ils s'étaient retrouvés. Ce qui n'était déjà pas si mal.

Il n'avait pas tellement réfléchi en prenant sa place de train pour Paris et son billet pour la salle Pleyel, ignorant le sourcil froncé de Fabienne. Rien ne l'aurait fait annuler. La simple vérité est qu'il ne pouvait pas manquer l'événement. Le premier concert parisien de Laura Katz en soliste. Et maintenant il se demandait s'il avait bien fait.

À peine Laura était-elle entrée en scène qu'il avait replongé comme si le temps ne s'était pas écoulé depuis la nuit bleue où les Extreme Body Hackers s'étaient fait assassiner, où Erik avait écorché vif Luka More, survivant par miracle, où Laura avait failli mourir. Il l'avait trouvée inanimée sur la table de la cuisine de la maison. Juste avant de découvrir le cadavre d'un jeune homme sur un matelas dans le cellier.

Arrivé quelques minutes plus tard, il aurait retrouvé la musicienne le cerveau grillé, mise à mort par son propre époux.

Mais elle était là devant lui, bien vivante, dans sa robe rouge sculpturale, et il en oubliait de respirer.

La vie battait dans ses veines et faisait vibrer ses tympans. La musicienne étreignait son violon avec passion, yeux mi-clos, le corps exhalant un désir palpable que toute la salle percevait. « Elle a trouvé », se dit Raphaël, un léger sourire aux lèvres. Et le pincement à l'estomac se fit plus douloureux encore.

Avait-il manqué de courage en renonçant à suivre un autre chemin que celui qu'il s'était tracé ? Pas forcément. Il avait préféré assumer son engagement et construire son amour véritable, plutôt que de céder à une passion. Ce choix lui convenait la plupart du temps, mais, ce soir-là, c'était plus difficile à assumer qu'à d'autres moments, voilà tout.

Il savait par les journaux qu'après l'incarcération en hôpital psychiatrique de son mari et le scandale qui l'avait entourée, Laura avait opté pour un changement de vie radical. Elle s'était mise en disponibilité de l'Orchestre national de France pour engager une carrière de soliste et partir sur un tout nouveau chemin. La transformation était évidente.

Il déglutit avec difficulté.

*

* *

En nage, les yeux brillants, Laura referma derrière elle la porte de sa loge, pièce au large canapé tendu de tissu violet et à la coiffeuse de diva croulant sous les bouquets de fleurs.

Elle avait réussi. Les applaudissements avaient été longs et nourris. Elle voulait être seule un instant, reprendre son souffle, se rassembler, puis irait répondre aux nombreux journalistes qui s'étaient déplacés.

Elle se servit une coupe de champagne et la sirota avec délice en lisant les quelques cartes qui accompagnaient de volumineux bouquets de roses. Sans surprise, l'une d'elles était signée « Tomas ».

« Tu vas être divine. C'est beau l'Argentine. Peut-être qu'un jour tu viendras m'y rejoindre. Je serai toujours là pour toi. T. »

Elle contempla pensivement le bristol élégant. Elle avait hésité au moment où Tomas avait quitté la France. Mais non. Cette histoire aurait été vouée à l'échec et les Hilgarson devaient rejoindre le vieux coffre du passé. Elle reposa la carte, huma les roses.

Un coup discret à la porte la fit se redresser.

— Entrez !

Raphaël se tenait sur le seuil.

— Vous ? fit Laura.

Le policier se passa une main dans les cheveux en souriant timidement.

— Je ne viens pas vous arrêter, promis.

La violoniste lui rendit son sourire.

— Entrez, je vous en prie.

Laura invita Raphaël à prendre place sur le sofa et lui servit une coupe de champagne.

— Vous avez été extraordinaire, dit-il. Comment allez-vous ?

Laura soupira doucement.

— Il y a eu des moments plus faciles que cette année. Mais ce soir, c'était fantastique.

— Vous avez l'air d'aller bien.

— Mieux. La mort de mon père a été difficile à digérer. La folie de mon mari aussi. Mais maintenant je me dis que chaque jour est un cadeau de la vie, alors je savoure...

— Vous avez compris ce qu'il s'était passé ?

Laura soupira de nouveau mais plus fort, son regard se perdit quelque part dans les arabesques du tapis qui ornait le sol.

— J'ai revu Erik, en détention psychiatrique. Une seule fois. Je voulais qu'il me dise toute la vérité. Il m'a demandé pardon. Il m'a expliqué qu'il avait décompensé en raison de l'arrêt de ses médicaments. Qu'il était allé voir mon père ce soir-là. Que celui-ci avait été choqué de le voir, de comprendre le mensonge du coma, et s'était énervé contre lui. Erik n'a pas supporté la critique. Il l'a...

Laura ferma les yeux.

— J'aimerais juste oublier. Oublier qu'il a existé, qu'il a partagé ma vie. Au fond, c'était un étranger, un malade. Mais on ne peut pas effacer ses choix, n'est-ce pas ? Ils nous poursuivent.

Elle lui adressa un sourire désarmant.

— Vous êtes arrivé au bon moment. Sans quoi je n'aurais plus de neurones valides à cette heure-ci.

Elle fit une pause. Des souvenirs confus du capitaine cette nuit-là exigeaient des réponses, mais elle ne savait comment poser la question. Elle éluda.

— On m'a enlevé la puce qu'ils m'avaient implantée, mais il a été impossible de caractériser ce qu'elle contenait. Ni de savoir ce qu'Erik m'a fait. J'ai toujours pas mal de problèmes de migraine, mais sinon, dans l'ensemble, ça va.

Elle fit une nouvelle pause et sourit encore.

— Ce que je parle tout à coup ! Ça faisait longtemps que je n'avais pas aligné autant de phrases à la suite.

Raphaël l'observait. Il regardait sa manière de bouger, de ramener ses cheveux sur ses épaules.

— Vous avez trouvé... murmura-t-il.

Ils partagèrent un silence puis elle hocha la tête.

— Oui, il me semble, répondit-elle, sachant parfaitement ce à quoi Raphaël faisait allusion.

— C'est grâce à vous... Vous m'avez fait toucher quelque chose d'important et de sensible, qui m'échappait depuis tout ce temps. Ou plutôt, je crois que je voulais tellement bien faire, j'avais tellement peur de me tromper que je restais figée dans une posture de bonne élève qui m'étouffait. Je voulais une vie parfaite, avec un mari parfait. Et je n'ai pas vu la réalité. Que tout cela n'était qu'un artifice pour cacher la vérité. Celle-ci est dans le lâcher-prise, dans l'imperfection, dans le sensible. Vous m'avez fait prendre conscience de cela. C'était un cadeau immense.

— Vous aussi.

— Comment ça ? demanda Laura.

— Vous m'avez fait un cadeau immense...

La gorge nouée, Raphaël hésita, et en même temps il savait qu'une telle occasion ne se représenterait pas. Les journalistes étaient à la porte et il devait reprendre son train.

— Avec vous, je me suis senti de nouveau vivant. J'étais en mode automatique ou de survie sur bien des plans et vous m'avez réveillé. Vous êtes ce que j'appellerais une rencontre émouvante. Grâce à vous, tout est pareil, mais tout est différent. Je vous dois beaucoup.

— Vraiment ?

— Plus que vous ne pouvez le soupçonner. J'ai fini mon premier roman.

— Vous avez écrit un livre ?

— Oui. Un polar. Qui raconte plus ou moins cette histoire. Et un éditeur est intéressé. S'il est publié, je vous l'enverrai.

Laura inclina la tête.

— Vous parlez de moi ?

— Oui. Entre autres.

— J'aimerais lire ça... Vous avez l'air heureux, en tout cas.

— Je ne sais pas si je vous reverrai avant longtemps. Alors, merci, vous m'avez rendu à la vie.

Le policier se passa de nouveau une main dans les cheveux.

— Je ne crois pas que je viens de dire ça !

Les yeux de Laura s'embuèrent. Un coup frappé à la porte les fit se lever de concert. Raphaël s'approcha de Laura, amorça un geste qu'il suspendit dans l'air. Laura franchit le dernier pas qui les séparait et l'étreignit. Ils écoutèrent leurs cœurs battre un instant puis se détachèrent l'un de l'autre.

Laura resta un moment debout sans bouger. Elle se sentit emplie de joie et de tristesse à la fois, comme si elle avait perdu un lien dont elle venait à peine de découvrir l'existence.

Elle se secoua. Aujourd'hui, sa musique passait avant tout et sa carrière était en train de décoller. Elle avait enfin repoussé ses limites, atteint le stade de l'excellence. Pour l'amour, elle verrait plus tard.

Son téléphone sur la coiffeuse émit un son de clochette annonciateur d'un message. Elle le saisit, heureuse de la diversion, et ouvrit la petite enveloppe bleue.

« Ne t'avais-je pas dit de croire en ma science, petit elfe ? Tu as été la meilleure soliste au monde ce soir. Et ce n'est que le commencement. @Erik »

Remerciements

Toute ma tendresse va à Tom, Noah et Mia, mes trois printemps, qui me donnent autant d'énergie qu'ils m'en prennent !

Vous grandissez dans un monde high-tech que je ne comprends plus toujours. Quoi qu'il advienne, restez vous-mêmes, si humains.

Je souhaite également remercier chaleureusement Bernard Fixot, Edith Leblond et Caroline Ripoll, pour leur enthousiasme et leur soutien.

Dans le plus grand désordre, j'embrasse Delphine, Bruno, Alexis, Christine, Virginie, Sophie, Rachel, Laurence, Emmanuel, Cécile, Harry, Stéphanie, mes anges gardiens, qui jamais ne m'ont lâché la main.

Un grand coup de chapeau à Tania qui m'a glissé tant de tuyaux sur la vie de policier. Bernard pour les judicieuses clés médicales. Florent, mon cousin, pour m'avoir fait découvrir les coulisses de l'orchestre. Nathalie, à qui j'ai emprunté un peu de sa vie de violoniste. Pierre-Marie pour m'avoir si bien parlé de régénération cérébrale. Et tous ces chercheurs en neuroscience qui éclairent quotidiennement ma route.

Je salue aussi les body hackers de Pittsburgh, Tim, Luka, Ray et Olivia... qui m'ont acceptée un temps dans leur drôle de communauté. La réalité a dépassé la fiction. On se retrouvera.

Et enfin, je pense à vous, lecteurs et lectrices, compagnons de voyage, à nos quelques heures partagées. Merci d'être là.

FSC
www.fsc.org
MIXTE
Papier issu
de sources
responsables
FSC® C123930

Impression réalisée par CPI BRODARD ET TAUPIN
La Flèche (Sarthe), en septembre 2015

N° d'édition : 2988/01 - N° d'impression : 3012353
Dépôt légal : septembre 2015

Imprimé en France